ぬくもり

〈動物〉時代小説傑作選

宮部みゆき／田牧大和／小松エメル
櫻部由美子／西條奈加
細谷正充 編

○本表紙デザイン＋ロゴ＝川上成夫

ぬくもり〈動物〉時代小説傑作選　目次

迷い鳩《ばと》

宮部みゆき

一

日本橋通町《にほんばしとおりちょう》は、江戸中のありとあらゆる品物の問屋街《とんやがい》である。時節を限らず一年中、行き交う人がひきも切らない。

そのにぎやかな人通りのなか、お客の切れ目に「姉妹屋《しまい》」の店まわりを掃除し、打ち水をしながら、お初《はつ》は軽く鼻歌を歌っていた。

手桶《ておけ》の水はまだ冷たいが、ほうきを使うためにかがんだ背中やうなじにあたる日ざしは心地よい。温かな手で撫《な》でられているようだ。

お初のかたわらを、重そうな荷をしょった行商人《ぎょうしょうにん》やら、白粉《おしろい》のいい香りをさせた姐《ねえ》さんたちが通りすぎる。馬もいけば駕籠《かご》も通る。その間をぬって、使い走りか、前垂れにたすき掛けの商家の小僧さんが駆け抜ける。通りを彩《いろど》る立看板や屋根看板も、春の光の下、色合いもいっそう美しい。

お江戸はなんてきれいな町だこと。この町で生まれたあたしは幸せもんだこと。今さらのようにそんなことを思っているお初だった。

ところがそのとき、妙なものを見かけた。つい先を歩いていく女の人のたもとに、べっとりと血が着いているのである。

お初はぱちぱちとまばたきをした。

商家のお内儀《かみ》さんらしいなりをしている。お供づれだ。こちらからでは後ろ姿しか見えないが、すらりとした姿勢のいい人だ。

お初は目をこらした。目の迷いかもしれない。

けれども、よくよく見ても、その人の着ている小紋の袖《そで》に、濡《ぬ》れたような赤い色が見える。それだけでなく、じっとりと湿って、今にも地面にしたたり落ちそうなほどなのだ。

少したらってから、お初は足元に手桶を置いた。小走りにその人に追いつき、声をかけた。

「もし」

振り向いたのは、三十を少し過ぎたところの、きりりと美しい顔だった。一緒に、お供の、いかにもお店《たな》の切れ者という感じの男も立ち止まる。

「なにか」女は小首をかしげた。

「お袖に血がついています。どこかお怪我《けが》でもされてはいませんか」

お初の言葉に、女は顔をしかめた。自分のたもとに目をやる。それからお初を見、お供の男と目を合せると、今度は両袖にふれてみて、訊《き》いた。

「何処《どこ》に？」

お初は驚いた。ほら、今にも地面に、子供にだって分かる赤い血がしたたりそうだというのに。

「あなた様のお袖です。どうして見えないんですか」

伸ばした手を、女はじゃけんに振りはらった。

「まあ、なんだろうこの娘は。そんな気味の悪い言いがかりをつけて、いったい何をしようとお言いだい？」

女の大声が、通りかかる人たちの耳にも入った。何だ、何だと足が止まる。

「どうしたい、巾着《きんちゃく》切りかい？」

早合点《はやがてん》の声が上がる。江戸という町は気が短い。取りまかれ、八ぽうから騒ぎ立てられて、お初はどうしていいかわからなくなってしまった。何度、この方のお袖に血がついているからと言い張っても、こぞってそんなものは見えないと言い返される。しまいには、こいつ顔ににあわねえふてえあまっこだ、番屋に引っ張っていくぞと怒鳴られて、冷や汗が流れた。番屋なんてとんでもない話だ。知った顔が通りかからないかと必死で見回す。押されたり小突かれたり、本当に巾着切りの扱いだ。

救いの神が声をかけてくれたのは、そのときだった。

「本当にありがとう存じました」

姉妹屋の奥の小さな座敷で、お初とおよしは並んで頭を下げた。

姉妹屋は、お初と、お初の兄嫁であるおよしが二人で切り盛りしている一膳飯屋《いちぜんめし》である。

「まあ、もうそれぐらいでいいではないか」

お初の救いの神は、目尻《めじり》のしわをいっそう深くして笑みを見せた。着流しに大小を差し、深編み笠《がさ》を手にしている。

さきほどから、是非《ぜひ》にお名前をとたずねても、やんわりとはぐらかすだけである。着物にも紋はない。だが、相当の仕立てのものだということだけでも、そこそこの身分だろうと見当はつく。

「お武家様のおとりなしがなければ、とんだ大事になるところでございました」

「本当だわ。義姉《ねえ》さんたら、肝心なときにお店を空《あ》けているんだもの。あたしは心底、肝が冷えました」

人だかりに近づいてきたこのお武家が、騒ぎの一方の火元であるお内儀ふうの女に、静かだがよく通る口調で説いてくれたのだ。

「まずは懐中をあらためてみられてはどうかな。それで失《う》せ物がないようならば、ここはこの老体に免じておさめてくれまいか」

もとより、失せ物があるはずもない。お初はようやく解放された。そして、そのまま行きすぎようとするこのお方を請《こ》うて姉妹屋まで案内し、折好《おりよ》く買い物から戻ってきたおよしと二人、何度も畳に手をついているのである。

「もうよい、もうよい。それより——」

お武家は、お初の差し出した湯飲みを手に、店先の看板のほうを振りかえった。

「わしは、町中を歩くたびに、一膳飯屋に掛かっているあのような看板を不思議に思っておったのだが、あれにはどういう意味があるのかの」

姉妹屋の看板には、「鬼」と「姫」があしらってある。鬼は一人、姫は二人。近ごろかきかえたばかりで、小ぶりではあるが人目をひくものだ。

「煮しめの味が自慢の店は、みなああいう看板を出すのでございます」およしが答えた。

「鬼と姫で、『おにしめ』というしゃれでございます。よそでは鬼も姫も一人ずつでございますが、私どもは姉妹屋でございますので、姫は二人にいたしました」

「それは考えたものだ、なるほど」お武家はうなずいた。

「確かに、美しい姫が二人いる店であるな」

「鬼にあたるものもちゃんとおります」お初が言った。

「ほう。誰かの」

「お初ちゃんたら」およしがお初をたしなめる真似《まね》をしてから、笑みを浮かべて答えた。

「この娘の兄、わたくしの連れあいが、お上《かみ》の御用をつとめさせていただいております。人によりましては鬼親分などと……」

「それでは、ここの主《あるじ》は通町の六蔵《ろくぞう》親分かね」

「はい。まあ、お武家様もご存じで」

「通町の六蔵を知らぬものなど、この辺りにはおるまいて。しかし、それならば、先刻の騒ぎのおりにも、皆にそう言ってやればよかったのではないかの」と、お初を見る。お初はおおげさに首を縮めてみせた。

「巾着切りに間違われるようなことをしでかしたと知れたら、兄のほうがずっと恐ろしゅうございます」

お武家は笑った。若者のような張りのある声だ。

「そうか、内緒、内緒ということだの。しかし――」

ふと、真顔に戻る。

「目明《めあか》しの妹にしては、それらしくない見間違えをしたものよな。本当に、あのお内儀の袖に血がついているように見えたのかの」

お初は困った。今となると、自分が見たものが本当か、それともただの間違いか、心もとなくなっていた。

およしを見ると、こちらも膝《ひざ》のうえに手を揃《そろ》え、切れ長の目をじっと据《す》えて答えを待っている。なおさら返事がしにくい。

「わたくしは、確かに見たと思いました。それでも、あの場にいたほかの誰も、そんなものは見えないと言います」

目を上げて、お武家の思慮深い顔をまっすぐに見た。

「お武家様はいかがでございましたか」

「うむ。わしの目にもなにも見えなんだ」

「少しとりのぼせていたのでございましょう」

およしがすぐに、口をはさんだ。短兵急《たんぺいきゅう》の六蔵とよくまあつれそっていられると思うほどおっとりがたの義姉《あね》にしては、あまりに軽い口調である。心配を押し隠していることが分かる。お初には、ありがたいが、気づまりなものでもあった。

ちょうどそこへ、いい具合にいい人がやって来た。お初は元気よく言った。

「お帰りなさい、直兄《なお》さん」

姉妹屋の入り口に顔をのぞかせたのは、お初の次兄の直次《なおじ》である。

日に焼けた顔に、背中に「庭」と染め抜いた紺のはんてん。六蔵より頭ひとつ背が高い。生業《なりわい》は植木職で、もうかなり前から植木町《うえきちょう》で独り住いをしており、姉妹屋には時々、思い出したように帰ってくる。そのほうが親方の住いにも近いし、気ままだからだろう。

「よう、近くまで来たんで――」

寄ってみたんだが、と言いかけて、直次は口をつぐんだ。ひどく驚いたような目でお武家の顔を見ている。いかにも思いがけない人に会った、という様子である。

お武家様はとお初が見ると、こちらも意外そうに、ほう、と口に出した。

「私の義弟《おとうと》でございますが……」伺うように、およしが言った。

「ふむ」お武家は顎《あご》を撫《な》でる。

「そうか……ここがそなたの家だったか」と、直次に言った。

直次はきっちりと頭を下げた。

「御前様《ごぜんさま》はお一人で」

「うむ。ちと散歩でな」

短く答えると、二人の顔を見比べているお初ににっこりとして立ち上がった。

「さて、思いがけぬ長居をしてしまった。造作《ぞうさ》をかけたの」

編み笠を取ると、もう一度念を押すようにちらりと直次を見る。彼もわずかにうなずき返したように、お初には見えた。

「では、通町の親分には内聞にの」

楽しげに、お初に笑みを見せ、お武家は外に出ていった。およしと二人、追いかけるように礼を述べ、その後ろ姿が見えなくなると、お初は飛びつくように訊いた。

「直兄さん、あのお武家様を知っているの？　何処のどなた？　あたしたちには教えてくださらなかったんです」

「お旗本だよ」

そっけない返事である。お住いはどちらと問われて、ただ「日本橋」と答えるようなものだ。

「お旗本たって……」

「何度かお庭の御用で伺ったことがあるんだ。それより――」

逆に、直次が問うた。

「どうしてまた、あのお武家様がうちにいらしていたんだい？」

お初はことの顚末《てんまつ》を話して聞かせた。

「しょうがねえな……そそっかしい話だ」

苦笑《にがわら》いを浮かべて、直次は言った。

「まあ、お初らしいといえば、らしいかな」

「ひどいわねぇ。あのときは本当に見えたと思ったんですよ」

「本当に、本当？」およしがまた心配声を出す。あらあらと、お初は思った。

「どうかしらね。よくわかんなくなってきちまったわ」と、笑ってみせた。

「どこか具合が悪いわけじゃあねえんだな？」直次が訊いた。

お初はおよしの顔を見てしまった。それはさっきから、およしも尋ねたがっていたことで……そして、どうして尋ねないでいたのかも、お初にはよく分かっていたのだ。

「どこも、なんともありませんよ」

お初はぽんと胸を叩《たた》いた。直次はおよしに笑いかけた。

「心配無用だよ、義姉《ねえ》さん。これじゃ、病のほうで逃げ出しそうなもんだ」

「それならいいけれど」ようやく、およしが笑った。

「そう。ね、だから、後生だから六蔵兄さんには内緒にしておいてね。心配させてもいけないし」

「また叱《しか》られちまうしな」

お初は直次をポンとぶった。六蔵とは日頃《ひごろ》、喧嘩《けんか》ばかりしている。それでも、こんな真似はできない。何事もまず叱ってから、という短気な六蔵も面白《おもしろ》いが、お初は、万事に温和で静かなこの下の兄が好きだった。

長兄の六蔵は、今年三十六になる。その下の直次が二十三、お初は十六だから、ずいぶんと年の離れた兄弟だ。兄弟たちの親は、お初が三つのときに火事でとられてしまった。それ以後は、六蔵とおよしが親代りになってお初を育ててきてくれたのである。

「義姉さん、ね、だから本当に心配しないでちょうだい。ね?」

ことさらに、お初は念を押した。ちらりと、およしの心が読めたような気がしたからだ。

「さてと。そうすると、今夜は口止め料に、うんと夕飯をおごってもらわねえと、な」

直次は陽気に言った。

二

その晩のことである。

通町四丁目のろうそく問屋、柏屋《かしわや》から遣《つか》いのものがやって来た。その一人は、間違いなく、お初が昼間見たあのお供の男である。手代の誠太郎《せいたろう》と名乗り、頭を下げた。

もう一人はもっと年配で、番頭の弥助《やすけ》といった。そして、あのお内儀風の女が、柏屋の女主人、お清《きよ》だったという。

「たまたま昼間の騒ぎを見かけていた人にあとから知らされまして……手前どもの女中のことでお手間をおかけしております親分さんの妹さんとも知らず、大変なご無礼をいたしました。これは些少《さしょう》ではございますが、柏屋からのお詫《わ》びのしるしとしてお納め下さいますよう」

酒樽《さかだる》と菓子折。お初とおよしは泣き笑いの顔をした。いつもは忙しい忙しいの六蔵が、今夜に限って奥の座敷にどっかりといる。

お初は大目玉をくった。

「そこつもんだな、おめえは」通町の親分はきめつけた。

「おれが日頃、何か口に出すときはようく考えて、胸の中で十数えてからにしろ、おめえはそそっかしいんだからと、あれほど言ってきかせてるのに、わからねえやつだ」

なにもそんなにぽんぽん言わなくたって。お初はふくれた。

「それだって、本当に見たんだもの」

ついさっきまでは、自分でも、あれはやっぱり目の迷い、気のせいだったのだろうと納得していたのだが、こう頭ごなしに叱られると、持ち前のきかん気が頭をもたげてきた。

この兄妹の気性《きしょう》をよく知っているおよしは、手慣れたもので、大一番に水を入れる行司《ぎょうじ》のように二人の間に割ってはいった。

「おまえさん、それくらいにしておきなさいな。すんじまったことなんだし、お初ちゃんばかりが悪いわけじゃない、向こうさんだってはやとちりだったんですからね」

「まったく」六蔵はふんと鼻息をはいた。話の風向きを変えようと、直次が言った。

「しかし、お初が揉《も》め事を起こした相手が柏屋だったとは、通町も狭いもんだな」

「揉め事じゃありませんて」と、お初。

「わかった、わかった。でも兄さん、さっき柏屋さんが、女中のことで手間がどうのと言っていたのは、何の話だい？」

「おう、実はな……それでおれも頭を痛めているんだが」

六蔵はあぐらをかいて乗り出した。妹を叱りとばしていた顔に、別の懸念《けねん》がさした。

「柏屋でまた、女中が逃げ出してな」

「あら……またですか？　あの噂《うわさ》のせいですか」およしが声をひそめた。

柏屋は、通町でも古株の老舗《しにせ》である。お初の出会ったお清は先代の一人娘で、五年前、婿《むこ》を迎えて跡をとった。それが、今の主人の宇三郎《うさぶろう》である。

宇三郎は、生まれは竪川《たてかわ》町の小さな八百屋《やおや》の次男坊である。十のときに柏屋へ奉公に出され、お清の婿《むこ》に引き立てられたときは、柏屋のなかでも一番若い手代だった。

口数も少なく、真面目《まじめ》で、商《あきな》いも手堅い。奉公人から引き立てられたからといって高ぶらず、むしろ、使われる側の心をよく承知しているので、店の者たちからも慕《した》われている。

かれが婿になったのは、半分はその勤勉・誠実を買われたことでもあるが、残りの半分は、先代が、かれに惚《ほ》れ込んだお清に押し切られたのだという事情は、通町では有名な話だ。そんなわけで、通町の旦那《だんな》衆も、最初のうちは宇三郎をはすっかいにながめていたが、二年もすると、柏屋の円滑《えんかつ》な商いぶりが認められ、宇三郎の旦那としての信用も、しっかり地に着いたものになっていた。

ところが、その宇三郎が半年前に突然、原因の分からない病《やまい》に倒れた。以来、寝たきりである。

しかも、その病は悪疫《あくえき》で、人に伝染《うつ》る——という噂が立ち始めた。

ふた月前に、寝ついている宇三郎の世話をしていた女中が逃げ出したことが、そもそもの始まりである。柏屋から町役に届出があり、六蔵が手を尽くして逃げた女中を探し出すと、かの女はどうしてもお店《たな》に戻るのは嫌《いや》だという。

「旦那様のお付きをしていると、あたしも具合が悪くなるんです」

確かに、女中の愁訴《しゅうそ》は宇三郎のそれとよく似ていた。頭痛に吐き気。時には熱も出る。ただ、女中のほうが、宇三郎よりも軽くて済んでいた。

その一時期、柏屋はかなり客足が落ちた。しかし、勝気なお清は、人の噂は聞き流し、しつこく訪ねてくる怪しげな祈禱《きとう》師やら占い師をせっせと追い返して、商いを続けてきた。柏屋の真ん前で悪疫よけのお札《ふだ》を売っていたいんちき巫女《みこ》に、お清が手桶で水をぶっかけたときは、六蔵もその場に居合わせていて、大いに胸のすく思いをしたものだ。

お清のそのきっぱりとした態度と、宇三郎を診ている町医者の榊原《さかきばら》の、

「医師の私がそう診立《みた》てている以上、間違いない。柏屋さんの病は人に伝染るようなものではない」

という、終始冷静な言葉のかいあって、ここのところようやく、商いも元通りになってきたところだ。

そこへまた、噂を蒸し返す、女中の出奔《しゅっぽん》である。

「今度の女中の名はおつね、としは十八、やっぱり宇三郎の世話をしていた」

「逃げ出したのはいつのこと？」

「三日前の晩だ。出ていくところを見たものはいねえし、今のところ、足取りもさっぱりつかめねえ。大したものはねえが、荷物もきれいに片づいていたよ」

「やっぱり、宇三郎さんの病が怖くて逃げたのかしら」

「そうとしか思えねえんだよ」六蔵は腹立たしげに言った。

「いなくなるちっと前に、おつねは仲間の女中に、『旦那様のお部屋にいると気持が悪くなる』と話していたそうだ。柏屋も女中の数が減っちまって、仲間といっても、残っていたのは飯炊《めした》きの小娘だけなんだが、その娘だって馬鹿《ばか》じゃねえ。おつねがいなくなったことですっかり怯《おび》えちまって、こっちはなだめるのに大骨をおらされたよ」

「しかし、まずいことになったもんだな」直次がつぶやいた。

「そうなんだ。また、らちもねえことを言いふらす奴等《やつら》が出てくると、今度は以前に輪をかけた騒ぎになるだろう。柏屋もそれを気に病んでな。さすがのお内儀《かみ》も青くなっていたわけよ」

「それで、おまえさん、内聞に始末してあげるつもりなんですね」およしが言った。一段、優しい声である。

「うむ。本当なら、きちんと探索のお届けを出すところなんだが、まあ、事情が事情だ。柏屋も気の毒だしなあ」

めずらしいなと、お初は思った。六蔵という人は、通町の親分は金座の大秤《おおばかり》、ぴたりと公平、お目こぼし一切なし、お城の石垣《いしがき》なみのかちんかちんという通り評判で、それが看板の岡っ引《おかび》きなのだ。

「それはおまえさん、いいことをしましたよ」

「ほんとだわ」お初もうなずいた。

「なんなら、あたし、明日柏屋さんまで謝りに行ってきます。気持の悪いことを言っちまったんだもの。怒られてあたりまえだったわね」

機嫌《きげん》をなおしたのか、六蔵は直次に、一杯やるかともちかけた。およしとお初は支度にかかった。

「兄さんは、柏屋のお清さんて人のことを知っていたの？」

思いついて、お初は訊いてみた。

「お店の主の顔も知らねえじゃ、ここでの御用はつとまらねえよ」

「あら、それだけかしらねえ」ひやかすようにおよしが言った。

「お清さんて、若い頃《ころ》は通町小町って呼ばれてたんですってさ。だから、宇三郎さんと祝言《しゅうげん》となったときには、ずいぶんと悔《くや》しがった男衆が多かったそうよ」

「そういや、きれいな人だったわ」お初は笑った。少し取っ付きにくい感じもしたが、出会いが出会いだけに、それは割り引かねばなるまい。

「兄さんも、悔しがったうちの一人だったんでしょう」

「なまを言うんじゃねえよ、おめえは」

お初は笑って、ひょいと酒樽を持ち上げた。重かった。

そのとき。

お初の頭が、がんと痛んだ。こめかみからこめかみへ、畳針でも突き抜けたかのように。目がくらみ、辺りが真っ暗になり、その瞬間、お初は耳の底に激しい叫び声を聞いた。「助けて、助けて、人殺し！」

樽を持つ手に、火傷《やけど》のような痛みが走った。思わず取り落とし、派手な音がして中身があふれ出た。

それは真っ赤な血、血、血しぶきだった。畳のうえいっぱいに、お初の手にも、足にも、着物の袖にも裾《すそ》にも。たった今ここで人殺しがあったかのように。そして再び、耳も割れるばかりの悲鳴が。

「ひ・と・ご・ろ・し！」

お初は気が遠くなった。

三

翌日。

朝一番で、榊原先生がお初を診に来てくれた。柏屋をとりまいた悪い噂の一件以来、六蔵はこの若い医師の人柄《ひとがら》に惚れ込んでいて、誰よりも先に、この医師のところに使いを走らせたのだった。

昨夜《ゆうべ》のあの恐ろしい光景は、またも、お初の目にしか見えなかったものだった。家族からそれを聞かされても、お初には信じられなかった。あんなにも生々しく、血の匂《にお》いさえ鼻についたような光景が、どうして目の迷いや気のせいであるものか。

それでも、それでも、お初以外の誰も、六蔵も、直次も、およしも、なにも見えはしなかったという。見たのはただ、お初が悲鳴をあげて酒樽を落とし、倒れたところだけだという。もとより、「人殺し！」という叫び声など、どこからも聞こえはしなかったという。

医師が特に時間をかけてお初の目のなかをのぞき込むのを、およしが乾いた唇《くちびる》を嚙《か》んでながめていた。

「これという異常はないように思えますが」

しばらくして、榊原医師はゆっくりと言った。

「どこか痛むところはないかね？」

「ございません」お初は答えた。

「とりあえずは安静にしていることだ。それで少し、様子を見ることにしよう」

およしは医師を送り、しばらくたってから一人で戻ってきた。唇を嚙みしめるのをやめてちょっと微笑《ほほえ》むと、お初の枕元《まくらもと》に座った。

「気分はどう？」

「もうなんともないわ。心配をかけてごめんなさいね」

お初も少しばかり無理して微笑み返した。そうすることで、自分も、およしも、安心しあわなくてはならないような気がした。

「ねえ、お初ちゃん」およしが少したためらって、小さく言った。

「お初ちゃん、今、月のさわりだわね……」

お初はうなずいた。一昨日からだ。お初にしてみれば、これで二度目のことだった。先月の今ごろ、初めてそのことがあったときには、ひどく具合が悪くなって困ったものだが、今はそんなことはない。女なら誰でもそのときに思う、「うっとうしい」という気持だけである。

「女はね、月のさわりのときには、誰でも少しばかりとりのぼせたり、いらいらしたりするものよ。あたしだってそう」

「先生もそうおっしゃっていたの？」

およしが戻ってくるのにひまがかかったのは、その話をしていたからなのだろう。

「そうね、そのことは考えに入れたほうがいいとおおせでしたよ」

お初は黙っていた。せめて、榊原先生がもっとお年寄りだったなら、こんなにきまり悪くないだろうに。

「とくに、お初ちゃんはまだ慣れていないし。だから……」

「わかったわ。義姉さんも、そのことでは心配しないでちょうだいね。昨日からずっと、そのことで案じていてくれたんでしょう？」

およしは返事のかわりに微笑んでみせた。

「さあ、おとなしく寝ているんですよ。あたしは少し、買い出しに行かなくちゃ」

その頃、六蔵は一石橋《いっこくばし》のたもとにいた。

一石橋は日本橋の北方、西河岸町《にしがしちょう》の近くにかかる橋である。ここに今朝早く、若い男の土左衛門《どざえもん》が上がったという知らせが入ったのだった。

「どうやら、飛び込みのようです」

定町廻《じょうまちまわ》り同心の石部正四郎《いしべせいしろう》がやって来るのをみて、六蔵は死骸《しがい》のそばから立ち上がった。彼はこの石部から手札《てふだ》をもらってお上の御用をつとめているのである。

「仏は何者だい」

がっちりとはしているが小柄《こがら》な六蔵にくらべて、石部は相撲《すもう》とりになろうかという巨体である。急いできたので息が切れている。

「こりゃあまた、えらく痩《や》せていやがるな」

「病み上がり、という様子ですねえ。身元の分かるようなもんは身につけていませんでした」

「そうなると、ちっとやっかいだな」石部は軽く舌打ちした。

「死顔はこのとおりきれいなもんですし、身体《からだ》にも傷がねえ。まだむくみがきてねえところを見ると、どぶんとやらかしたのは昨夜《ゆうべ》でしょう。念のため、近所をあたらせていますが」

六蔵はまた片膝《かたひざ》をつき、片手で仏を拝むと、痩せさらばえた身体をむしろでおおってやった。合図して、番屋まで運ばせる。それをしおに、たかっていた弥次馬《やじうま》も散っていった。

戻ってきた下《した》っ引《ぴ》きたちの話では、昨夜この辺りで不審な人影や物音を見聞きしたというものはなかった。そのうえ、日本橋川を一町ほどさかのぼった土手蔵の陰に、わらじが一足、揃えて脱ぎ捨てられているのがみつかった。

「ほかには何もなかったかい」

「へい、こぎたねえわらじだけで。おおかた、博打《ばくち》にでも金をつぎこんで、どうにも困っちまってどぶん、てところじゃねえですかね」

「まあ、あて推量したってはじまらねえ。まずは身元を洗うこった。人相書きをつくって町役《まちやく》をとおしてふれさせろ。早いとこ身よりのところへ帰してやらねえと、仏も落ち着くめえ」

「六蔵兄さんは」と、お初は言った。

「榊原先生に任せておけば心配ねえ、万事先生のおっしゃるとおりにしておけって」

夕刻である。暮六ツ（午後六時）の鐘が、いくらかくぐもって耳に届く。ひと雨きそうな気配だ。

「先生は心配ないっていうお診立てだったんだろう？」直次が言った。少し前に仕事を終え、急いでお初の様子を見に来ていた。

「うん」

返事をしてから、お初は布団《ふとん》に顎をうめ、考えた。あたしの目に映る幻、この騒ぎは、もともと病じゃない。だから、榊原先生がいくら名医でも、分からないのじゃないかしら……。

「なあ、お初」

腕組みをして、どこか遠いところを見るような目をしていた直次が、お初に顔を向けた。

「昨夜見た幻と、その前の、柏屋のお清さんの袖に血が見えたことと、もう一度、詳しく話してくれねえかな」

お初は言われたとおりにした。そうするのは、直次が枕元にやって来てから、もう三度目になるのだが。

「どうしてそんなに同じことばっかり訊くの？」

兄は考え込んでいる。そしてぽつりと言う。

「何度聞いても、ちゃんと同じことを言ってるなあ」

「だって、見たとおり――ううん、見たと思ったとおりのことだもの」

「それに、お前の見た幻は、みんな柏屋にからんでる。そのことが、おれはひっかかるんだがな」

そういえばそうだ。お清の袖に見えた血。手代の誠太郎が持ってきた酒樽。

「それと、お前の聞いた例の悲鳴だ」

温かな布団のなかで、お初は身震いした。

「人殺し！　って叫んでた」

「どんな声だったか覚えているかい？　男か、女か、子供かそれとも年寄りか」

「そうね……若い娘さんの声だったような気がするわ。カン高くて、必死の感じだった」

「柏屋からは、おつねって女中がいなくなってる」

直次はゆっくりと言った。

「そのことと、その悲鳴と、なにかつながらねえかな」

お初はちょっと返事ができなかった。

「つながりって――どうして？　どういうつながりがあるっていうの？」

「もしもの話が、だ」

もしも、のところを強くして、直次は続けた。

「おつねって女中が、本当は逃げ出したんではなくて、何か災難にあって死んだか、あるいは殺されているのだとしたらどうだい。それを知らせようとして、お前の目に幻を見せているのだとしたら」

お初はぽかんと口を開けた。またひどく突飛《とっぴ》なことを言い出したものだ、この兄さんは。

「あたしは八卦見《はっけみ》でも何でもないわよ。兄さん、お芝居の掛け小屋にでも通ったんでしょう。そこでそんな話を聞き込んできたんじゃあないの」

直次は笑いだした。

「そうじゃない。もっと出所の確かなところから、そんなような話を聞いたことがあるんだよ」

「気味が悪いわ」

「そうだな……まあ、そんなこともあるかもしれねえってことさ。おれも少し気になったから、柏屋に出入りしたことのある仲間に、それとなく訊いてみたんだよ。

そいつらの言うことじゃ、おつねって娘は旦那につかえてよくやっていたそうだ。まあ、それほどはきはきしたほうじゃなかったが、気立てが優《よ》くて、てまめでな。そんな娘が、病人をほったらかして、しかもなんの断わりもなしに逃げ出すようなことをするかな」

「でもね、人の気持は変わるものでしょう。自分も具合が悪くなったら急に怖くなったのかもしれないわ。奉公人には、身体の丈夫だけが身代《しんだい》だもの」

江戸の町に身ひとつで働きに出てくるものは大勢いる。それらの人たちが何とか暮していけるだけの仕事があるからだ。しかし、それはあくまでも身体が丈夫であってのこと。病や怪我で動けなくなったら、すぐに食べることさえ困るようになる。華やかに、豊かにものの溢《あふ》れるこの町は、どこよりも「金が仇《あだ》」の町でもあるのだ。

直次が部屋を出ていったあと、雨が降り始めた。その雨音を聞きながら、ひと眠りしようとお初は目を閉じた。

しばらくして、枕に頭をつけたまま、ぱちりと目を開いた。

四

六蔵の元へ、土左衛門の男の身元が分かったという知らせが来たのは、三日後のことだった。

桶町《おけちょう》に住む藤兵衛《とうべえ》という桶屋の親方が、それはひょっとすると、半年前まで自分のところで働いていた圭太《けいた》という男ではないかと申し出てきたのである。

「まちがいございません。これは圭太でございます」

仏の顔を検《あらた》めると、藤兵衛はそう返事をした。死骸にはもう腐《いた》みがきていたが、その額にそっと手をやって、可哀想《かわいそう》にな、とつぶやいた。

「なかなか真面目な働き者でしたが、胸を患《わずら》いましてね。元は川越《かわごえ》の在で、兄夫婦がそこで畑をこさえているので、いっそしばらくそっちへ引っ込んで、ゆっくり養生してからまた江戸へ出てこいと言ってやったんですが……」

「この身体つきじゃあ、病がすっかりよくなったというわけじゃなさそうだがな。何でまた江戸に出て来たのかねえ」

さあ……と、藤兵衛は首をかしげた。

「また働きたいというのだったら、何をおいても私に知らせてきたと思います。圭太は律儀《りちぎ》ものでしたから」

「江戸に身よりは？」

「ねえはずです」

「親方のところでは住み込みだったのかい？」

「いいえ、通いでした。住まいは確か……そう、鈴木町《すずきちょう》のほうだったと思います。ぼんぼり店《だな》という裏長屋で」

そこで、下っ引きの一人を川越へ走らせたあと、六蔵は鈴木町に向かった。

長屋はどこでも、違うのは名前だけ、中身は似たようなものである。

ぼんぼり店も、風流な名前を裏切る見栄《みば》えのしないところだったが、差配は頭のしっかりした、自分の役目にも、それこそぼんぼりのように明るい男だった。圭太のこともよく覚えていた。

「店賃を滞《とどこお》ることもありませんでしたし、働き者でしたよ。あの年ごろの男にしちゃ、悪所通いをすることもなかったし、隣近所のかみさん連中にも好かれてましたね。あたしも、ああいう店子《たなこ》ならいつだって引き受けてやるつもりでしたから、病がよくなってまた出てくるときには、うちを頼っておいでと言ってやったくらいです」

「特に親しくしていたもんはいましたかね」

「さあね……無口でおとなしい男でしたから、人に親切にされればありがたく受けてはいましたが、自分から他人様《ひとさま》に関《かか》わろうとするところはなかったなあ。いや、あたしも一度、縁談を持ち込んで断わられたことがありましてね。隣町の小さい煙草屋《たばこや》の一人娘で、良い話だと思ったんだが、どうしても気がすすまねえというんでね」

思い出すと、今でも残念そうな口ぶりである。

「ほかに女でもいたのかね」

もしそうなら、その女に会いに江戸に出てきたのかもしれないと、六蔵は思った。

だが、差配は笑って手を振った。

「とんでもない。圭太には女っけはありませんでしたよ。あたしの話を断わったのは、桶屋の親方に気兼ねしたからでしょう。あれには男の友達もいないようだったし――」

ふと言葉をきって、思案顔になった。

「そうそう、忘れちゃいけない。圭太は鳩《はと》を飼っていましてね」
「鳩？　ひとりもんの男が鳩を飼って暮していたってことかい？」
「そうですよ。それだけが道楽《どうらく》でしたねえ。足のところに赤い紐《ひも》を結んであったから、近所のもんもすぐに見分けがつくようになりましてね。よく仕込んでありましたよ。どこにいても、口笛一つでぴゅっと飛んで帰ってくるし。川越へ引っ込むときも、小さい籠《かご》に入れて連れて帰りました。うちのところの子供らは、ずいぶん寂しがったもんです」

圭太がなぜ、わざわざ江戸に出てきて死ぬようなことになったのか——今のところは、川越にやった下っ引きを待つより手がなさそうだ。

六蔵はそう思い切って、榊原医師の住む平松町《ひらまつちょう》へと足を向けた。お初のことを、もう少し聞いておきたいと思ったのである。

榊原医師は、父親の代からの町医者である。まだ独り身で、六十近い母親と二人、下働きの男を一人置いただけで暮している。急病人のあるときは自分で薬籠《やくろう》を担《かつ》いででかけていく。式台もなし玄関もなし、先生のいるときには、いつも患者が表まで溢れている。

「ちょうど良かった。たった今、柏屋さんから戻ったところだったのです」

若い医師はきさくに六蔵を出迎えたが、心なしか元気がないように見えた。

「また、宇三郎さんの具合が悪くなったんで？」

六蔵は急いで訊いた。

「ひどい腹痛です。とりあえず薬湯《やくとう》を飲ませ温湿布をしてきましたが、あれで落ち着いてくれるかどうか……」

板敷の床に座り込み、医師は背中を丸めている。六蔵は黙って、勧められた湯飲みに手を伸ばした。ここで出される白湯《さゆ》や茶は、気のせいか薬くさいようだ。一方の壁をふさいでいる大きな薬棚《くすりだな》や、使い込まれた薬研《やげん》や乳鉢《にゅうばち》が目に入るからかもしれない。

宇三郎の病状が相当悪いことは、六蔵も知っている。おつねの一件で柏屋を訪ねたとき、彼がわざわざ起き出して挨拶《あいさつ》に来たからだ。紙のようにかさかさになった肌《はだ》。寝巻の隙間《すきま》からのぞくあばら骨の飛び出し具合。痛ましいほどだった。

（おつねが逃げ出したくなったのも、わからねえではないな……）

江戸という町は女が少ない。娘一人、腹のくくりようによっては、重病の主を介《かい》抱《ほう》してすごすより、もっとずっと気楽で豊かな暮しがおくれるというものだ。

「情けない話ですが、今の私の力では、宇三郎さんの、そのときそのときの苦しみを和《やわ》らげてあげることで精一杯の有様です」

「先生のお診立てを疑うわけじゃ毛頭ございませんが、他人に伝染《うつ》ることはねえ、というのは確かなことでございますか」

「それは間違いなく」医師はきっぱりとうなずいた。

「働き盛りの大の男をあれほどに弱らせるほどの激しい病です。もし他人にも伝染るものなら、今ごろ、柏屋には元気なものなど一人もいなくなっていることでしょう。この私とて、ここに床を延べて寝込んでいますよ」

疲れたような笑みを見せる。

「今だから申し上げられることですが、私もほとほと手をつかねて、あるいはこれは病とは別のものではないかと考えたことさえあったのです」

「と、おっしゃいますと」

「何か毒物のせいではないかと思ったのです」

それと分かるほどに目付きを鋭くして、六蔵は座り直した。医師はあわてて手で制した。

「そんな怖い顔をしないでください。私の思い過しでした。口実をつけて内密に調べてみたのですが、毒物などどこからも見つからなかったのです」

食事はもとより、井戸水や、肌に触れる衣服や寝具まで調べてみたが、怪しいところは何もなかったという。

六蔵は声をひそめた。

「そうでしたか……いや、それを聞いたらお話しできますが、実はあっしも同じようなことを考えたことがありましたんで」

「六蔵親分も？」

「へい。といっても、言い出したのはあっしの弟の直次のやつなんですが。あいつはあっちこっちに出入りしますんで、色々と見聞きしています。で、宇三郎さんの病の様子が、以前、石見《いわみ》銀山ねずみとりで心中し損なった親子の様子と、よく似ていると申しますんで」

医師は、ほう、と声をあげた。

「それは慧眼《けいがん》ですね……。私も、考えられる毒物として真っ先に思い浮かべたのは、砒毒《ひどく》でした」

「なるほど。いや、あっしもそのときは、確かに直次の言うことも理にかなっていると思ったんですが、しかしねえ」

六蔵は顎《あご》をひねった。

「いったい、柏屋のなかの誰が、宇三郎さんに毒を盛ろうと思いますかねえ？　奉公人たちにも慕われているし、お内儀《かみ》のお清さんとは、惚れあって、先代の反対を押し切って一緒になった仲だ。今だって、商いを切り盛りしながら、そりゃあよく尽くしているじゃありませんか」

医師は大きくうなずいた。

「私も、お内儀には頭がさがる思いです。それだけに、よけいに自分の力足らずが歯がゆいのですよ」

「あっしとしては、そのへんの事情を知っているだけに、まさかと思いましてね。それに、もしそんなことなら、真っ先に先生がそれと気がつかれるはずだ。それで、口に出さずにきたんですが。やっぱり、先生も同じことをお考えでしたか」

「らちもない話でした」医師は苦笑した。

「――ただ、ちっとばかり気になることがないわけではねえんです」

六蔵が言うと、医師も真顔に戻った。

「これはあっしの思いすごしかもしれねえんですが――先生は、手代の誠太郎というやつをどう思われますか」

「どうといっても……いたって真面目な男のようですし、商いにもなかなか冴《さ》えがあるという評判ですよ」

「へい。誠太郎は、ほかの奉公人たちとは違って、年季奉公《ねんきぼうこう》で柏屋にいるわけじゃありません。実家は会津《あいづ》の大きなろうそく問屋で、柏屋とも取り引きのあるところです。そこから、いわば商いの修業に来ている身でしてね。そのせいかもしれませんが、お内儀のお清さんにもなれなれしいところがありますし、宇三郎さんが倒れてからこっち、しょっちゅうお内儀にくっついていますしねえ」

「今の柏屋は、お清さんと誠太郎でもっているようなものですから、仕方ないのでしょう」

話がそんなところにいったので、お初のことを尋ねそこねてしまった。医師のほうがそれを察したのか、

「妹ごの具合はいかがです?」と、水を向けてくれた。

「へい、今のところは落ち着いているようで」六蔵はほっとして答えた。

「普段はもう、うるさいくらい元気のいいやつですから、なに、ちょうどいいくらいですよ」

「あまり心配されないほうがいいですよ」榊原医師は優しく言った。

「病とは思えませんし、もともと若い娘ごは感じやすいものです。お初さんは明るいひとですから、すぐに元気になられるでしょう」


その頃、当のお初は柏屋に向かっていた。

こっそり身支度して、およしのすきをみて外に出ることなど、造作もない。姉妹屋はいつもどおりの繁盛だったから、およしは一人でてんてこまいしていた。

あれからずっと、お初はお初なりに、これまでの出来事を考えてみていた。そうしているうちに、直次の言っていたことが、小さなささくれが気になってたまらないように、お初の心のなかをちくちくとつっつくようになってきたのである。

直次の言ったことをうのみにしたわけではない。だが、じっとしていてもらちはあかないのだし、幻を見たのも、悩まされているのもお初一人のことだ。どうにかして理由を突き止めて見ようじゃないのと、度胸を決めた。

義姉《ねえ》さんの言うとおり、あたしが今、少しばかりとりのぼせているだけのことなのかもしれない。でもひょっとしたら、もっと深いわけがあって、ほかの人には見えないもの、感じ取れないものが、あたしにだけは分かるのかもしれない。

春の風にのって燕《つばめ》が一羽、お初のまえを気持よさそうに横切ってゆく。

（あの燕だって、うんと目のいい人には胸の羽毛の色まで見分けられるけれど、近目の人には燕か雀《すずめ》かも分からない。そういうことと同じかもしれないわ）

まずは、先日のお詫びという口実でお清にあってみよう。そこでまた何かが起こるなら、今度はしっかりとそれを見とどけるのだ。

（六蔵兄さんにこんなことを話したら正気を疑われるのがおちだけど、あたしにはあたしの考えがあるってもんだわ）

目を上げると、柏屋の堂々たる店構えがもう間近にきていた。見事な桟瓦《さんがわら》が重たげにおおいかぶさって、その下に眠る秘密を押し隠しているように見える。お初はひとつ身震いをした。

「ごめんくださいまし」

五

お清は丁重《ていちょう》にお初を迎えた。

奥の間に通されたお初は、屋敷の広さ、決して派手ではないが贅《ぜい》を尽くした造りに驚かされ、張りつめた気分が少し緩《ゆる》んだほどだった。やはり、美しいものには目がない年ごろなのだ。

　今日のお清もまた、美しかった。薄紫色の着物が白い肌をひきたてている。お清が現われたとき、少しどきりとしてたもとに目をやったが、血のしみは見えなかった。

「素晴らしいお屋敷でございますね」

　宇三郎の病のために柏屋も一時は商いに苦しんでいたはずだが、これだけの屋敷を維持しているのは、やはり並大抵の財力ではない。

　お清は微笑んだ。このひとの笑顔をお初は初めて見た。

「みな、先代、先々代の残したものでございます。わたくしどもでは、奉公人の数も減ってしまいましたし、なかなか手入れも行き届きません」

　そういう言葉つきは、どこかなげやりだった。そういえば、家のなかはずいぶんとひっそりしている。残っている奉公人たちは、みな店に出ているのだろうか。

「あの欄間《らんま》は、みんな季節の花を彫ったものなのですか」

　お初が訊いたのは、大輪の牡丹《ぼたん》を絵柄《えがら》にした欄間の透かし彫りのことだった。唐《から》紙《かみ》で仕切られた隣の座敷のものは、通りがかりにちらりと見かけたかぎりでは、あやめのようだった。

「お気に召しましたか」

さしてうれしくもなさそうに、お清は言った。

「あれは、会津藩名産の絵ろうそくの下絵をもとに、江戸でも指折りの大工に彫らせたものなのだそうです。先代は、絵ろうそくを柏屋の売り物にしておりましたか今でも、会津の製造元とは親しく行き来しておりますから。

お清がそんな説明をしているところに、

「お内儀さん」と、声がした。

「失礼いたします」お清がつと立って、座を外した。廊下《ろうか》のほうに引っ込んでしまっているので姿は見えないが、相手は女中だろう。おつねと一緒にいたという飯炊きの娘にちがいない。声をひそめたやり取りのなかで、ときどき、「旦那さまが……」とか、「それは私がしましょう、らくはお店のほうを」などの言葉がこぼれてくる。飯炊き娘の名は、おらくというらしい。

宇三郎さんの具合がまた、悪くなったのかもしれない。そう思いながら頭をめぐらせ、また欄間の方へと目をやった。

そこに、血しぶきが見えた。

透かし彫りのあちこちに、なすったような血の色が見える。さっき感嘆して見上げたときにはなかったものだ。お初は息を呑《の》み、目を見開いた。

よく見ると、その欄間はこの座敷のものではない。彫られている花は牡丹ではなく、菊だった。その細い花びらのあちこちに血がついている。

また、頭が絞り込むように痛んできた。どきんとした。来た、と、手のひらに汗がにじんでくる。目のまえがすうっと暗くなり、身体が縮むような感じがしたと思うと、お初の目のまえに、観音扉《とびら》をいっぱいに開き、あかあかと燈明《とうみよう》をともした仏壇に向かっているやせて縮こまった男の背中が見えた。

（これは……このひとが宇三郎さんだ……）

明りをふっと吹き消したように、その光景が消え、畳に広がった血の海のなかに倒れている、一人の娘の姿がとってかわった。同じ場所だ。仏壇と、菊の欄間が見える。娘は洗いざらした縞《しま》の着物を着て、その胸のあたりが血でぐっしょりと濡れている。乱れた髪が顔にかかっているのに、大きく開いた目で天井を見据《みす》えている。

血の気の失《う》せた白いほおに、小さなほくろが見えた。ぴくりともせずに横たわっているその娘の手に、真新しいろうそくが一本握られているのも見えた。指の関節が白く浮き出すほどにきつく握りしめている。流れ出た血がどんよりと溜《たま》りをつくり、生き物のようにじわじわ広がっていく――

お初ははっと我にかえった。首ががくんとした。

「どうかなさいましたか」

気がつくと、お清が戻ってきていた。お初は声も出せず、かぶりを振った。お清の頭越しに欄間を見上げる。柔らかな花の線をそのまま映して彫った、見事な牡丹。

お清は少しも変わりなく、すっきりと背を伸ばして座っている。髪一筋の乱れもない。さっきお清のいれかえてくれた湯飲みからは、まだ温かな湯気がたちのぼっている。幻は、今度もほんの一瞬のことだったのだ。だが、それで十分だった。

いとまをつげて帰るお初を、お清はきちんと見送りに出てくれた。お初は人知れず背中に冷たい汗を流していた。

それでも、ここまで来て引き下がるわけにはいかない。表から柏屋を出ると、その足で今度は勝手口に回る。飯炊きの娘に会わなければならない。

店先からまわれ右して、総檜《そうひのき》の塀《へい》をめぐる。こうしてみても、この屋敷は広い。一段低いくぐり戸を抜け、勝手口から厨《くりや》に入った。土間《どま》に背を向けるようにしてかまどがきってあり、その脇《わき》に大きな水瓶《みずがめ》がある。

人の気配はない。だが、しばらく様子をうかがっていると、軽い足音が近づいてきた。十四、五の小柄な娘である。声をかけると、

「なあに、物売りならお断わりだよ」と、愛想《あいそ》のない声を出した。

「そうじゃないの。あたしは、ここで働いていたおつねちゃんの友達なんだけど」

娘は疑わしげに顔をしかめた。

「おつねさんには友達なんていなかったよ」

「そんなことないわ。あたしたち、そりゃあ仲良しだったのよ。あんた、おらくちゃんでしょう?」

「どうしてあたしのこと、知ってるのよ」

「おつねちゃんにきいたの。あんたが働き者だから、とっても助かるってほめていたもんよ」

ようやく、おらくの表情がゆるんだ。お初は続けた。

「あたしは四丁目の小さい雑穀問屋にいるんだけど、お使いでついそこまで来たもんだから、おつねちゃんに会えないかと思って寄ってみたの。お店《たな》の人には内緒で、ちょっと呼んでもらえないかしら」

おらくは困った顔になった。嘘《うそ》が下手《へた》なのだ。

「おつねさん、今はいないわ」

「あら、お使い？」

そう言ってから、お初は心配顔をつくってみせた。六蔵から、おつねの出奔は、表向きには、母親が急病で故郷《くに》に帰ったことにしてあると聞いている。

「それとも、ひょっとしたら故郷に帰っちまったのかしら。このまえ話したとき、おっかさんが具合が悪いって言ってたけど……」

おらくは飛びついてきた。

「うん、そうよ。そうなの」

「あらまあ……おつねちゃんもたいへんだわ」

そのとき、お初の頭のうえで不意に羽音がした。振り向く間もなく、一羽の鳩が騒々しく羽ばたきながら、お初の肩にとまろうとしておりてきた。驚いたお初は思わず手を上げて顔をかばうと、鳩は離れ、一間ほど先の地べたに降りると、のどを鳴らしながら首をかしげた。

「——びっくりしたわ。でも、可愛《かわい》いこと。よく慣らしてあるのね」

おらくは首を横に振った。

「あたしが飼ってるわけじゃないわ」

「まあ、野鳩には見えないけれど」

鳩の羽は白く、右の足に赤い紐が結んである。こんなに近くに人がいても逃げないのだし、どこかで飼われているものだろうと、お初は思った。

「その鳩、おつねさんがよくかまっていたのよ。ときどきうちに飛んできちゃ、餌《えさ》や水をもらってたの。おつねさんはいなくなっちまったのに、まだ飛んでくるの」

「そうだったの……」

直兄さんの言っていたとおり、おつねさんは優しい娘だったんだわ。迷い鳩の面倒をみていたんだもの。そう思うと、さっき見た幻の恐ろしさがよみがえり、同時に、無性に腹立たしくなってきた。

そんなお初を、鳩はつぶらな黒い目で見つめ、ぱっと飛び立っていった。

「あの鳩も、おつねちゃんがいなくて寂しいでしょうね」

「おつねさん、とっても可愛がっていたからね。いつかなんぞ、このお屋敷の床下に野良猫《のらねこ》が這《は》い込んでね。そんなところで住みついて、鳩にかかられたらいけないって、おつねさん、床下にもぐりこんで猫を引っ張り出したくらいよ。あたしも手伝わされちまって」

「たいへんねえ。床下なんて、気味悪かったでしょうに」

「うん。でも、旦那様の病がよくならないのは、床下にがまが住み着いているからじゃないかって、番頭さんがどこかから聞き込んできて、みんなで掃除をしたあとだったから、あたしにはたいして苦じゃなかったわ。おつねさんは、あとで気持が悪くなっちまって、なんだか青い顔をしてたけど、面倒かけてごめんねって、きれいな半襟《はんえり》をくれたっけ」

「がまねえ……ここのお内儀《かみ》さんは、そんなまじないごとみたようなことは嫌《きら》いだと聞いていたけれど。いいお医者様がついていることだし」

「そうよ。だから、内緒でしたの。がまなんて、いやしなかったけれど」

主の病を治そうと、お店のものたちも懸命なのだ。おつねもそうであったはずだ。急にいなくなるなんて、筋が通らない。

そういえば、さっきの幻は、宇三郎が仏壇に向かっている光景だった。

「ねえ、旦那様も信心をなすっているの？」

「信心て？」

「お仏壇を拝むとか……」

おらくはうなずいた。

「そんなら、毎日よ。今みたいに病にかかるまえから、旦那様の習慣だったのよ。今でも朝晩拝んでるわ。加減が悪くてできないときは、お内儀さんに言って、かわりに拝んでもらっているくらいだもの。ご先祖を大事にしないと罰が当たるって」

あたし、もういかなくっちゃ。おらくはそわそわしだした。

「こんなところで油売っているのを見つかったら叱られちまうわ」

「そうね。ひきとめてごめんなさいね」

おらくがぺたぺたと足音を立てて廊下を去っていったあと、しばらくして、お初はもう一度柏屋に上がり込んだ。脱いだ履物は帯の間に突っ込んで、とんだくのいちである。

おつねが殺されたのは、菊の彫られた欄間のある部屋だ。仏壇も見えたところをみると、たぶん仏間だろう。そこで宇三郎が朝晩、おつとめをしているのだ。

足音を忍ばせ、そっと廊下をたどる。広い屋敷のなかはどこまでもしんとしている。

お初とて、通町に生れ育った娘だ。大きな屋敷はほかにも見たことがある。それでも、こんなに静かで人のぬくもりのないところは初めてだ。

（人殺しがあったうちだからだ。このうちは、ここでむごいことが起きたことを知

っているんだ)

いったい、いくつ部屋があるんだろう。用心深く唐紙を開けては中をのぞき込むと、そこには広い畳があるばかり。菊の欄間はみつからない。それに、磨《みが》き込まれた廊下はひどく滑る。

角をひとつ曲がり、思わずため息をついたとき、仏壇で鐘を打つ音が聞こえてきた。

お初はぴたりと動きを止めた。低い読経《どきょう》の声もする。お清の声だ。おらくの言ったとおり、宇三郎のかわりにおつとめをしているのだろう。

声を頼りに、お初は十分に用心して唐紙を開けた。その唐紙は、お初が手をかけるまえから、ほんの少し隙間があいていた。

お清の後ろ姿が見えた。仏壇の扉が開いている。線香の香りがする。欄間の透かし彫りは——

(菊だ!)

間違いない。さっきの幻の場所だ。ちゃんとあった。

お清の読経は続く。部屋のなかは、幻で見た有様とは全く逆に、畳が光り、唐紙は白く、欄間の菊は美しい。仏壇は、お初のうちのつつましいものの倍はありそうな大きさで、金もふんだんに使ってあった。

ただ、なんとなく、ちょっとおかしなところがある。それが何だか、お初は考えてみたが、すぐには答えがみつからなかった。

お初はそっと、唐紙を閉めた。ところが、閉めても、またほんの少し隙間が残る。柏屋さんのお屋敷で、立てつけが悪いはずもなかろうに。

廊下の向こうから、人声が近づいてきた。お初はあわてて勝手口に戻った。

おつとめをするお清の様子のどこがおかしかったのか、それが分かったのは、柏屋からだいぶ離れて、ようやく胸の動悸《どうき》がおさまってからだった。

あの仏壇には、お燈明がともっていなかった。


そのまま姉妹屋に戻る気にもなれず、川岸にそって江戸橋《えどばし》まで歩きながら、お初は思いに沈んだ。

(おつねさんは、どうして殺されたのかしら)

気になるのは、幻のなかのおつねが手にしていた一本のろうそくだ。命を落してもまだ、しっかりと握りしめていた。

たかがろうそく一本盗んだくらいで殺されるなんて、どう考えてみてもおかしすぎる。おつねは奉公人だ。何か不調法《ぶちょうほう》があったなら、年季の途中だろうと、やめさせてしまえばすむことではないか。

欄干《らんかん》にもたれて、あしもとを見おろした。日本橋川はゆるゆると眠気を誘うように流れている。

お初はぐったりと疲れが出てくるのを感じた。

(こんな捕物みたようなことはあたしの得手《えて》じゃないわ。やっぱり、六蔵兄さんに話してみようか)

それでも、どう話す？　今度はあたし、柏屋さんで死んだおつねさんの姿を見たのよ、では、兄さんは尻《しり》っぱしょりで榊原先生を呼びに行くだけだろう。お初はため息をついた。

「お初！」

不意に、後ろで大きな声がした。直次だった。走ってきたのか、はあはあいっている。

「なんだ、直兄さん」

「なんだじゃねえぜ、おどかすやつだな。いったい、どこへ行ってたんだ？　おまえの姿が見えねえって、義姉《ねえ》さんが青くなって、おれのところまですっとんできたんだ。今、みんなで探し回ってるぞ」

「柏屋さんに行ってたの」

お初は元気なくつぶやいた。これでまた、ひと騒ぎだ。

「直兄さん、あたし、あそこで大変なものを見ちまったのよ」

お初は、これまでのことを、できるだけ順序だてて話して聞かせた。

直次は終始腕組みをしたまま、じっと聞き入っていた。お初の話をさえぎったのは一度だけ、幻のなかで見たおつねがろうそくを握りしめていた、というくだりにきたときだった。

「ろうそく――確かにろうそくだったんだな？」

「そうよ。あたしもそれが不思議でしょうがないの。蔵いっぱいにろうそくのある柏屋で、どうしてろうそくを握って殺されたのかしら。合点《がてん》がいかないわ。わからないわ」

お初は嘆いた。

「直兄さんから、六蔵兄さんに、柏屋を調べてくれるように頼んでみてくれないかしら。あたしが言ったんじゃ見込みないもの」

「それはどうかな……おれでも駄目《だめ》だろうよ。兄貴は、夢幻なんかじゃない、はっきりしたよりどころがなければむやみに人に疑いをかけたりはしねえからな。まあ、そこが信用できるところなんだが」

「石頭だもんね」

しばらく黙り込んでから、直次はぽんと欄干を叩いた。

「この際、てっとり早くいこう。柏屋の仏間のろうそくを調べてみればいいんだ」

お初は目を見張った。

「どうやって？　ごめんください、ろうそくを拝見って行くの？」

「馬鹿な。こっそり調べてみるのさ」

「夜盗の真似をするの？　兄さんが？」

「おまえだってくのいちの真似をしたじゃねえか。おれにできねえってことはねえさ。たまには下っ引きめいたことをするのも面白いかもしれねえぜ」

六

その夜、真夜中も大きくまわった頃。

お初は、明りを消した部屋のなかで、布団をひっかぶり、格子《こうし》窓から首だけ出して胸をどきどきさせていた。

結局のところ、直次はでかけていったのである。

（商売柄《がら》、身は軽いんだ。心配するな）

そう言い置いていって、かれこれ一刻《いっとき》（二時間）はたつ。お初は夜に耳を澄まし、呼び子は聞こえないか、人声はしないかと、息を殺して待っていた。

幸か不幸か、新月の夜は墨を流したような真っ暗闇《くらやみ》である。通りの外れの番屋の灯《ひ》がぽつんと一つ震えているだけで、あとはなにも見えない。どこかで猫がなき、立て掛けてあるものが倒れるような音がした。

（遅い、遅いわ）

お初は布団を引っ張ってじりじりした。

階下の部屋では、六蔵とおよしが寝静まっている。昼間は、およしには泣かれ、六蔵には叱り飛ばされた。ただただ謝ってあとはおとなしくしていたのだが、今はもう、いざとなったら二人を叩き起こそうと思い始めていた。

それから四半刻《しはんとき》（三十分）。そっけなく静まり返った夜に、お初の辛抱《しんぼう》が切れた。

乗り出した窓から、軒を伝って外に出られる。お初はとうとう格子をまたぎ、足音を立てないように用心して屋根に降りた。闇にまぎれて下が見えないから怖くはないが、どうにも足元が心もとない。板葺《いたぶき》の屋根を踏み抜いたら、兄夫婦の頭のうえに真っ逆さまである。

軒先までにじり寄ると、うまい具合にすぐ近くに天水桶《おけ》がある。そこに足を掛けて下へ降りたら、あとは柏屋まで何とか走っていこうと、裾をたくし上げて膝を乗り出したところに、不意にかちかちと送り拍子木《ひょうしぎ》の音が耳に入った。こんな時刻に誰が木戸を通ったのか知らないが、お初はびっくりして足を滑らせた。

(おっこちる!)

——と思ったが、落ちなかった。黒い影がぱっとかすめて、危ないところでお初を捕まえた。

「こんなところで何をしてるんだよ!」

直次だった。上から下まで黒ずくめの格好だが、まちがいない。

「よかった! あんまり遅いから心配になって」

直次はお初を抱えて軽々と歩いた。屋根を踏む音さえしない。

「直兄さん、まるでお猿《さる》だわね」

感心する間に、ひょいと格子を越えて、お初は部屋に戻っていた。そこには六蔵のぶっちょう面《づら》が待ちかまえていた。

「直次はともかく、お初は間者《かんじゃ》にはなれねえな。えらい音がしたぜ」

むっつり顔の六蔵に、直次は手早く子細を話した。話がお初の見たおつねの幻のことにかかると、六蔵は目をむいた。

「おめえら、二人してまだそんなことにかかずらっていやがるのか」

強く言ってから、一時、気遣わしげにお初の顔を見た。お初は身を縮めた。

「兄さん、以前、柏屋の宇三郎さんの病は本当は病じゃないかもしれないって話をしたことを覚えているかい？」

「忘れるわけがねえよ」六蔵は太い声を出した。

「今日もちょうど、榊原先生とその話を蒸し返したばかりだ。だから言うがな、先生もいささか怪しいと思って、お調べになったそうだ。それで、食い物からも水からも着物からも、柏屋のどんなものからも毒なんぞこれっぱかりも見つからなかった、というおおせだったんだよ」

「そうさ。見つかるはずがねえんだ。毒がしかけられていたのは、このろうそくなんだからね」

直次は言って、柏屋から盗み出してきたろうそくに火をともした。黄色い炎がともり、小さくゆらめいて、光の輪をこさえた。

「宇三郎さんには、朝晩、仏壇にむかっておつとめをする習慣があった。病にかかるまえからだ。そのとき仏壇にともすお燈明《とうみょう》に毒をしかけておけば、誰にもわからないじゃないか」

そういうことだったのか……お初は、知らない人の顔を見るように、直次の横顔を見た。この兄さんは、捕物のような荒ごとには無縁の人だと思っていたのに。

「それだから、宇三郎さんのそばにいることの多い女中も、具合が悪くなったんだ。榊原先生の来るときには、戸を開けて風を入れておけば、なにも残らねえ」

「あたしが今日見たとき、お清さんは仏壇にお燈明を上げずにおつとめしていたわ」

お初がつぶやくと、六蔵はえらの張った顎を突き出した。

「だからお清がやったっていうのかい？」

「おれはそう思う。もっとも、一人で考えたことじゃあないとは思うよ。女が自分の亭主をどうこうしようと思うなんて、たいがい、後ろに別の男がいるときだ。これは兄さんからの受け売りだったかな。怪しいのは、手代の誠太郎だ。しょっちゅうお清とつるんでるし、生まれは会津のろうそく屋じゃないか、そのくらいの細工はお手のものだろう」

六蔵は居心地悪そうにあぐらをかきなおした。

「ふん、まあいい。それで、おめえたちの考えたその筋書きのどこに、おつねが殺されたことがはまるんだよ？」

「おつねはそれに気がついたんだよ。だから、証《あかし》になるろうそくを盗んで届け出ようとして、殺されたんだ」

「榊原先生にも見抜けなかったそんなからくりに、おつねがどうして気がつくことができたんだい」

「たぶん、そのからくりをしかけているところを見たか、聞いたかしたのよ」

お初が割ってはいった。

「あたし、おらくちゃんから聞いたんだけれど、這い込んだ猫を追い出すために、おつねさんと二人で床下にもぐりこんだことがあったんですって。そのあと、おつねさん、青い顔をして元気がなかったって――」

「おつねの幽霊の次は、猫ときたか」

六蔵は天井に鼻を向けた。お初は頑張《がんば》った。

「だって本当のことなんですよ。おらくちゃんの言うには、おつねさんは迷い鳩を可愛がっていて、そのときも、猫が鳩にかかるといけないからって――」

お初はぷつりと言葉を切った。六蔵の顔色が変わったからだ。

「おめえ、今何と言った？」

「だから、猫が鳩に……」

「おつねが鳩を飼ってたっていうのか？」

兄の勢いに押されて、お初はたじたじとうなずいた。

「あたしも今日、柏屋さんで見たわ」

「まさか……その鳩は、足に赤い紐をつけてやしなかったろうな」

「どうして知っているの？」

今度はお初が驚く番だった。

長いこと、六蔵は口をへの字に結んで黙り込んでいた。

「おれも今夜、柏屋で妙なものを見たよ」直次が言った。

「おめえまで幽霊や幻にかぶれたか」

六蔵は言ったが、どこかうわのそらの口調である。直次は続けた。

「そうじゃない。店の裏手の庭を掘り返した様子があるんだ。ここんとこ、柏屋には庭師も植木屋も入ってねえのにな。湿っぽい、独特の土の匂いがしたから間違いっこないよ」

ろうそくが燃え続けている。一度、じじっと音がした。お初と直次は沈黙を守った。

「こいつを、榊原先生に調べてもらおう」

ろうそくに目をあてて、ようやく六蔵が言った。

「そんな必要はないようですよ」

それまで静かになりゆきを見守っていたおよしが、初めて口を開いた。

「そら、ろうそくの周りをごらんなさいな」

燭台《しょくだい》がわりの小皿の周りに、光につられて寄ってきた羽虫がいくつも落ちていた。一つ。それからまた一つ。落ち続ける。一同の見守るまえで、ろうそくから立ち上る薄黒い煙に触れては落ちるのだ。

「六蔵兄さん！」お初は叫んだ。

七

「女心ってのは、わからねえな」

六蔵が嘆くように言った。

「あのお清が、あれだけ惚れて惚れて惚れて一緒になった亭主に毒を盛るとはなあ」

姉妹屋は、今日は商いを休んでいた。直次が、ぜひお初に会いたいという、大事なお客人を連れてくるからといっていたからである。

柏屋での一件は解決していた。お初と直次の考えていたことはほぼ正しく、店の裏手の庭からは胸を一突きされたおつねの死骸が見つかった。

ろうそくに砒毒《ひどく》をしかけようとお清を唆《そそのか》したのは、やはり、手代の誠太郎だった。お清にも柏屋の身代にも野心のあったこの男は、宇三郎を亡《な》きものにして、そのあとを襲おうと考えていたのである。

その企《たくら》みをおつねに知られ、やむをえず殺す羽目になった。手を下したのは誠太郎で、お清は彼に引きずられるまま、そのあとをとりつくろうことに荷担《かたん》したのだった。

二人の恐ろしい企てを床下で耳にしたおつねは、何とか宇三郎を助けようとしたのだろう。しかし、おとなしい娘のこと、心のうちに隠した怯えがしぐさや表情に出て、それをお清と誠太郎に悟られたのがいけなかった。

それでも、おつねの死骸はまだ、ろうそくを握りしめたままだった。お清の話では、どうしても手のひらを開けてそれをとりあげることができなかったそうだ。

血の飛び散った畳や欄間は、奉公人たちに気づかれないうちにふき取ることができたが、始末に困ったのは唐紙だった。しかたなしに、屋敷の、日頃人の出入りしない座敷から唐紙を外してきて、仏間のものと取り替えた。それだから、お初がお清の姿を盗み見たとき、唐紙の立てつけが悪かったのだ。

もう一つ、鳩のことがある。

おつねと桶屋の圭太は、ひそかに将来を約束している仲だったのだ。おつねは年季奉公の身だし、圭太もまだ一人前ではない。いつかきっと所帯を持とうと約束し、なかなか身軽には会うことのできない寂しさを埋めるために、圭太の飼っていた鳩を飛ばして、文《ふみ》をやり取りしていたのだった。それは、胸を病んだ圭太が川越に引っ込んでからも続いていたことだった。

二人とも無筆《むひつ》だったので、文といっても絵柄を交じえた他愛《たわい》ないものだった。しかし、六蔵の下っ引きが川越から持ってきた、おつねから圭太にあてた文には、人を恋することなど遠い昔に置いてきてしまったものの目にも、ほほえましく、心を温めるものがあった。

川越の圭太は、おつねが殺されたことなどつゆとも知らなかった。ただ、何度鳩を飛ばしても返事がない。自分の付けた文がそのまま戻ってくる。それを不安に思って、江戸に戻ってきた。柏屋を訪ねた。

「あのひとは、近所の噂で、おつねが故郷に帰ったという表向きの話を聞きつけてきていました。それは嘘だし、おつねが自分に何の断わりもなく姿を消すはずがない。どうしても町役に訴え出て調べてもらうと言い張りまして」

それで、命を落す羽目になったのだ。圭太は柏屋でのおつねの立場をおもんぱかって、人目に立たないように訪ねてきていたから、足取りを消してしまうのも易しいことだった。

圭太が抱いて来た鳩は、彼が誠太郎の手にかかったときに飛び去った。だがそのあとも、主たちのいた柏屋の場所を覚えていて、ときおり舞い戻ってきていたのである。

六蔵が嘆くように、この一件のなかで一番不思議だったのは、お清の心である。お調べのとき、お清はぽつりぽつりと語った。もうなにもかもどうでもいいとあきらめてしまったのか、静かな声だった。

「あたしは、宇三郎に惚れて一緒になりました。今だって惚れています。その気持は変わっちゃいませんよ、旦那」

　ただね……と、寂しげに笑う。

「宇三郎はあたしと一緒になったんじゃなくて、柏屋と一緒になったんです。柏屋のために働くことだけがあの人の心にあることでした。あたしなんて、最初っからあの人の目には映っちゃいなかったんですよ。先代や、先代が亡くなってからは親《しん》戚《せき》や、通町の旦那がたの目ばっかり気にして、一時だって気の休まる暇がありゃしない。夫婦でしみじみ話をすることもありませんでした」

　寂しくて、寂しくて……そう言ったとき、お清の目に初めて涙が浮かんだ。

「あたしは、あのひとを手にかけるつもりなんて、これっぽっちもありませんでした。誠太郎だって、ろうそくに仕込んだ砒毒じゃ死ぬことはない、具合が悪くなるだけだって言っていたんです。それを真《ま》に受けたあたしも馬鹿でしたけれど……」

　あたしはあのひとに、少しは商いのことを頭から追い出して、あたしのほうを見てほしかったんですよ。あの人の世話をやいて、あの人にあたしが側《そば》にいることに気がついてほしかったんですよ。お清は子供のように泣いた。

「なんだか可哀想ですねえ……」

　六蔵の話を聞いて、およしがため息まじりに言った。

「真面目に商いに精を出している旦那に毒を盛った女だぞ」

六蔵はとがめるような声を出したが、およしはひるまなかった。

「こんな気持は、女にしか分からないかもしれませんねえ。そのために、したくもなかった人殺しをする羽目になって……お清さん、きっと死罪になるんでしょうね」

「あたしも、なんとなく分かる気がするわ」

お初も義姉《ねえ》の肩をもった。

「六蔵兄さんだって、いつもは捕物ばっかりにかまけて義姉さんをほうっているけれど、風邪でもひいて具合が悪くなると、およし、およしって騒ぐじゃないの」

「馬鹿言ってるんじゃねえよ」

六蔵はぴしゃりときめつけ、頑固《がんこ》な顎を引きしめてお初に向き直った。

「お初、今度のことでは、おめえの言うことを頭っから信じなかったおれも悪かった。だがなあ、やっぱりおれは心配なんだよ。おめえ、頼むからもう一度、榊原先生に診てもらっちゃくれねえか?」

そこへ、ごめんよと声がして、直次が顔を出した。

「お客人をお連れしました」

見ると、そのお客人とは、お初を助けてくれたあのお武家だった。今日もあのときと同じようないでたちで、お初にむかってにっこりと笑った。

「まあ、先日の」

お初とおよしが声を揃えた。

「商いの邪魔をして申し訳ないが、ぜひともまた、お初の顔を見たくてな。柏屋の一件でのお初の働きは、直次からすっかり聞かせてもらった」

お武家は、父親のように優しい目でお初を見やった。

「それから、通町の六蔵親分にも会いとうてな。手柄《てがら》の数々、日頃から村山《むらやま》に聞かされておるのでな」

村山とは、六蔵を抱えている同心石部の、そのまたうえの与力《よりき》の名である。六蔵の細い目が大きくなった。

「と、おっしゃいますと、あなたさまは……」

「わしは直次の知り合いでな」

お武家はおおらかに言った。

「わしの役宅の庭にある桜の木は、わしと同じ老体での。直次のように身の軽いものでないと、手入れができぬのだよ」

六蔵、お初、およしの戸惑った顔に、直次が軽く頭をかがめ、お武家のかわりに言った。

「南町奉行《ぶぎょう》、根岸《ねぎし》肥《ひ》前守《ぜんのかみ》鎮衛《やすもり》さまで」


「人の心というものは」

お奉行は、大きな手で円を描くようにした。

「一つのまとまったものでありながら、その実、複雑な細工もののように、何重にも入り組んだものなのだそうだ。そして日頃は、誰でも、その表側しか使ってはおらぬ。わかるかの」

「はい」お初は神妙に答えた。

「ところが、何かのきっかけで、その細工ものの内側のほうでも物事をとらえるようになることがある。それは厳しい修行を積んだ結果のこともあれば、全くの偶然からということもある。そういう者たちは、ほかの者には見えないものが見え、分からないものが分かるようになる」

　何かのきっかけで。お初はおよしと目をあわせた。

　今度のことは、お初がお清の袖に血を見たことに始まった。血の幻。お初にもおよしにも、それには思うところがあったのだ。

いくら母親代りに育ててきてくれたといっても、およしはやはり、兄の嫁である。遠慮もあれば気遣いもある。それが悪いほうに転がったのが、お初に初めて、女の月のさわりがきたときだった。

特にお初は、その訪れの遅いほうだった。およしとしても、その意味と、それがとてもめでたい、幸せなことなのだということをお初に教えるのに、いささか機を逸したきらいがあった。

それだから、初めてそれがあったとき、お初の驚きは大変なものだった。折悪《おりあ》しくおよしは不在で、うちのなかには誰もいない。身体から流れ出ていく血は、お初を怯えさせ、震え上がらせた。一刻ほどしておよしが帰ってきたときには、お初はおよしの腕のなかに倒れてしまったほどだった。

そのことがあったから、最初にお初が血の幻を見たときに、およしがひととおりではない心配に心を痛めたのだった。

これも、男の人には分かることではないね……姉妹は目顔でうなずきあった。

お初は考えた。今度のことが、お奉行様の言うとおりのことならば、あたしのこの不思議な幻を見る力が現われたのは、あのことがきっかけになったからに違いない。

お奉行は、黙ってそんな二人を見つめていた。やがて、静かに言葉を続けた。

「世の中には、理屈だけではどうにも割り切れぬ、ということがある。だからといって、捨て置くばかりではいかぬ。不思議は不思議なりに筋が通っていることもあれば、今度の柏屋の件のように、不思議が真実を掘り起こすこともある。のう、お初」

「はい」

「そなたは、どういう縁でか、そういう不思議につながる力を身につけることになったようだ。これは良いことばかりとは限らぬ。むしろ恐ろしいことかもしれぬ。今度も、ずいぶんと怖い思いをしたのではないかの。しかし、ほかのものには無い力を持つというのは、そういうことなのだ」

お初はうなずいた。

「それをようく心しておくのだぞ。そして、またその力を役に立てられるときが来たら、恐れずにそうするのだ。どうかの、それをこの奉行と約束できるかの」

お初は一瞬ためらい、目を伏せた。だが、すぐにきっぱりと答えた。

「はい、お約束いたします」

「そうか」お奉行は笑顔になった。

「これほど頼もしいことはないの。それに、お初には通町の六蔵がついておる。まさに、鬼に金棒であるな」

満足げなお奉行に、お初は尋ねてみた。

「お奉行様は、どうしてそのようなお話に詳しくていらっしゃるのでございますか」

「わしは、幼い頃から人の話を聞くのが好きでの」お奉行は答えた。

「そうして聞いていると、人はみな、不思議な話というものが好きなようじゃ。わしはお役目で様々な土地を巡ってきたが、どこへ行っても、人々の不思議好きは変わらぬ。そこで、その土地土地に伝わる珍しい話、不思議な話を集めようと思い立ったのが始めでの。この江戸に参ってからも色々な話を聞いた。そのことは、直次がよく存じておるよ」

そうだったのか。ようやくお初にも、直次の言った「確かな出所」がどこだったのか分かった。

「ところでな」と、お奉行は身を乗り出した。

「そうして集め、書き記した話が、近頃ではかなりの分量になっての。公《おおやけ》にする心積もりはないが、それにしても、名前を付けぬことには何かと不便じゃ。いくつか考えてみたのだが、その方らの意見を聞かせてはくれぬか」

およしに半紙を持ってこさせると、矢立てをとり、さらさらと書き付けた。

難しい文字が並んでいる。お初が困った顔になると、では、と、もう二つ書き足した。

お初はそれをみて、右側の文字を指した。

「私は、これがよろしいかと存じます」

「ほう、これか」

「はい。いかにも、お奉行様がお耳で聞かれて集められたこと、という響きがいたします」

お奉行は顎をなで、書いたものを少し離してよく見なおした。

「なるほど、お初の言うとおりかもしれぬ。では、これにしようかの。『耳袋』じゃ」

「耳袋」あとの三人がおうむがえしに言った。

「そうじゃ。霊験《れいげん》お初の命名じゃからな。良い名前ではないか。のう?」

色男、来たる

田牧大和

裏長屋の板屋根の上で、二匹の猫が睨《にら》み合っている。

一匹は雄《おす》の縞三毛《しまみけ》だ。

雄の三毛猫は、滅多《めった》にお目にかかれないほど珍《めずら》しい。加えて大層な美猫《いろおとこ》とくれば、どこにいても、猫の目も人の目も惹《ひ》く。大人の猫にしては小柄《こがら》だが、しなやかですらりとした身体《からだ》に凜々《りり》しい顔立ち。榛色《はしばみいろ》の眼《め》で「喧嘩《けんか》相手」を睨みつけている姿は、余裕綽々《よゆうしゃくしゃく》だ。

このいかにも偉《えら》そうな猫、名をサバという。

対する一匹は、痩《や》せっぽちの雉猫《きじねこ》だ。

「サバの大将、やるつもりかな」

息を詰めて屋根を見上げている蓑吉《みのきち》が囁《ささや》いた。独《ひと》り身《み》の野菜の振り売り、「鯖猫《さばねこ》長屋」と呼ばれている、この長屋の店子《たなこ》だ。

「ありゃ、やるまでもないね」

心得顔《こころえがお》の女が、同じように屋根を見上げながら評する。名は、おてる。大工《だいく》、与六《よろく》の女房で「鯖猫長屋」のまとめ役だ。柳腰《やなぎごし》で上背《うわぜい》があり、いかにも押しが強そうである。

「そうかなあ」

蓑吉が小声で呟《つぶや》く。

「大将を侮《あなど》ると、後が怖《こわ》いよ」

からかい混じりのおてるの脅《おど》しに、蓑吉が首を竦《すく》めた。

「あ、侮ったわけじゃ――」

「しっ」

蓑吉を、おてるが遮《さえぎ》る。

ふー、しゃー、と煩《うるさ》いのは雉猫だが、先の曲がった尻尾《しっぽ》はタヌキのように膨《ふく》らみ、耳は寝ているし腰も引けていて、「降参《こうさん》半歩手前」という風情《ふぜい》だ。

一歩、サバが進み出た。

かっ、かっ、と、雉猫が悲鳴のような脅しを繰《く》り出す。

もう一歩、のし、と、サバが雉猫へ近づく。普段、足取り軽《かろ》やかなサバがこういう動きをするのは、決まって相手を脅す時だ。

あたしも、しょっちゅうやられてるもんなあ。

男――拾楽《しゅうらく》は、蓑吉とおてるの間で見物しながら、呑気《のんき》にそんなことを考えた。

サバが、さらにもう一歩――。

雉猫がふぎゃ、と情けない声を上げて、後ろへ跳《と》んだ。へっぴり腰のまま跳び退《の》いたせいか、足が滑《すべ》った。

気の毒な雉猫は、どすん、と鈍《にぶ》い音を立てて、屋根から落ちた。

ぷっと、おてるが笑った。

ありゃりゃ、とは、蓑吉だ。

「尻《しり》から落ちたよ、猫のくせに」

おてるが可笑《おか》しげに呟くと、蓑吉は気の毒そうな声で、

「よっぽど、怖かったんだよ。大将が」

と、雉猫を庇《かば》った。

暫《しばら》く、何が起きたか分からない顔をしていた雉猫は、慌《あわ》てふためいて駆け出した。

喧嘩にもならない喧嘩に勝ったサバは、涼《すず》しい顔をしている。

おてるが、雉猫が逃げていった方角を眺《なが》めながら呟いた。

「間《ま》が悪かったね。大将が出かけてなきゃ、かえってこの長屋に近づかずに済んだろうに」

「サバがいない隙《すき》に、屋根で昼寝、ですか」

応じた拾楽へ、おてるは答えた。

「そんなこ狡《ずる》いこっちゃないさ。この辺《あた》りじゃ見ない猫だからね。多分《たぶん》、知らなかったんだろうよ、この長屋にはすごい主《ぬし》がいるって」

「鯖猫長屋」の屋根は、夏は風通しが良く、冬は日当たりがいい。猫にとっては格《かっ》好《こう》の昼寝の場所だ。

サバは、屋根の上に陣取って、辺りを睥睨《へいげい》している。

――まったく、油断も隙もありゃしない。

とでも考えていそうな、顔だ。

「サバや。早く降りておいで」

拾楽は、飼い猫を呼んだ。

青井亭《あおいてい》拾楽。今は売れない「猫描《か》き画師《えし》」をしながら、サバを養《やしな》っている。もっとも、拾楽の猫画の手本が、全《すべ》てサバだということを考えると、サバに拾楽が養われているのかもしれない。

元々、人探しをするために「猫」ばかり描いていたのだが、その探し人も見つかった。だからもう「猫描き」を続けることもない。しかし、慣れとは恐ろしいもので、自分の画の中にサバがいないと、どうにも落ち着かない。

そんな訳《わけ》で、相変わらず「猫描き拾楽」「猫の先生」と呼ばれている。

歳《とし》の頃は三十半《なか》ば。総髪《そうはつ》を首の辺りでひとくくりにした、気の抜けた姿で、青白い瓜実顔《うりざねがお》に目尻《めじり》の下がった糸目《いとめ》、紅《べに》を差したような唇《くちびる》は目と同じに上も下も細い。生臭《なまぐさ》が苦手《にがて》で豆腐《とうふ》が好物という、少しばかり情けない風貌《ふうぼう》、人となりだ。まさか、元は義賊《ぎぞく》で鳴らした一人働きの盗賊《とうぞく》「黒ひょっとこ」だとは、誰も思わない。

拾楽の前の生業《なりわい》を知る者は、ごく少ない。サバは、分かっているような気がする。

ともかく、飼い主のくせに、飼い猫にはまるで頭が上がらないのだが、それは拾楽に限った話ではない。

サバは、長屋で一番偉い。

この長屋、本当は「磯兵衛《いそべえ》長屋」というのだが、誰もそう呼ばない。サバの名を取って、「鯖猫長屋」と呼ぶのだ。店子や差配《さはい》だけでなく、界隈《かいわい》の連中も、少しのからかいと、沢山《たくさん》の親しみを込めて呼ぶ。

賢《かしこ》くて少し不思議な猫、サバの長屋、と。

詰めかけた祭見物の人の重みで永代橋《えいたいばし》が落ちた日、祭見物に出かけようとしていたおてる夫婦を止めて、命を救ったのだから、ただの猫ではない。

元々、男前《おとこまえ》な上に、サバには不思議な賢さと妙な迫力が備わっていて、周《まわ》りから一目《いちもく》置かれていた。それが永代橋が落ちた一件で、長屋の天辺《てっぺん》に上り詰めた。そんな訳でサバは、偉い。飼い主が呼んだくらいで、ほいほいと戻ってきたりはしない。全ては、サバの気分次第なのだ。

案の定《じょう》、サバは片耳さえ動かさない。

おてるが、笑い混じりにサバへ声を掛けた。

「大将、差配さんの見舞い、お疲れさん。小腹《こばら》が空《す》いたろう。煮干《にぼ》し、食べるかい」

現金なもので、拾楽には合図ひとつよこさなかったくせに、サバは「なーお」と猫なで声で返事をし、軽やかに溝板《どぶいた》へ降り立った。かたん、と、古びた板が小さな音を立てる。

「そうかい。うちの煮干しは旨《うま》いかい。ちょいと待っておくれ」

いそいそと、おてるが部屋へ戻っていった。

「まったく、あたしの手からは贅沢《ぜいたく》ねこまんましか食べないくせに、おてるさんからは、なんでも貰《もら》うんだから」

ぼやいた拾楽を、蓑吉がにやにや顔で盗《ぬす》み見ている。

サバが、拾楽の足許《あしもと》へやってきてちょこんと姿勢よく座った。尻は、拾楽の足の上だ。

一見、「飼い主に甘えている猫」の微笑《ほほえ》ましい眺めだ。

だがサバに限っては、そうではない。

梅雨《つゆ》の走り、「鯖猫長屋」の地面はどこもかしこも湿《しめ》っている。掛け値なし、湿《しっ》気《け》除《よ》け、座布団《ざぶとん》代わりにしているのだ。

やれやれ、と拾楽は肩を落とした。蓑吉が、小さく噴《ふ》き出した。

すぐに戻ってきたおてるが手にしていたのは、かなり立派な煮干しが三本。

「ほら、お上がり」

掌《てのひら》に載《の》せた煮干しを、しゃがんでサバの鼻先に差し出す。サバは、軽く匂《にお》いを嗅《か》いで確かめてから、旨そうに煮干しへかぶりついた。

「そんな上等な煮干し、贅沢ですよ」

拾楽は小声でおてるを窘《たしな》めた。おてるは、煮干しを上機嫌《じょうきげん》で食べているサバを、目を細めて眺めながら、言い返した。

「あんなねこまんまをせっせと作ってる猫の先生よりゃ、ましだよ」

「まあ、ね」

微苦笑混じりで、拾楽が応じる。

かつおの刺身《さしみ》にいわしのつみれ、でっぷりと太っためざし。サバは、長屋の連中から色々なものを貰って食う。なのに拾楽からは、決まった飯《めし》しか食べない。御馳走《ごちそう》にありついた後でも、決まって朝晩二度、拾楽にねこまんまを強請《ねだ》る。炊《た》きたての白飯《しろめし》を冷《さ》まし、上等な鰹節《かつおぶし》をこんもりと掛け、醬油《しょうゆ》をひと垂《た》らしして混ぜる。冷め具合に醬油の加減《かげん》、鰹節の量、ひとつでも間違えると、サバは見向きもしない。作り直せと、榛色の眼を光らせ拾楽に迫る。

手のかかる猫である。

サバを眺めながら、おてるが水を向けた。

「差配さんの様子は、どうだい」

「鯖猫長屋」の差配は、磯兵衛という男だ。

小柄で皺《しわ》くちゃ、白髪《しらが》交じりの髪《かみ》と眉《まゆ》、見てくれはぱっとしないが、やり手の差配で、いわくつきの「鯖猫長屋」、何かと厄介事《やっかいごと》を持ち込んでくる店子を、巧《うま》く纏《まと》めている。

住まいは、根津門前町《ねづもんぜんまち》の三軒《さんげん》長屋、庭付き二階家で、こちらの差配も務《つと》めている。四畳半一間《ひとま》と土間《どま》、九尺二間《くしゃくにけん》のおんぼろ「鯖猫長屋」とはえらい違いの住まいだ。

抜け目なく弁も立つ一方で、自分の名を掲《かか》げた長屋が猫の名で呼ばれることをあっさり許してしまう、洒落《しゃれ》っ気《け》も持ち合わせている。

普段の仕切りは、古株《ふるかぶ》でお節介《せっかい》焼きのおてるに任《まか》せているとはいえ、二つの長屋をまめに行き来する磯兵衛が、今は「ぎっくり腰で臥《ふ》せっている」ことになっているのだ。

拾楽は、短く息を吐《は》いて、おてるに答えた。

「いつもの威勢はありませんでした。新しい店子は、なかなか見つからないようです」

おてるも、苦い吐息《といき》を挟《はさ》んで頷《うなず》いた。

「まあ、そうだろうね」

蓑吉が、おろおろと拾楽、おてるの顔を見比べている。

今、「鯖猫長屋」は、五軒の割《わり》長屋二棟《ふたむね》、都合《つごう》十軒のうち、四軒が空《あ》き家《や》だ。

半数近くが埋《う》まっていない長屋となれば、家主《やぬし》は差配の仕事ぶりを疑う。

ましてや、「鯖猫長屋」は訳あり、だ。

かつて、この長屋は二度ほど幽霊《ゆうれい》騒ぎが起きている。二度目はさして噂《うわさ》も広がらず、大事にならなかったが、一度目は店子がごっそり出て行ってしまった。

当の出る部屋へ拾楽が家移《やうつ》りし、平気な顔で暮らしているのを見て、残った店子達は落ち着いたが、新しい店子はなかなか居《い》つかなかった。幽霊付きと噂の長屋で、みしりと気味《きみ》の悪い家鳴《やな》りがすれば――たとえそれが、安普請《やすぶしん》や古さのせいだとしても――、無理もない。

その家鳴りが、子猫のサバが拾楽の元へやってきた途端《とたん》、ぴたりと止《や》んだ。

今はもう出る噂もすっかり消えていたが、「訳あり長屋」であることは、家主の頭から消えない。二度目の幽霊騒ぎも、大事にならなかったとはいえ、家主は気にしている。

そこへ来て、店子が二人、出て行った。

ひとりは、元々裏長屋に住むような貧乏人ではなかったから、仕方ない。

いまひとりが厄介だ。人の好《よ》い浪人のはずが、その正体《しょうたい》は盗賊の頭目《とうもく》で、店子のおはまという娘がその男の一味に攫《さら》われてしまったのだ。拾楽とサバ、そして同《どう》心《しん》、掛井十四郎《かけいじゅうしろう》の活躍で、おはまは無事助け出され、頭目はお縄《なわ》となった。

家主にしてみれば、またか、となった訳だ。

幽霊騒ぎでこそないものの、「訳あり」の「訳」がひとつ増《ふ》えてしまったことになる。

いっそのこと長屋を畳《たた》むか、という話が出始め、磯兵衛は慌てて店子を探した。顔が広く、立て板に水が流れる如《ごと》く弁の立つ磯兵衛のことだ、あっさり店子を見つけてきたが、その新入りが何故《なぜ》か居つかない。

出て行く新入りは、口を揃《そろ》えて呟いた。

――なんとなく、薄気味《うすきみ》悪い。

とうとう、土地持ち家主がしびれを切らした。次に入る店子が居つかないようなら、「鯖猫長屋」を取り壊《こわ》し、更地《さらち》にして土地を売り払う、と。

磯兵衛と店子達にとっては、たまったものではない。

磯兵衛は仕事をひとつ失《な》くす上に、「長屋を潰《つぶ》した差配」というみそがついてしまう。長屋の良し悪《あ》しと店子の入りは、差配の腕次第なのだ。

今暮らしている店子にとっては、住み慣れた長屋を失くすことになる。

そこで、磯兵衛が「無理が祟《たた》って腰を悪くして、暫く動けない」ことにし、時を稼《かせ》ぐ。その間に、新入りに「薄気味悪い」と言われる原因《もと》を探るなり、薄気味悪さに無頓着《むとんちゃく》な店子を見つけるなりしようということになった。

こういう厄介事に、拾楽とサバは決まって担《かつ》ぎ出されるのである。

拾楽は、面倒《めんどう》はなるべく避《さ》けて通りたいのだが、気まぐれなサバが、この一件には妙に乗り気だ。

勿論《もちろん》、「おい、拾楽。一肌脱《ひとはだぬ》ぐぞ」と口を利《き》いた訳ではない。

ただ、そんな気がする、というだけだ。空き部屋の見回りをまめにし、おてるへ会いに行っては、「にゃーお」と声を掛ける。

それが、おてると亭主の与六には、

――どうする、おてるさん。

と訊《たず》ねているように聞こえるのだという。

貰った煮干しを平らげ、満足そうに顔を洗っているサバを眺めながら、拾楽はおてると蓑吉に聞こえないほどの小声で、ぼやいた。

「どうも、今度の騒動は、裏でお前が糸を引いてるような気がして、ならないんだけどね」

サバは、頑《かたく》なに知らん顔、聞こえない振りだ。がぶりもなければ、爪《つめ》を立てた足で拾楽を踏みつけても来ない。

つまりは、図星《ずぼし》ということだ。

猫を相手に、「乗り気」だの「図星」だの、頭がおかしいんじゃないかと、思われるかもしれない。だがこれが、サバであり、この長屋の暮らし振りなのである。

おてるが、苦々《にがにが》しい口調《くちょう》で呟いた。

「新しい店子を見つけたって、またすぐに出て行かれちゃあ、裏目《うらめ》も裏目、大裏目ってもんだしねぇ」

それから思い出したように、ぎろりと拾楽をねめつける。

「誰かさんが、『薄気味悪い』の正体をさっさと突き止めてくれりゃあ、話は早いんだけど」

拾楽は、やれやれ、と肩を落とした。

「そんなこと言われたって、あたしはただの猫描き。拝《おが》み屋じゃあありませんからね」

おてるが、眦《まなじり》を吊《つ》り上げて声を潜《ひそ》めた。

「ちょいと。声が大きいよ、猫の先生」

「おはまちゃんは、通い女中の仕事で、とっくに出かけてますよ」

先日ここを引き払ったお智《とも》の奥隣《おくどなり》で、兄の貫八《かんぱち》と暮らしているおはまは、幽霊嫌《ぎら》い、怖い話嫌いなのだ。おてるが、「そうじゃなくて」と、少し声を大きくした。慌てたように、元の小声に戻って続ける。

「縁起でもないことを、口にするんじゃないって言ってるのさ。ほら、ああいうのは、呼ばれるって、言うじゃないか」

拾楽は笑った。

「おや、いつからおてるさんまで、幽霊嫌いになったんです」

おてるは胸を張って、鼻で笑い飛ばした。痩せ我慢《がまん》でも強がりでもない、ゆとりの笑《え》みだ。

「あたしが、そんなもん怖がってどうすんのさ。本当に居つかれて、今いる店子までいなくなるのが、怖いって言ってんだ」

「相変わらず、頼《たの》もしい。いっそのこと、『万が一ひゅーどろどろって奴《やつ》がお出ましでも、叱《しか》り飛ばしてあの世へ追っ払います』って看板《かんばん》、立てたらどうですか。この長屋の売りになるかもしれない」

「そりゃあ、いいや」

つい調子に乗って拾楽に応じた蓑吉が、おてるに睨まれ、再び口を噤《つぐ》んだ。

おてるの矛先《ほこさき》が、再び拾楽に向いた。

「猫の先生だって、他人事《ひとごと》じゃないだろう。長屋がなくなるかもしれないんだから」

「そいつは、確かに困りますね」

拾楽は、おてるへ軽やかに答えてから、呟いた。

「さて、ではどっちを見つけるのが手っ取り早いでしょうね。薄気味悪さの原因か、薄気味悪さなんざ屁《へ》でもないって、店子か」

おてると蓑吉が、顔を見合わせた。

サバが短く鳴いた。

「そりゃあ」と、蓑吉が、

「店子だろうね」

と、おてるが答えた。

拾楽が、頷く。

「店子は見えるし口も利きますからね。差配さんも手詰《てづ》まりのようですし、どれ、店子の方を、ちょっと探してみますか」

おてるが、怒ったように腕を組んだ。

「なんだい、心当たりがあるのに、出し惜《お》しみしてたのかい」

拾楽は、にっこり笑って答えた。

「あたしじゃなくて、サバの奴が」

梅雨の晴れ間を縫《ぬ》って、拾楽はお智を訪《たず》ねた。ぬかるんだ道が嫌いなサバは、拾楽の懐《ふところ》に潜《もぐ》り込んで、ついてきた。

お智は藤沢《ふじさわ》で旅籠《はたご》と饅頭屋《まんじゅうや》を営《いとな》んでいる、羽振《はぶ》りのいい家の出だ。この度《たび》、饅頭屋の江戸出店《でみせ》を任されることになり、「鯖猫長屋」の部屋を引き払った。「鯖猫長屋」から不忍池《しのばずのいけ》を挟んだ東南、仁王門前町《におうもんぜんちょう》に店と新たな住まいを得、今は、店を開ける仕度《したく》の最中《さなか》である。

訪ねた店で、お智は八面六臂《はちめんろっぴ》の働きを見せていた。店ごしらえの指図《さしず》をし、奉公人のしつけに口を出し、仕入れた小豆《あずき》と砂糖を確かめ、饅頭職人との口喧嘩をこなす。見ているだけで、めまいがしそうだ。

店の隅《すみ》で待たせている客——拾楽とサバのことだ——までなかなかたどり着けないお智に苦笑いを零《こぼ》してから、拾楽は周りを見回した。

とにかく、騒《さわ》がしい。慌てている奴、殺気《さっき》立っている奴、途方に暮れている奴。落ち着いている者を見つける方が難しそうだ。

埃《ほこり》が立ち、木屑《きくず》が舞う。

すぐそばで左官《さかん》が、蹴躓《けつまず》いた。蹈鞴《たたら》を踏んだ勢いで、山ほど持っていた漆喰《しっくい》が、サバめがけて飛んできた。いち早く気配《けはい》を察したサバが、ひょいと拾楽の膝《ひざ》の上へ跳び乗る。一拍《ぱく》遅れて、ちょうどサバのいた辺りに、湿った漆喰が、ぴしゃりと散った。

——ちっ。

そんな顔で、零れた漆喰をサバが見遣《みや》る。

だが、どんなに慌ただしくても、店は不思議な明るさに満ちていた。

真新しい材木の匂いが、気持ちいい。

何かを新しく始めるってのは、いいもんだねぇ。

呑気に考えていたところへ、ようやくお智がやってきた。

歳は二十《はたち》半ば。はっきりした美人で、目尻に気の強さが出ているところ、育ちが良さそうで身持ちも堅《かた》そうなのは、「鯖猫長屋」に越してきた頃と変わらない。

加えて「二親《ふたおや》の死の謎」という、心に凝《こご》った影が消えた安堵《あんど》、出店を任された自負が、お智に華やかで明るい光をもたらしていた。

「猫の先生、お待たせして申し訳ありません」

相変わらず、人当たりも丁寧《ていねい》だ。拾楽は、にっこりとお智に応じた。

「やあ、美人に磨《みが》きがかかりましたね、お智さん」

お智は厭《いや》な顔をして、自《みずか》らを見回し、髪に手をやった。

「何です」

拾楽が訊ねる。お智は大真面目《おおまじめ》に答えた。

「猫の先生が珍しいことをおっしゃるものだから、どこかおかしいのじゃないかと、思ったんです。何しろこの慌ただしさですから」

「あたしはしょっちゅう、お智さんを褒《ほ》めてたじゃあありませんか」

あら、とお智が艶《あで》やかに笑った。

「あれはただの挨拶《あいさつ》、ふざけ半分の軽口《かるくち》でしょう。今のは、真面目な言葉に聞こえたから、驚いてしまって」

長屋でおてるにしごかれたせいか、出店の仕度で鍛《きた》えられたか、お智も、言うようになった。いかにも、物慣れない「いいとこの出」という物腰《ものごし》だったのに。

やれやれ、と拾楽は肩を落とした。

「信用ないなあ、あたしは」

それからすぐに、言い添える。

「どこもおかしくありませんよ。さすがはお智さん。お忙しいのにちゃんとしておいでだ」

掛け値なし、お世辞《せじ》抜きで「美人に磨きがかかった」と思った、とは言わないでおいた。お智の眉間《みけん》の皺が深くなりそうだったから。

お智は、安堵したように頷いた。

なーお。

ふいにサバが、拾楽に向かって、澄《す》んだ声で鳴いた。

お智の前だから綺麗《きれい》な声を取り繕《つくろ》ったのだろうが——この雄猫、女子には、大層甘くなる——、しっかり膝の上で爪を立てている。

つまりは、

——とっとと、用を切り出せ。

と拾楽を急《せ》かしているのだ。

「分かったから、爪を引っ込めておくれでないかい、サバや」

拾楽は、膝の上、余所行《よそゆ》きの格好でしゃんと座っている飼い猫に声を掛けた。

サバに文句を言っている間に、お智から水を向けられた。

「それで、御用というのは」

拾楽は笑って、自分の隣を掌で指した。

お智が軽く会釈《えしゃく》をして、拾楽から少し間合《まあ》いを取った隣へ腰を下ろす。サバが、当たり前、という顔で、拾楽からお智の膝へ居を移した。お智の顔が、ふんわりと綻《ほころ》ぶ。

「あら、大将。私のこと覚えてくれていたの」

くるりと丸まって寛《くつろ》いでいる猫の頭を撫《な》で、嬉《うれ》しそうに話しかける。

拾楽は、お智とサバの微笑ましい姿を眺めながら切り出した。

「先日、『鯖猫長屋』から出て行った職人さんのことです」

お智の顔が、曇《くも》った。

「磯兵衛さんや、長屋の皆さんの助けになればと思ったのですが、かえってこじらせてしまって。申し訳ありません」

「お智さんのせいじゃあ、ありませんよ」

拾楽はすぐに告げた。

――なんとなく、薄気味悪い。

そう言って「鯖猫長屋」を出て行ったひとりが、お智口利きの店子だったのだ。

お智の饅頭屋、『見晴屋《みはるや》』の見習い饅頭職人である。若く真面目で大人《おとな》しく、地味《じみ》。

これなら安心だ。何の厄介事も持ち込むまいと、おてるが喜んだくらいだ。

ところが、大人しいのが裏目に出た。

家移りして十日足らず、怯《おび》えた顔で、いきなり出て行くと言ってきたのだ。磯兵衛が問いただしても、おてるが詰め寄っても、はっきりした理由《わけ》を言わない。他の新入りと同じでひたすら気味悪がり、謝《あやま》り倒して出て行った。

拾楽は、からりと笑って言葉を続けた。

「新しい店子を探す前に、ちょっと詳《くわ》しいことをお訊《き》きしたいと思いましてね」

お智が困ったように小首《こくび》を傾《かし》げる。

「私も、詳しい理由を訊いてみたのですが、泣きながら、あの長屋は勘弁《かんべん》してくれと、詫《わ》びるばかりで」

おやおや、真面目な職人さんを泣かせてしまったようだよ。サバや。

目でサバをからかったが、ただの猫の振りで躱《かわ》された。

「ですからね」

と、拾楽は声を潜めた。

「差配さんやおてるさん、お智さんには遠慮《えんりょ》して言えない何かが、あるんじゃないかと」

「言えない何か、ですか」

お智が繰り返す。拾楽は、話を進めた。

「出てった店子が揃って言葉を濁《にご》したのは、つまりそういうことでしょう。お智さんやこちらの職人さんのせいじゃあない。とはいえ、詳しい原因《もと》が分からなけりゃ、同じことになる。『ここだけの話』ってことで、職人さん、裕助《ゆうすけ》さんでしたか、あたしとサバにこっそり打ち明けていただけないかと、思いましてね」

拾楽はお智の顔を覗《のぞ》き込んだ。居眠りを決め込んでいるサバの耳が、ぷる、と動いた。

「ちょっと、会わせていただけませんか」

少し考えて、お智が頷き、立ち上がった。ほどなくして、固く青い顔をした裕助が、お智と入れ替わりにやってきた。拾楽は笑顔で隣、お智が座っていた同じところへ促《うなが》した。

だが、裕助は怯えた顔で、拾楽の膝の上で大人しくしているサバを盗み見るばかりだ。

サバは、裕助には見向きもせずに、首の辺りを掻《か》く拾楽の指に、目を細めている。

拾楽は、声を潜めて裕助に告げた。

「嚙《か》みつきゃしませんよ。こいつが嚙みつくのは、あたしと猫の喧嘩相手だけです。ついでに、祟りもしません」

裕助が、ぎょっとして口走った。

「どうして、それを」

「やっぱり、こいつでしたか」

拾楽の呟きに、裕助ははっとして口を押さえた。

「すいませんね、妙な猫で」

拾楽の軽い物言《ものい》いに、生真面目《きまじめ》な職人は気の抜けた顔をした。大人しくしているサバをまじまじと眺めてから、お智より更《さら》に間合いを取って、そろりと腰を下ろす。

「ただの、猫みたいだ」

裕助が、ぽつりと言った。

拾楽は、苦笑いで答えた。

「ちょいと不思議な猫ですがね。尻尾が三叉《みつまた》になってもいなければ、壁《かべ》や障子《しょうじ》を通り抜けたりもしません」

「猫の先生の方が、不思議です。なんでも御見通しだ」

溜息《ためいき》混じりに言った裕助へ、拾楽が応じる。

「飼い猫のやりそうな悪戯《いたずら》には、見当が付きます」

裕助は呆気《あっけ》にとられた顔で、拾楽とサバを見比べている。

「触《さわ》ってみませんか」

拾楽が静かに促した。お智に泣いて詫びたということは、余程《よほど》怖かったのだろう。おはまと同じで、幽霊、妖《あやかし》の類《たぐい》が苦手なのだ。

えらく長い間をおいて、饅頭職人の柔《やわ》らかそうな手が、そろりとサバへ伸びた。

光の当たり具合によって色合いが違って見える、背中の鯖縞柄《さばしまがら》の辺りを、恐る恐る撫でる。サバはじっとしたままだ。

「本当に、そこいらの猫と変わらねぇ」

拍子《ひょうし》抜けした声で、また呟いてから、裕助はぽつりぽつりと語った。

行きつ戻りつしながら、おてるやお智、サバにまで気を遣《つか》い、遠回しに言葉を選んだ話を纏めると、概《おおむ》ねこんな風だ。

＊

裕助は、家移りしてきた時から妙な長屋だと思っていた。

猫が一番偉い長屋。雄の三毛猫というだけでも珍しいのに、見たこともないほど綺麗な猫で、長屋の店子や差配を、幾度も助けているのだという。

店子達は、まるで同じ人間、店子仲間に対するように、大将と呼びかけ、他愛《たわい》のない話を持ち掛けたりする。当猫《とうにん》も、それが当たり前のように目を合わせて話を聞いたり、呼びかけに応じたりしている。通り道で昼寝をしていると、人が避《よ》けて通る。野良猫《のらねこ》はおろか、野良犬さえ寄り付かない。

有難《ありがた》がられたり拝まれたりしていないだけ、すごい猫だという気がした。ただの猫ではない、どころか、もはや猫ではない、別の生き物なのではないかと。

ぼんやりとした怖《おそ》れが、裕助の頭の隅に巣食《すく》った。

本当は、長屋の連中をだましている、恐ろしい猫なのではないか。夜ごと、行燈《あんどん》の油を舐《な》めるとか。あの団子《だんご》のような尻尾は、よく見ると二つどころか、三つに割れているのではないか、とか。

大層美しい姿をしている妖もいると、いうではないか。

おてるに、「くれぐれも、大将に粗相《そそう》のないようにね」と、釘《くぎ》を刺《さ》されたのも裕助を縮《ちぢ》こまらせた。

そして「鯖猫長屋」で暮らし始めた夜から、それは起きた。

夜中、目が覚《さ》めると、入り口の腰高障子《こしだか》が開《あ》いている。

閉《し》めたと思っていたが、開け放しだったたか。

起き上がり、閉めに行こうとして、ぎくりとした。

闇《やみ》の中、三和土《たたき》の隅に、ぼんわりと白い塊《かたまり》がわだかまっている。

青みがかった目が、じっと、こちらを見ている。

昼は、榛色だったはずだ。

闇の中、その目がきらりと光った。

上げたつもりの悲鳴は、ひゅう、と微《かす》かな息の音にしかならなかった。

蒸し暑い中、引っ張り出してきた布団《ふとん》を頭から被《かぶ》って、一晩過ごした。

次の日も、同じことが起きた。

その次の日は、陽《ひ》が落ちて早々に内から心張棒《しんばりぼう》をかったが、たまたま訪ねてきたおてるを締め出した格好になり、酷《ひど》く叱られた。

——長屋の腰高障子に心張棒なんざ、聞いたことがないよ。他の店子の何を、疑ってるんだい。聞かせてもらおうじゃないか。

裕助は言えなかった。

サバが、薄気味悪い。夜ごと裕助を窺《うかが》いに来るのが恐ろしい、と。

それに、心張棒をかっても、きっと変わらない。

裕助は、思った。

あいつは、きっと腰高障子も壁も、すり抜けてやってくる。

食ったら旨いか。取り憑《つ》いたら面白《おもしろ》いか。

こちらを品定めしているのだ。

*

あっはっは、と拾楽は笑った。

「気の毒に。お前さん、下駄《げた》を履《は》かせたサバの幻《まぼろし》に、怯えてたってわけだ」

裕助は、目を丸くして拾楽を眺めている。

だってねぇ、と拾楽は続けた。

「そこらじゅうに、いるでしょうに。ちょいと前足を使って、障子やら襖《ふすま》やら開ける猫。目の色は、光の加減ですよ」

裕助が、あっという顔をした。

「で、でもっ」

勢い込んで言い返す。

「だったらなんで、毎晩おいらの部屋に来たんです。鳴くでなく、寄ってくるでなく、ただ三和土の隅にちんまりと座って、じっとこちらを見てるんだ」

サバが顔を上げ、裕助を見た。

裕助が、大仰《おおぎょう》に慄《おのの》く。

なーん。

長屋の女子《おなご》連中にするように、サバが甘えた声で鳴いた。

お前、つくづく役者だね。

拾楽は、腹の裡《うち》でサバに語り掛け、笑いを堪《こら》えた。拍子抜け顔の裕助を宥《なだ》める。

「猫の常でね、悪戯者なだけですよ。お前さんが大仰に驚くのを見て、遊んでもらってるって勘違いしてるんだ。大して頭なんか使っちゃいない。何の意図がある訳でもない」

拾楽が、少し調子に乗った途端に、膝の上でサバが爪を立てた。

痛いなあ、もう。

口に出さずぼやき、拾楽はサバを抱き上げて腰を上げた。つられて裕助も立ち上がる。

「助かりました」

「え、あの。猫の先生」

「そいつが聞きたかったんです。御蔭《おかげ》で次の店子の目途《めど》がつきそうだ」

「はあ」

拾楽は、声を潜めて告げた。

「安心してください。裕助さんがサバを怖がってたなんて、誰にも言いやしませんよ」

ほっとしたように、少しばつが悪そうに、裕助は笑って頷いた。

「ああ、それから。うちの馬鹿《ばか》猫が厄介を掛けて、申し訳ありませんでした。どうぞこの通り。って、痛いなあ、だから爪を立てないでおくれったら」

後の文句は、サバに対してだ。

「いたた、わかったわかった。馬鹿猫ってのは、言葉の綾《あや》だったら」

ぷう、と、裕助が噴き出した。

「やっぱり、不思議なのは大将じゃなくて、猫の先生だ」

可笑しそうに呟いた饅頭職人に、拾楽は微笑み返した。

「やっといい笑顔になってくれた。短い付き合いだったのに、うちのサバを大将、あたしを猫の先生と呼んでくれて、礼を言います」

頭を下げ、畏《かしこ》まった裕助へ「お智さんによろしく」と言伝《ことづて》を頼み、拾楽は『見晴屋』を後にした。

　お智の店を出るとすぐ、サバは拾楽の腕から飛び降りた。物騒《ぶっそう》な眼で、こちらを見上げている。

　先刻の拾楽の口振りから察したのか。あるいは、言葉自体を分かっているのか。機嫌が悪そうだ。

　だが、短い尻尾が空へ向けてふいふい、と二度軽く振られるのを見て気付いた。

「臍《へそ》を曲げているんじゃあ、なさそうだね。新入りの店子を、化《ば》け猫の真似《まね》までして追い出した訳でも、教えてくれるのかい」

　サバは気まぐれな猫で、何を考えているのか分からないことが多い。けれど、少なくとも「鯖猫長屋」は居心地《いごこち》のいい住処《すみか》であること、その住処が今どういう厄介を抱《かか》えているのかは、分かっているだろう。

　そして、その厄介事に対して、訳もなく火に油を注《そそ》ぐような真似はしない。

　そういうおかしな猫なのだ、サバは。

　これを裕助に告げると、また気味悪がる。サバに対してか、そんなことを真面目に口にする拾楽に対してかは、分からないが。だから裕助には、悪戯猫の馬鹿な悪戯だ、と告げた。

だが、本当のところは違う。新入りの店子を追い出したのには、サバなりの「考え」があってのことだ。

サバが、青味を帯びた目――人には見えない何かを視ている証だ――で拾楽をちらりと見てから、歩き出した。

――ついてこい。

どうやら、そういうことらしい。

「お前が見込んだ店子のところへでも、連れて行ってくれるのかい」

サバは答えない。立ち止まりもしない。

愚図愚図《ぐずぐず》していると、おいていかれるな。

拾楽は苦笑いをひとつ、飼い猫に従った。


サバが拾楽を連れてきたのは、不忍池の西南の先、湯島天神《ゆしまてんじん》だった。梅の季節でもないのに結構な人出だ。露店《ろてん》も賑《にぎ》やかである。

ともすると、サバの小さな姿を見失いそうになりながら、人の流れを避けて進むと、酷くいい声が、拾楽の耳に届いた。

「よお、色男。また会ったなあ」

さして張っていないのに、通りがいい。

呼ばれるように声の方へ急ぐと、すらりとした団扇《うちわ》売りが、上機嫌な顔でサバに話しかけていた。歳の頃は、二十五、六、いや、もう少しいっているだろうか。肩に、団扇をきっちり並べた大きな天秤《てんびん》を掛けている。

「団子、は嫌いだったっけな。煮干しでもありゃあいいんだが」

団扇売りは、団扇に描かれた役者画に見劣《みおと》りしない、見てくれのいい若い男が多い。サバの「知り合い」もまた、御多分《ごたぶん》に洩《も》れず、大層な男前だ。

どうやら、本当に新しい店子の元へ案内してきたらしい。

拾楽は男へ近づきながら、声を掛けた。

「あたしの猫が、どうも申し訳ありません」

団扇売りの男が、振り返った。その何気ない仕草《しぐさ》に、拾楽は目を留めた。

「お前さんの猫かい」

「ええ。飼い主より偉そうですが」

男は、笑った。

「確かにな。初めて会った時から、おいらにも妙に偉そうにしてたっけ」

「サバは、幾度かお前さんに」

「おおよ。そろそろ攫《さら》っちまおうかと、考えてたとこだ。綺麗な猫だし、おいらに飼って欲しいんだと思ってよ」

それからサバへ向かって、「お前《め》ぇ、サバってぇのか。妙な名だな」と話しかけた。

「上等な鯖縞模様を、背負《しょ》ってますからね」

サバと男の遣り取りに、拾楽は口を挟んだ。

なるほどね、と一見愛想《あいそ》よく応じた男は、拾楽を見ない。そしてすぐに拾楽ではなく、サバへ何やかやと、楽し気《げ》に話しかけている。

サバが拾楽を見上げた。ちらりと目に過ぎた青が、すぐに散る。

やはりサバの長屋での悪戯は、このお気に入りの男を店子にするためだったらしい。

拾楽は、おっとりと男へ話しかけた。

「お前さん、ひょっとして、役者さんですか」

ふと、男が黙《だま》った。視線はサバへ当てられたままだ。拾楽が続ける。

「本櫓《ほんやぐら》か控櫓《ひかえ》の、女形《おやま》をやっておいでだ」

本櫓、控櫓は、どちらも官許《かんきょ》の芝居《しばい》小屋である。本櫓の興行が止まってしまった時、代わりに控櫓が芝居を打つのだ。

男が、拾楽を見た。

化粧をしなくても舞台で映《は》えそうな切れ長の目が、すっと細められる。

「サバの飼い主さんは、おいらの顔を見知っているほどの、芝居好きかい」

拾楽は、笑って首を横へ振った。

「芝居はさっぱり。画師をしてますので、少しは他人様《ひとさま》を見る目があるってことでしょう」

声の通りが良かったこと、動きに品があったこと、振り返った仕草に微かだけれど「女」の匂いが漂ったこと。その辺りをつらつらと挙《あ》げると、男は困ったように笑った。

「女形をやってた時は、舞台に立ってなくても、仕草や振る舞いに気を付けてたからな。辞《や》めちまってても、なかなか抜けねぇ」

呟きに似た言葉は、ほろ苦さを含んでいた。観念した風で真っ直《まっす》ぐに拾楽を見て名乗る。

「おいらは、涼太《りょうた》ってんだ。夏から秋は団扇、冬と春は、子供の玩具《おもちゃ》やらなんやら、売り歩いてる」

「あたしは、青井亭拾楽と申します。サバばかり描いてるもんですから、猫描きと呼ばれてます。団扇の画なんかも、やらせて頂《いただ》いておりますよ」

「へぇ、じゃあ、サバの団扇をおいらが売ってたかもしれねぇな」

涼太は応じて、話し相手をサバへ戻した。

「お前、ご主人がいたんじゃねぇか。やたら愛想振り撒《ま》いてると、攫われちまうぞ」

じゃあな、と告げたところへ、拾楽は声を掛けた。

「家移りしていらっしゃいませんか、『鯖猫長屋』へ」

団扇の天秤を担ぎかけた男が、驚いたように拾楽を見た。

「サバがお気に召《め》したのなら、ぜひ」

「生憎《あいにく》、今の長屋が気に入っているもんでね」

そっけない答えに、拾楽は「そうですかねぇ」と、言い返した。涼太の目に厳しさが宿る。拾楽は、つけつけと確かめた。

「お前さん、人嫌いでしょう」

ひんやりとした間を置き、涼太が訊き返す。

「それも、画師の先生のお見立てかい」

「だって、涼太さん、ほとんどあたしと目を合わせなかったじゃあ、ありませんか」

　あっさりと言い返し、続ける。

「まあ『鯖猫長屋』も、お節介な連中ばかりですが、もろもろ訳ありの長屋でしてね。お互いさまってとこもありますし、その辺の匙《さじ》加減は皆、心得てますから、そこいらの長屋より気楽ですよ」

　固かった涼太の顔つきが、ふと変わった。

「訳ありの、長屋なのかい」

「ええ。出るって噂が二度ほど立った長屋でしてね。こないだは、浪人の店子に化けていた盗賊の頭が、すったもんだの挙句《あげく》、お縄になりました。親の仇《かたき》を探している女人《にょにん》も、ひとり暮らしをしてたんですよ。もう家移りしちまいましたけど」

　ふうん、そうかい、と気のない風で返事をした涼太は、もうすっかり「芝居に取り憑かれた者」の顔をしている。幽霊、盗賊、仇討《あだう》ちとくれば、江戸で大人気の演目ひと揃えだ。

　それに、と拾楽はもうひと押しした。

「『鯖猫長屋』ってくらいですから、こいつが長屋で一番偉いんですよ」

――当たり前だ。

サバはそんな顔で明後日《あさって》の方を向いている。

晴れやかな音で、涼太が笑った。

「おい。サバ。お前が一番偉いのか。人間様より、なあ」

「店子仲間や差配さんには、サバの大将って呼ばれてます」

再び、大将ね、とひとしきり笑ってから、涼太は手を振った。

「考えとくよ」

言いおいて涼太は歩き出した。

粋《いき》な背中へ、拾楽は声を掛けた。

「根津門前町の堀を挟んだ南、宮永町《みやながちょう》の『鯖猫長屋』ですよ。近くで訊いてもらえれば、すぐに分かります」

涼太が、振り向かずに手を振った。

せっかく外出《そとで》をしたからと、寛永寺《かんえいじ》西の寺前町《てらまえちょう》まで足を延ばし、自分の好物、『雪豆《ゆきまめ》』の絹ごし豆腐と、サバの「ねこまんま」に使う鰹節を買った。

豆腐は、寛永寺北に湧《わ》く質のいい地下水で仕込んでいて、つるんと滑《なめ》らかな喉越《のどご》しがたまらない。冷奴《ひややつこ》用に売っているこの店の上等な鰹節を、サバは大層気に入っている。

ひとりと一匹、夕飯を思い浮かべながら上機嫌で帰ると、長屋は大騒動になっていた。

「ぎっくり腰で動けない」はずの磯兵衛の大声が、長屋の外まで聞こえてくる。言い争っているのだろうが、相手の声は聞こえない。

拾楽は、長屋の木戸《きど》の手前で立ち止まり、そっと様子を窺った。

磯兵衛の相手は、拾楽も承知の男だ。

咲き損《そこ》ねた梅の枝のような、ひょろひょろぎすぎすした痩せ男。油問屋『藤島屋《ふじしまや》』の番頭である。『藤島屋』は「鯖猫長屋」の家主だ。

「こりゃ、まずいとこへ帰ってきちまったかな」

サバが、なーう、と低い声を上げた。

――逃げるな。さっさと行け。

人の言葉に直したら、そんなところだろう。

サバの鳴き声に振り向いたのは、細かなところへ気の回る蓑吉だ。拾楽と目が合った途端、弾《はず》んだ声を上げる。

「あ、帰ってきた」

睨み合っている磯兵衛と番頭を遠巻きにしていた店子達が、一斉《いっせい》に拾楽を見た。

おてるを筆頭にした女房《にょうぼう》連中と蓑吉、それに魚の振り売りをしている貫八、居《い》酒屋《ざかや》で料理人をしている利助《りすけ》の顔もある。男達は、とうとう家主が乗り込んできたと聞きつけて、戻ってきたのだろう。

おてるが、世にも恐ろしい形相《ぎょうそう》で、拾楽へ突進してきた。むんずと拾楽の手首を掴《つか》むや、磯兵衛と番頭のところへ引きずっていく。

「な、ななな、なんです」

「な、ななな、なんです、じゃないよ。何の騒ぎが起きてるのか、見りゃ分かるだろう。とっとと、あの番頭を追い出しとくれ」

まくし立てるや、ぽい、とばかりに、磯兵衛と番頭の前へ拾楽を押し出した。

振り返ると、おてると同じような顔つきをしたサバが、おてるの傍《かたわ》らに来ていた。

——まあ、がんばれ。

偉そうな目つきに、零れかけたぼやきを呑《の》み込む。

そもそも、お前のせいでこんなことになってるのに。

「おお、猫の先生、いいところへ来た。お前さんからもなんとか言ってやってくれ」

嬉しそうな磯兵衛の声。分《ぶ》が悪いようだ。

厄介な奴が、また一人増えた。番頭はそんな苦々しい顔をしている。

「誰がやってきても、話は同じですよ。この長屋は取り壊す。店子の皆さんは、他の長屋へ移っていただきます」

殺気立った店子達を、おてるが目顔《めがお》で宥めている。おてるは、拾楽を矢面《やおもて》に立たせた時は、見物を決め込むのが常だ。

拾楽は、にへら、と力を抜いた笑みを浮かべ、番頭へ頭を下げてから磯兵衛へ向かった。

「新しい店子が見つかりそうですよ」

磯兵衛が勢い込む。

「そ、そいつは本当かい」

「ええ、まあ、多分。いずれやってくるんじゃないかと」

拾楽の答えに、磯兵衛は肩を落とし、番頭はほくそ笑んだ。

「そんないい加減なこっちゃあ、話になりませんね」

「ちょいと、待ちなよ」

ふいに、よく響く声が、割って入った。

サバが、長屋の木戸へ迎えに出る。

そこには、腰端折りに甕覗――ごく淡い藍色の股引姿から、鉄紺色の着流しに着替えた涼太が立っていた。

長屋の女達は、いきなりの男前にぽっと頬《ほお》を染《そ》め――おてるだけは、男を値踏《ねぶ》みするような目で見ている――、男達は「胡散臭《うさんくさ》い」と「気圧《けお》された」半々の顔で、涼太を眺めた。

「やあ、涼太さん。早速《さっそく》家移りの算段ですか」

頼みます。話を合わせて。

拾楽の目顔の頼みを、涼太は察したらしい。ちっと舌打ちをしてから、涼しい顔で嘯《うそぶ》いた。

「家移りの前に挨拶でもと、来てみたんだがよ。取り壊しってのは、どういうこったい」

なんだか分からないが、乗ってしまえ。

そんな勢いで、磯兵衛が胸を張った。

「さあ、新しい店子が来ましたぜ。取り壊しの話は、なしにしてもらいやしょう」

番頭が、狼狽《うろた》えたように涼太を見てから、引き攣《つ》った笑いを磯兵衛へ向けた。

「もうひとりの店子は、どうしました」

「もうひとりって」

「そもそも出て行ったのが二人なんだから、二人揃わなきゃ、話になりません」

「このっ、何かっていやあ、話にならねぇってよ。二人いっぺんなんざ、聞いてねえ。約束が違うじゃあ、ありやせんか。番頭さん」

「仮病《けびょう》を使っていた人に、約束云々《うんぬん》なぞと、言ってほしくありませんね。いいですか。ともかく、取り壊しの件は、確かにお伝え――」

「少しお待ちを」

とりつく島もない番頭を、新たな声が遮った。裏葉《うらは》の渋《しぶ》い薄緑の小袖《こそで》に共の羽織《はおり》を着込んだ品のいい男だ。歳の頃は二十七、八、というところだろうか。額《ひたい》の右、髪の生え際《はぎわ》に星形の小さな傷《きず》があるのが、上品な物腰には不似合《ふにあ》いに映《うつ》る。

「この長屋、手前に買わせて頂けませんか」

突拍子《とっぴょうし》もない話に、皆が、拾楽でさえ狐《きつね》につままれた心地《ここち》で、黙った。話を切り出した当の男だけが、穏やかな佇《たたず》まいだ。

男は、紅白粉問屋《べにおしろいどんや》『白妙屋《しろたえや》』の主《あるじ》、忠右衛門《ちゅうえもん》と名乗った。忠右衛門は、店子達を丁寧に見遣りながら、告げた。

「店子の皆さんには何から何まで今まで通り、お暮らしいただきます。店賃《たなちん》も差配さんも、長屋の呼び名も、変えません。住人が増えればそれは有難いことですが、減ったとしても取り壊すなんてことは、いたしません」

滑らかで迷いのない話に、声をひっくり返しながら家主の番頭が口を挟《さ》んだ。

「ちょ、ちょっとお待ちを。この長屋は取り壊しが、すでに決まっておりまして」

「私が買う、と言ってるんです。取り壊しは待っていただきましょう」

穏やかだが、有無《うむ》を言わせぬ言い振りだ。番頭は幾度も唇を湿らせてから、しどろもどろで、

「しかし、しかしですね。手前は旦那《だんな》様から、取り壊しの件を確かに伝えるよう、言いつかっておりまして」

とだけ、ようやく言い返した。

紅白粉問屋の主、忠右衛門はにっこりと笑って番頭に応じた。

「では、お店《たな》へ参りましょうか。ご主人と直《じか》に話をさせて下さい」

まだ、しかし、だの、なんだのと渋っている番頭の尻を、磯兵衛が叩《たた》いた。

「番頭さんが、勝手にこちらのお人のお申し出を断《ことわ》っちゃあ、具合が悪いんじゃありやせんかい」

ぐっと、番頭が詰まった。

忠右衛門がおっとりと促す。

「ご案内いただけますね。番頭さん」

品のいい笑顔を残して「鯖猫長屋」を出て行く忠右衛門と、目を白黒させた番頭を見送り、店子達は沸《わ》いた。

これで一安心だ。番頭の奴、ざまあみろだ。

そんな中、おてるがにんまりと笑って、涼太の前に立った。

「さて、どの部屋がいい」

涼太が、二歩下がって答える。

「家移りなんか、しねぇぞ」

「おや、さっき、家移りの前の挨拶に来たって言ってなかったかい」

「そりゃ、言葉の綾ってぇか、なんだか大変そうだから、話を合わせただけだ」

「だったら、本当に移ってきてもらわなきゃ。その場しのぎの誤魔化《ごまか》しだって知れたら、かえって話がこじれるじゃないか。家主が変わったからって、安心できない」

「そ、そりゃあ、おいらにゃあ関《かか》わり――」

ずい、とおてるが二歩分の間合いを詰めた。

「あたし達を、路頭《ろとう》に迷わす気かい」

店子達の視線が、一斉に涼太へ集まった。

おてるが、見透《みす》かしたように止《とど》めを刺す。

「どうだい。ここはなかなか暮らしやすそうだろう。何せ、訳あり店子なんざ慣れっこだからね」

涼太が、サバに追い出された雉猫のように、ううう、と唸《うな》る。やがて、天を仰《あお》いで呟いた。

「畜生《ちくしょう》、分かったよ」

再び、店子が沸いた。

サバが、なーおと澄んだ声で、涼太へ向かって一声鳴いた。

おてるが、胸を張って告げた。

「大将が、『よく来たな』、だってさ」

涼太を囲んで賑やかな店子の声を聞きながら、拾楽は白妙屋忠右衛門が去っていった方を、長いこと見つめていた。

涼太が、拾楽の向かいの空き部屋へ家移りしてきてから二日後の夜も更《ふ》け始めた頃、「鯖猫長屋」の井戸端《いどばた》に、拾楽は引っ張り出されていた。

小雨《こさめ》が、時折《ときおり》頬や額、盃《さかずき》を持った手に触れる。が、気になるほどではない。

集まっているのは、他に魚屋の貫八と、料理人の利助だ。

このところの貫八の楽しみは、利助が働いている居酒屋から戻るのを待って、井戸端で一杯やることなのだ。運がいいと、居酒屋で売れ残った肴《さかな》にありつけたりもする。今日の利助の土産《みやげ》は、ゆでた空豆《そらまめ》だった。

独り者の野菜売り蓑吉や、小間物《こまもの》の行商をしている清吉《せいきち》が交《ま》ざることもあるが、雨降りの夜にわざわざ外で酒を呑む強者《つわもの》は、利助と貫八くらいだ。

拾楽は普段、知らぬふりを決め込んでいる。生臭ほどではないが、酒も好きではないのだ。だが、今夜は引っ張り出されてしまった。

そして新顔の涼太は、晴れだろうが昼間だろうが、他の店子達とは交ざりたがらない。人を寄せ付けない気配は、越してきた時から変わらない。挨拶はするが、自分から話しかけることはない。ちょっとした集まりに声を掛けても、愛想のいい笑みで断ってくる。

そんな風に、ぎりぎり角《かど》が立たないほどの間合いを置いている。

色男の店子に浮き立った女達も、身構えた男達も、肩透《かたす》かしを食らい、気が抜けた風だ。

「お向かいさん」ということもあって、涼太はサバには自分から懐きに来る。畢竟《ひっきょう》、拾楽と一番近しい関わりを持つことになった。他の店子に倣《なら》って、拾楽とサバを「猫の先生」「大将」と呼んでもいる。だからおてるは、取り敢《あ》えず涼太を拾楽に任せるつもりのようだ。

拾楽は、空豆をつまんだ指の匂いを嗅いで、軽く顔を顰《しか》めた。空豆は嫌《きら》いではないが、皮をむいた時に手に付く匂いが、玉に瑕《きず》だ。

雨の匂い、酒の匂いも混じって、なんだかげんなりとしてきた。

空豆ひとつ食べただけで、「そろそろお開きに」ってのも、おかしな話かね。

考えながら、一口分も減っていない自分の盃の酒を睨む。

貫八が、得意げに切り出した。

「おはまの話だとよ、新しく家主になった『白妙屋』の主ってのは、なかなかの出《で》来物《きぶつ》らしいぜ」

おや、勘《かん》が外《はず》れたよ。

拾楽はこっそり考えた。

貫八が拾楽を引っ張り出したのは、涼太のことを訊きたいのだろうと、思っていたのだ。

おてるが、涼太を一目《ひとめ》見て「訳あり」と言った。何がどう「訳あり」なのか知りたい。

てっきり、そのための誘《さそ》いだと思ったのだが。貫八の気は、新しい店子より、取り壊しの話が出ていた「鯖猫長屋」をそっくり買い取ってくれた、新しい家主へ向いているらしい。

「で、どう出来物だってんだい」

訊いた利助の盃に、ぽちゃん、と雨粒《あまつぶ》が落ちた。

拾楽は、空を見上げた。藍色か、鼠色《ねずみいろ》なのかもはっきりとしない、重たい夜空から、はっきりとした水の滴《しずく》が落ちてきて、ぽつ、ぽつ、と額や頬に当たった。

「降ってきたようだ。やっぱり今日は、やめにしませんか」

「これくらい、雨のうちにゃあ入らねぇよ」

利助と貫八は、何でもないような顔で口を揃えた。

溜息を呑み込み、拾楽は言い返してみた。

「けど、雨音《あまおと》がしてきたじゃあないですか。ほら、また、盃に」

利助と貫八は顔を見合わせ、上を見た。

頰に落ちた雨粒を指で拭《ぬぐ》った貫八が、名残惜《なごり》しそうに、

「けどなあ。話はこれからだぜ」

と文句《もんく》を言った。おうよ、と利助が頷く。それから顔を曇らせ、

「かと言って、部屋に酒ごと逃げ込んだ日にゃあ、かかぁに角《つの》が生えちまう」

とぼやいた。慌てて貫八が言い募《つの》った。

「うちだって、だめだ。おはまを起こす訳にゃあいかねぇ」

二対《つい》の目が、一斉に拾楽を見た。

「うちも御免ですよ。おはまちゃんより、利助さんのとこのおきねさんより、サバは怖いんですから」

「静かにするからよ」

二人で示し合わせたように、拾楽へ向かって手を合わせる。

拾楽は、悪あがきを承知で抗《あらが》ってみた。

「うちの隣は、おてるさんですよ」

「新しい家主の話を猫の先生にお伝えするんだ。おてるさんだって、文句は言わねえよ」

「家主さんがどんな御人だって、あたしゃ構《かま》いません。この長屋さえ平穏《へいおん》無事ならね。どうしても聞かなきゃならないんなら、おはまちゃんから直に聞きます。貫八さんだって、おはまちゃんから教えてもらったんでしょう」

貫八は、ほんのわずか言葉に詰まったが、すぐに胸を張って言い返した。

「おはまの話を基《もと》に、色々聞き込んだ噂もあるんだぜ」

「そうだ」

拾楽は掌を拳《こぶし》でぽん、と打った。

「空いてる部屋を使っちゃ、どうですか」

恨《うら》めしそうに、貫八が首を振った。

「掃除《そうじ》も大してしてない、埃臭《くせ》え部屋でかい」

ここだって、十分雨臭いし、酒臭いし、空豆臭い。

拾楽は、不平を呑み込んだ。

「おいら達は、いいけどよお。猫の先生、埃は嫌いだろう」

と、利助が畳みかける。

得たり、と貫八がダメ押しをした。

「サバの大将は、もっと嫌いだ。叱られるぜ。夜中に埃まみれで帰ったら」

つまり、二人は拾楽を解き放ってくれる気は、まるでない訳で。

雨は、本腰を入れて降り始めている。

拾楽は、盛大な溜息を吐《つ》いて告げた。

「本当に、静かにしてくださいよ。サバに噛みつかれ、おてるさんにこってり絞《しぼ》られるのは、あたしなんですから」

サバは、どやどやと入ってきた利助と貫八をじろりとひと睨みしたが、気のない素振《そぶ》りで、部屋の隅に畳んである拾楽の布団の上で丸くなった。

利助が、貫八を急かした。

「さっきの話の続きを、聞かせてくれや。おはまちゃんは『白妙屋』さんのことを、どう言ってるんだい。出来物って、どんな出来物なんだよ」

貫八は、得意げな顔をして答えた。

「紅白粉問屋だけあってよ、何しろ女子の心裡《こころうち》がよくお分かりになるんだぜ」

利助が、胡散臭そうに口を尖《とが》らせる。

「女子の心裡ってひとくくりにして言われても、なあ。おいらなんざ、かかぁの心裡ひとつだって、分からねぇ。その口ぶりだと、貫八っつぁんは分かってるんだろうな」

そりゃあ、と、貫八は口ごもった後、すぐにお手上げとばかりに、言った。

「所帯持ちの利助さんが分からねぇもんを、おいらが分かるはずがねぇよ。おはまの受け売りだ」

おはま曰《いわ》く、白妙屋忠右衛門の人となりは、こんな風なのだそうだ。

まず、赤子や子供に好かれる。

年寄りに優しい。

女子の歳や見てくれで、贔屓《ひいき》をしない。

安物の紅しか買わない町場《まちば》の客には、気さくで愛想よく、値《ね》の張る白粉目当ての客には、上品で丁寧な物腰で、接する。どちらにも、礼を失した物言いや、大仰な持ち上げは、決してしない。

なんでも女というものは、「皆と同じように」扱われると、かえって手を抜いているように感じるらしい。それよりも、それぞれに合わせた客あしらいをしてくれる方が、安心できるし、気分がいいのだそうだ。例《たと》えば、安い紅しか買わないのに、姫君様やお大尽《だいじん》の内儀《ないぎ》のように扱われると、かえって居心地が悪くなるのだという。

勿論、客だけでなく、奉公人達にも気遣《きづか》いを忘れない。大声を出したり、怖い顔をしたりする忠右衛門を、誰も見たことがない。

流行《はや》りものはなんでも承知で、どんな客の話にもそつなく応じる。

厭な噂や蔭口《かげぐち》なぞは、さりげなく躱《かわ》す。

勿論、汚《きたな》い商《あきな》いはもってのほか。

穏やかな笑みを見ていると、ほっとする。

「ちょっと、待ってくれや」

とうとう、利助が音《ね》を上げた。

「何だ、そりゃ。白粉や紅の目利《めき》きが達者《たっしゃ》だとか、商い上手《じょうず》だとか、奉公人を束《たば》ねる器《うつわ》があるとか、そういうこっちゃねぇのか」

「それは、男の見方なんだそうだ」

初めは得意げだった貫八も、うんざりした声になっている。利助が呑み仲間を労《ねぎら》った。

「よくも、そんなに長い能書《のうが》きを覚えたもんだぜ。ご苦労さん」

「忠右衛門さんの爪の垢《あか》でも煎《せん》じて飲めってぇ、おはまにこんこんと言い聞かされたからな」

声音《こわね》を明るくして、貫八は続けた。

「おはまや、女子達の評判だけじゃなく、『白妙屋』の周りでも、忠右衛門さんを悪く言う奴はいなかった」

忠右衛門が出来物だといわれる所以《ゆえん》は、真《ま》っ当《とう》な商いをしているから、だけではない。

人助けが、好きらしいのだ。

貧乏人に金子《きんす》を配《くば》る、炊き出しをする、そういった読売《よみうり》を賑わすような派手《はで》な真似はしない。当人も「人助けというほど、大仰な話ではない」と笑って言っているそうだ。

例えば、主を怒らせてしまった働き者の奉公人を取り成したり、病《やまい》の親を抱える娘に、親の面倒を見ながらでも働ける口を世話したり。親子喧嘩の仲立ちから、嫁《よめ》婿《むこ》探しに迷子《まいご》探し、迷子の親探しまで。

そんな風だから、『白妙屋』界隈では、「世話焼き忠右衛門」と呼ばれているそうだ。

忠右衛門曰く、「施《ほどこ》しは、人を腐《くさ》らせる」のだそうで、金を使うだけの人助けは、やらないと決めているらしい。

ふうん、と、利助が鼻を鳴らした。

「それで、『鯖猫長屋』を助けてくれたってぇ訳かい。そりゃあ、確かに出来物だ」

拾楽は、首を傾げた。

「金子は使ってるじゃあありませんか。この長屋を買ったんだから」

そりゃあ、と貫八が異を唱《とな》える。

「施しとは違うだろうよ。店賃は入るんだ。強欲《ごうよく》油屋からいくらで買ったのかは知らねぇが、あとひとつ、二つ、部屋が埋まりゃあ、いずれ元が取れるってぇもんだろ」

利助が頷いたので、拾楽は大人しく、「そりゃまあ、そうですね」と応じた。

そこから、元の家主、油問屋の『藤島屋』とその番頭の文句へと話の向きが変わっていったので、拾楽は明日の仕事に障《さわ》るから、そろそろお開きにしましょうと、二人を促した。利助は名残惜しそうにしていたが、魚屋の貫八は朝が早い。「また明日な」と、貫八が腰を上げたのをきっかけに、利助も立ち上がった。

静かになった部屋を見回し、拾楽は溜息を吐いた。

布団の上のサバを見遣ると、顔を上げて、辺りの匂いをしきりに嗅いでいる。

「はいはい。酒臭いんだね。ちょっと風を入れようか」

拾楽は、小声で飼い猫に話しかけ、立って行って腰高障子を引き開けた。

雨の匂いと湿気を含んだ風が、おんぼろ長屋の部屋へ吹き込んできた。


恐らく、壁越しにおてるが聞き耳を立てていたのだろう。

次の朝から、「世話焼き忠右衛門」の話は、井戸端での遣り取《やと》りを賑わせていた。拾楽は土間のへっついの前でサバのための飯を炊きながら、開けた腰高障子越しに、女達の遣り取りを、聞くともなしに聞いていた。

それじゃあ、早速、紅か白粉でも買いに行こうかと、言い出すのかと思いきや、長屋の女達は、とっくに『白妙屋』で買い物を済ませていたようだ。

あの時は沢山土産を貰って、かえって申し訳なかった、と、嬉しそうに話している。

「本当に、必ず朝晩、飯を炊くんだな」

ふいに、頭の上から良い声が降ってきて、拾楽は顔を上げた。入り口近くに立った涼太が、こちらを覗き込んでいる。

「もう、蒸らしが終わるとこです」と拾楽は応じ、続けた。

「ご一緒に、いかがですか」

涼太が、込み入った顔をした。

「サバの大将と、かい」

「炊きたての飯に、鰹節と醬油です。悪かないでしょう」

「猫の先生は」

「あたしは、その上に豆腐をのっけて。飯は、お焦《こ》げ交じりですが。なかなか香《こう》ばしくていけますよ」

お焦げを、サバは食べない。

涼太は、ぼんやりと笑って首を横へ振った。

「遠慮しとくよ」

「そうですか」

拾楽は、あっさり頷いて、再び「サバの朝飯づくり」に戻った。古ぼけた釜《かま》の蓋《ふた》を開けると、白い雲のような湯気《ゆげ》と米の甘い匂いが、ぶわりと上がった。

いい炊き具合だ。サバの茶碗に飯をよそい、団扇で煽《あお》ぐ。

あとは、飯を冷まして鰹節に醬油をひと垂らし、で出来上がりなのだが、サバの口に合うように仕上げるには塩梅《あんばい》が肝心《かんじん》で、気が抜けない。

「で、何か御用でも」

手を動かしながら訊く。涼太は、楽し気に答えた。

「大将の飯がどんなもんか、覗きに来た」

「だったら、一緒に食べればいいでしょうに」

また、涼太が込み入った顔をした。

「猫と、かい」

拾楽は、笑った。

「まだまだ、『鯖猫長屋』にゃあ、馴染《なじ》みませんねぇ」

ふん、と涼太が鼻を鳴らした。

「当たり前《め》ぇだ。越してきてまだ三日だぜ」

「そりゃそうだ」と、拾楽が応じたところで、井戸端に集まっていた女達の声が、弾んだ。

拾楽はそちらを見ながら、軽い笑い混じりで呟いた。

「どうやら、また紅でも買いに行く算段をしてるようですね」

「気に入らねぇ」

呟いた涼太の声は、昏《くら》い。

「何です」

訊き返した拾楽へ、涼太が繰り返した。

「気に入らねぇって、言ったんだよ」

「誰が」

「あの、家主さ」

「出来物だって話ですよ。皆さんが紅を買ったのは、忠右衛門さんというより、お前さんのせいでしょうけど」

拾楽の冷やかしに、涼太は顔色ひとつ変えない。

「おてるさんは家主の様子《ようす》見《み》、おはまさんは、つれない画描きの先生のためだろうがよ。おいらにゃ、関わりがねぇ」

飯を煽いでいた手が、思わず止まった。

「厭《や》なお人ですね。おはまちゃんの話は、余計《よけい》ですよ」

むっつりと拾楽は言い返した。

「罪な男だねぇ、先生は」

にやにや混じりの涼太の冷やかしに、拾楽が更に応じようとした時、にゃーお、と、サバが不服げに鳴いた。

「お前の飯から気を散じたりしやしないよ。安心おし。さ、もういいかな」

ざっと飯を掻き回し、一粒二粒口に入れる。いい冷め具合だ。

鰹節を掛け、醤油をひと垂らし、ざっと混ぜると、サバが土間へ降りてきた。

どれ、朝飯前にちょっと挨拶、とばかりに涼太の脛《すね》に額を軽くこすり付け、拾楽の前へ座る。

――早くよこせ。

この長屋で誰よりも偉い飼い猫は、榛色の眼で、拾楽を見上げた。

「はい、お待ちどおさん」

目の前に置くと、匂いをちょいと嗅ぎ、次に小さく一口、確かめるように味わってから、ゆったりと朝飯にとりかかった。

涼太が、ぷっと噴き出した。

「まあまあ。そんな顔だな」

「おや、よくお分かりで」

「でも、その実、かなり旨いと思ってる」

し、と拾楽は唇に人差指《ひとさしゆび》を当てて涼太を窘めた。

「そこは、気付かない振りでお願いしますよ。でないと、サバが臍を曲げます」

——聞こえてる。

そんな風に、サバの耳がぷるりと震《ふる》えた。だが、朝飯は止めない。やはり、旨いと思っているらしい。

拾楽は、念入りに笑いを堪えてから——また飯炊きからやり直すのは、御免だ——、話を戻した。

「で、何が気に入らないんです」

「何の話だい」

涼太が、サバを眺めながら訊き返した。

「家主さんの話ですよ」

拾楽に、涼太は答えない。惚《とぼ》けもしない。

拾楽は、涼太が口を開くまで待った。

ねこまんまを、飯一粒、鰹節一欠片《かけら》も残さず、サバが食べ終えた頃、ようやく涼太がぽつりと呟いた。

「評判がいい奴に関わると、ろくなことにならねぇ」

役者だった頃のことを、思い出してるな。

涼太の昏く燃える瞳を見て、拾楽は察した。

それは恐らく、誰かを恨んでいるというより、芝居や舞台に対する未練だ。未練があるくせに、自分が女形をやっていたことも、どの櫓にいたかも、話そうとしないし、誰にも言うなと、拾楽に釘を刺す。

しかも、「評判がいい」という当人が気に食わないというのではない。「関わると」ろくなことにならない、と涼太は言うのだ。

込み入った胸の裡である。

だから拾楽は、軽い物言いで確かめた。

「まだ、長屋の皆さんにはお前さんの生業は内緒なんですか」

涼太の気配が、ささくれ立つ。構わず言葉を重ねた。

「本櫓か控櫓で女形やってたって知ったら、みんな喜ぶのになあ」

涼太が、立ち上がった。

前足で顔を洗っていたサバが、涼太を見上げる。涼太はサバに微笑みかけ、拾楽を見ずに、冗談《じょうだん》めかして言った。

「先生こそ、厭な奴だねぇ」

それから、「じゃあな、大将」とサバに告げ、涼太は拾楽の部屋を出て行った。

冷ややかな目で、サバがこちらを見ている。

拾楽は、小さな声でぼやいた。

「やれやれ。涼太さんを怒らせてしまった」

涼太が、団扇の天秤を担いで出かけて暫く、画描きの仕事に一息入れた拾楽が、井戸端で顔を洗っているところへ、「鯖猫長屋」に客があった。午《ひる》の少し前のことだ。

客の名は、掛井十四郎。北町奉行所《きたまちぶぎょうしょ》の定廻《じょうまわり》同心だ。

市中では「成田屋《なりたや》の旦那」で通っている。成田屋の屋号を持つ人気役者市川團十郎《いちかわだんじゅうろう》の如く、きりりと整った、人目を惹く顔立ちで荒事《あらごと》が得手《えて》、という訳である。立ち居振る舞いがいちいち大袈裟《おおげさ》で派手、どこか芝居がかっているのも、役者の屋号で呼ばれる所以だ。

もっとも、見てくれや振る舞いは評判の通りだが、実は荒事はから、っ、き、し、ということを、拾楽も「鯖猫長屋」の住人も、知っている。

それでも、掛井は全く悪びれることがない。

立ち回りや捕り物の折には、「足を引っ張る役立たずは、大人しくしているに限る」と嘯き、とっとと逃げる。町人で今は堅気《かたぎ》の拾楽に「荒事」を押し付けることもしばしばだ。

そんなお調子者でも皆から好かれるのは、役人風を吹かせないこと、気《き》っ風《ぷ》の良さ、そして、何より発している気のせいだろう。

剣気や殺気といった、研《と》ぎ澄《す》まされたものではない。

ただ、生きる力が濃く、強い。その濃さ、強さが、気となってこの男を包んでいる。

拾楽のような、余計な力をなるべく使わずに過ごしている者にとっては、息が詰まるような気だ。

その掛井が、ふらりと長屋へやってきて、あちこちの部屋を覗いている。掛井の声は、涼太と張るほど、よく通る。新入りが来たんだってな、どんな奴だ、と訊いて回っているようだ。

そうして、掛井は花道を進む役者のように、たっぷりと気を持たせ、溝板を鳴らして、長屋の奥、拾楽のいる井戸までやってきた。

「よう、黒おかめ」

拾楽は、顔を顰めた。

掛井は、拾楽がかつて「黒ひょっとこ」と呼ばれる盗人《ぬすっと》だったことを知っている。縄を打たないのは、拾楽に借りがあったからなのだという。借りは返したから、次は容赦《ようしゃ》しない、とも釘を刺されている。自分で釘を刺しておいて、昔の二つ名をもじった呼びかけでからかったりするから、まったく、分からない男だ。

拾楽は、もそもそと掛井を窘めた。

「人聞きの悪い名で、呼ばないでくださいな」

やはり掛井は、悪気の欠片《かけら》もない調子で言い返してきた。

「一捻《ひとひね》りしてやったじゃねぇか」

「おかめじゃあ、捻ったうちに入りませんよ」

「どっちにしたって、聞こえちゃいねぇさ」

「ほいよ」と、井桁《いげた》に掛けて置いた手拭いを、掛井が拾楽に渡した。頭を下げ受け取って、顔を拭《ふ》きながら、拾楽は話を変えた。

「気になりますか、新入りが」

「ああ、気になるね」

掛井は、頷いた。そして、拾楽を「黒おかめ」と呼んだのと同じくらい声音を落として確かめた。

「ここじゃあ、あいつは『団扇売りの涼太』で、通ってるのかい」

拾楽は黙って掛井を見た。涼太は、店子達に前の生業を知られたくない。それは店子でなくても、同じだろう。

拾楽の意図を知ってか知らずか、掛井は言葉を重ねた。

「団扇売りの前は、中村座《なかむらざ》で女形をやってたってのは、誰が知ってる」

そうだった。

遅まきながら思い出す。

同輩の同心までが掛井を「成田屋」と呼ぶのは、別の理由《わけ》がある。掛井は中村座を始めとした芝居町の連中と懇意《こんい》にしている。身を窶《やつ》す小技《こわざ》なぞを教わっていると、拾楽は掛井自身から聞いたことがあった。

この同心は、涼太が何者か見知っている。

拾楽は、真っ先に「拙《まず》い」と感じた。

ふっと、掛井が男臭い笑いを漏《も》らした。

「ずいぶん、甘くなっちまったじゃねぇか」

「何の話です」

「涼太は前の生業を知られたくねぇんだ。余計な真似はすんな。そんな顔をしてるぜ」

掛井が笑みを深めて、続けた。

「気を付けな。そいつはお前さんの生業にゃあ、邪魔《じゃま》にしかならねぇ情《なさけ》だ」

全く、厭なところを突く同心だ。拾楽は冷ややかに躱した。

「売れない猫描きに、言う台詞《せりふ》じゃありませんよ」

飛び切り格好良く笑い、掛井はようやく、「そうだったな、猫屋」と応じてくれた。

それから、笑みを収め、呟く。

「団扇売りの元の素性《すじよう》、どこまで知ってる」

拾楽は、軽く肩を竦めて答えた。

「なんとなく、立ち居振る舞いから察しただけです」

そうか、と掛井は頷き、拾楽を長屋の外へ誘った。

「涼太が知られたくねぇと思ってるんじゃあ、ここで詳しい話をするのは、拙いだろう」

拾楽は、ちょっと掛井を真似て、意地悪く笑んでみた。

「そういう気遣い、お役目の邪魔にしかならないんじゃ、ございませんか」

掛井は、少し驚いたように目を丸め、呆《あき》れ声で「言うねぇ、お前さんも」と受けた。

掛井が足を向けたのは、根津権現《ごんげん》門前の目抜き通りから脇へ逸《そ》れた、ちっぽけな甘酒屋《あまざけや》だ。年中閑古鳥《かんこどり》が鳴いていることも、草臥《くたび》れてがた付く縁台も、掛井が「じいさん、店先をちょいと借りるぜ」という合図の言葉を掛ければ、年老いた主は出てこないところも、掛井に初めて連れてこられた時から、全く変わらない。

掛井は、他人《ほか》に聞かれたくない話をする時、決まってこの甘酒屋を使う。

「あいつ。涼太は、間の悪い奴でな」

色褪《いろあ》せた緋毛氈《ひもうせん》が掛かる縁台へどかりと腰を下ろすなり、掛井は切り出した。

「中村座で、女形をやってた。振られてたのは端役《はやく》ばっかだが、筋《すじ》もいいし姿もいい。いずれはもう少し大きな役もってぇ言われてた。坂田音弥《さかたおとや》って名で、屋号は近江屋《おうみや》。派手でもなけりゃ愛嬌《あいきよう》たっぷりって訳でもねぇ。だが、女達が真似をしたがるような、品のいい仕草や視線の送り方が、絶品でな。声と口跡《こうせき》は飛び切りで、どんな早口の台詞でも、小屋の隅まで届いたもんだ」

しみじみと語る同心を、拾楽は見遣った。その視線に、掛井が「何だよ」と訊いた。

「いえ、ね。御贔屓さんだったのかと、思いまして」

顔を顰め、掛井は答えた。

「そんなんじゃねぇ。ただ、勿体《もったい》ねぇなと、思ってるだけだ。役者仲間や裏方にも慕《した》われてたんだ。あんなことさえなきゃあな」

「あんなことって」

訊き返した拾楽に、掛井がにやりと笑う。

「やっぱり、気になるかい」

「続きを訊ねて欲しそうな言い方を、旦那がなすったもんで」

「そういうことにしといてやる」

薄笑いで応じ、掛井は話を戻した。

「去年の春、大坂から、天下の人気役者、三代目中村歌右衛門《うたえもん》が、鳴り物入りで江戸へ乗り込んできたのは、知ってるかい」

「あたしは、芝居にゃとんと疎《うと》くて」

「画描きが、いいのかね。そんなんで」

「芝居小屋にゃあ、猫はいませんから」

気の抜けた調子で拾楽が応じる。掛井は、まあ、いいか、とぼやきを挟み、続けた。

「芝居にゃ疎くても、役者が顔に傷を負わされたってぇ騒ぎは、耳にしてるだろう」

ええ、はい、と拾楽は頷いた。

たしか、あれは昨年の端午《たんご》の節句《せっく》の頃だったか。中村座が大坂から呼び寄せた役者が、客に乱暴狼藉《らんぼうろうぜき》を受けた。

舞台の小道具が客に当たって始まった口喧嘩がきっかけで、人気役者の楽屋に乗り込み、殴《なぐ》る蹴《け》るの大暴《おおあば》れをした連中が出た。

「その、殴られ蹴られた役者ってのが、三代目歌右衛門って訳ですか」

拾楽の言葉に、掛井が頷いた。

「ことはそれだけじゃあ収まらなかった。歌右衛門当人は、乱暴者の役どころではその傷を芝居にうまく取り込んで場を盛り上げ、侍《さむらい》の役では白粉で隠し、一日も休まず舞台に立ち続けた。贔屓筋に、傷を引き合いにした洒落た句まで贈ったってぇんだから、大したもんだ。だが、歌右衛門の贔屓客が黙っちゃいなかった」

拾楽が、口を挟んだ。

「思い出しました。たしか、歌右衛門さんを襲《おそ》った客の中に、市村座《いちむらざ》の役者の縁者がいたんでしたね」

おおよ、と掛井が応じた。

市村座と中村座は、その時激しい客の取り合いをしていた。中村座の「大勝ち」が続いた挙句に起きた騒動で、今度は歌右衛門の贔屓客が怒った。

これは、市村座の差し金に違いない、と。

そして、その市村座の役者の家を、仕返しに打ち壊した。

拾楽から、溜息が零れた。

「芝居好きってのは、存外頭に血が上りやすいんですねぇ」

「そりゃ、芝居好きに限らねぇだろう。『火事と喧嘩は江戸の華《はな》』なんてぇ言うくらいだ。猫屋が変わってんだよ」

拾楽は、はあ、とぼんやり頷いて、話を涼太へ戻した。

「その騒ぎと、涼太さんがどう関わってるんです」

掛井は、こめかみを苛々《いらいら》と掻いて、吐き捨てた。

「ただの、とばっちり。間が悪かっただけさ」

元々、歌右衛門は、中村座に来てすぐ、涼太——坂田音弥のことを「筋がいい」と、言ったそうだ。大坂から来て早々に目を掛けられ、周りのやっかみもあったのだろう。

歌右衛門を痛めつけようと、客達が楽屋へ駆け込んだちょうどその時、音弥は運悪く、楽屋へ向かう階段にいた。

音弥は初め、なぜ、体を張ってでも乱暴者を止めなかったのだと、責められた。そのうち、実は市村座の役者と裏で繋《つな》がっていて、手引きをしたのではないかと、疑われた。

そうして、音弥は、歌右衛門の怪《け》我《が》の責めを負わされ、中村座から追い出されたのだ。

目を掛けていたはずの歌右衛門は、ただの一言《ひとこと》も音弥を庇わなかった。

掛井が、憤然《ふんぜん》とまくし立てた。

「歌右衛門の楽屋に乗り込んだ奴の中にゃあ、腕自慢の鳶《とび》の男だっていた。何が起こってるのか分からねぇ音弥に、殺気立って階段を駆け上がってくる奴らを止める暇《ひま》も、覚悟もできやしねえ。なんだって奴らが歌右衛門の楽屋を知ってやがるんだってぇ話にもなったが、女形の楽屋は中二階、立役《たちやく》の楽屋は二階にあるってのは、ちょいと芝居を齧《かじ》ってる奴なら、誰だって知ってる。その中の一番広くて上等な部屋を歌右衛門が使ってる、なんてのは、考えなくても分かる。大体、音弥は歌右衛門に目を掛けられてたんだ。裏切る理由《わけ》なんか、あるもんかい」

歌右衛門は、中村座が大金を使って大坂から呼び寄せた、大切な役者だ。顔に怪我を負わせるために、江戸へ出したのではない、とか、江戸は粗忽《そこつ》で乱暴だ、とか、大坂側から何を言われるか、知れたものではない。

歌右衛門の怪我は、中村座の不始末《ふしまつ》。歌右衛門を大切にしていないからだ。

そんな噂が立つ前に、中村座はけじめをつけなければならなかった。

そのけじめに、何の咎《とが》もない、先行き楽しみだった役者――涼太が使われた。

拾楽は、不機嫌《ふきげん》な顔をしている掛井を見て、こっそり笑った。

成田屋の二つ名に、色々謂《いわ》れはあるが、とどのつまりは、この男、大の芝居好きなのだ。

拾楽は話を進めた。

「それで、旦那がわざわざ涼太さんの様子を見に来た訳は、何なんです」

「おお、それよ」

いささか大仰に膝頭《ひざがしら》を、ぽん、と叩き、掛井は難しい顔で応じた。

「歌右衛門の贔屓で、噂を真《ま》に受けた馬鹿共が、音弥を目の敵《かたき》にしてる。そいつらが、音弥の家移りを、嗅ぎつけたらしい。嫌《いや》がらせのひとつも、仕掛けてくるかもしれねぇから、気を付けてやってくれや。あいつらのせいで、音弥は家移りを繰り返してるんだ」

言ってから、掛井は拾楽を睨んだ。

「さっきから、にやにやと。気持ち悪《わり》ぃぞ」

「なんでもありませんったら。成田屋の旦那が心配してくだすってると知ったら、涼太さんも喜ぶでしょう」

即座に、掛井は首を横へ振った。ほんのりと悲しそうで、寂《さび》しそうだった。

「多分奴は今、芝居を忘れようと必死だ。前の生業を知ってる奴とは、関わりたくねぇだろう」

「そうかなあ。未練たらたらに見えますが」

拾楽の呟きに、掛井は目を輝かせた。

「なんだ。あいつも、往生際《おうじょうぎわ》が悪ぃなあ」

憎まれ口を利きながら、涼太――音弥が芝居を諦《あきら》めていないことが、嬉しいらしい。

うほん、と、磯兵衛のような空咳《からせき》をひとつ挟み、掛井は拾楽に念を押した。

「乱暴者が安普請の裏長屋で暴れたんじゃあ、涼太だけじゃ済まねぇ。『鯖猫長屋』の他の連中にも、とばっちりは行くんだぜ」

だから、気を付けろ。拾楽が収めろ、と掛井は言っているのだ。

拾楽は、掛井に訊いた。

「旦那が長屋へ詰めてくださる訳にゃあ、いかないので。空き家はたんとございますが」

馬鹿野郎、と掛井が胸を張った。

「俺《おら》ぁ、やっとうも喧嘩も苦手なんだ。役にゃあ立たねぇよ」

大威張《おおいば》りで言うことかい。言ってやりたかったが、拾楽は呑み込んだ。

肩を落とし「分かってます」と頷く。

掛井が、まるで褒められた時のように、偉そうに肩をいからせた。

「覚えてたんなら、いい」

甘酒屋へ連れ出されたのに甘酒一杯飲むことなく、拾楽は「鯖猫長屋」へ戻った。

午を過ぎた長屋は、静かだ。拾楽も、本腰を入れて仕事をすることにした。

涼太が口を利いてくれた団扇画の仕事の日限まで、そうない。

おてるが持ってきてくれた、「亭主に持たせた残りだ」という、味噌《みそ》をまぶしただけの大きな握り飯《にぎりめし》で、遅い昼食《ちゆうじき》を済ませ、サバを手本に画を描く。

サバもまた、いつになく大人しかった。顔を洗ったり、丸まって昼寝をしたり、ひらひらと翔《と》ぶ蝶《ちよう》を相手に遊んだり――蝶はたまったものではないだろう――。ただの猫のように、画の手本をしてくれるのは、珍しい。

だがおかしな「威張りん坊」は、寛ぎ、余裕綽々でいるように見えて、微かに毛を逆立《さかだ》たせ、耳と短い尾で周りの気配を探っていた。

「成田屋の旦那が気にしていた騒動が、近々あるってことかい。サバや」

サバは、答えない。

ただ、榛色の瞳で、飼い主を見遣るのみだ。

拾楽は、小さな溜息を吐いた。

「今夜あたりが怪《あや》しいって、ことか」

涼太は、夕暮れ前に長屋へ戻ってきた。

居酒屋勤めの利助とおきねは留守だが、貫八おはま兄妹も、おてるの亭主の与六も、皆がそれぞれの住まいに戻っていた。

それでも、妙に今日は静かだ。

おてると与六の夫婦喧嘩どころか、おはまの兄への小言《こごと》ひとつ、聞こえてこない。

夕飯が済んだ頃、どういう風の吹き回しか、貫八が「たまには一杯やらねぇか」と涼太を誘い、これまたどういう気まぐれか、涼太が「少しだけなら」と、応じるのが聞こえた時。

サバが、低く鳴いた。

「来たかい」

——ああ、来た。

と、サバがもう一度短く鳴く。そうして、とっとと片付けて来い、という目で拾楽を見ている。

自分は高みの見物を気取るつもりのくせに。掛井といいサバといい、人使いが荒い。

「涼太さんの喧嘩相手が猫なら、サバに頼めるんだけどなあ」

声に出してぼやくと、すかさず、うるさい、とばかりに、サバに唸られた。

「はい、はい。行ってきます」

部屋を出ると、辺りは闇に包まれていた。

顔を出した拾楽を、井戸端に腰を落ち着けた貫八と涼太が、揃って見遣った。

貫八が含みのある笑いを浮かべた。

「よう、猫の先生。付き添いかい」

途端に、涼太が厭な顔をする。

「ちょっと、風に当たりに来ただけですよ」

部屋の前から長屋のどんつき近くにある井戸へ振り返り、拾楽が答える。

「先生も一杯、どうだい。利助の奴がまだ戻ってこねぇから、肴はねぇがよ」

上機嫌の貫八へ、等閑《なおざり》に手を振って、表の木戸へ向かった。

来た。

乱暴な足音が、みるみる近づいてくる。

三人、いや、四人か。

闇の中、細めた目に映った男達を、拾楽は確かめた。

遊び人風の着流しの男が三人、派手な半纏《はんてん》を羽織り、手に一尺ほどの鳶口《とびぐち》を持った男が一人。

四人の男の足が、木戸の手前で止まった。

拾楽が、閉めた木戸のすぐ裡に突っ立っているせいだ。

仁王立ちって言うには、ちょいと情けないけどね。

自分で自分を茶化《ちゃか》す。

「兄さん、そこをどいてくれねぇか」

半纏男が、半笑い、凄《すご》みを利かせた声で、拾楽に話しかけた。

「この長屋に、何の用です」

拾楽が訊いた。

下卑《げび》た笑いが、長屋に響く。

「『何の用です』、だってよぉ。お上品だなあ」

建具《たてぐ》の開く音が聞こえる。多分、おてるだ。

おおい、と、着流し男が大声を張り上げた。

「音弥、いるんだろう。ちょいと、顔貸せや」

半纏男が引き継ぐ。

「早く出てこい。出てこねぇと――」

言い様《ざま》、手にした鳶口を振り上げた。

止める間もなく、勢いに任せて、木戸へ鳶口を振り下ろす。

木戸の鈍い悲鳴と共に、木屑が散った。

「何しやがるっ」

貫八が、駆け寄ってきた。

薄ら笑いのまま、半纏男が再び鳶口を振るう。木戸の華奢《きゃしゃ》で粗《あら》い格子《こうし》が壊れ、大きな木片が、がらんと飛んだ。

鋭《するど》い形をした格子の欠片が、拾楽の右耳のすぐ近くをかすめて、後ろへ飛んだ。

避《よ》ける素振りを見せない拾楽を見て、半纏男が、お、という顔をした。

静かに男四人を見回すと、着流しの三人が、少し怯《ひる》んだように顎《あご》を引く。

そこへ、涼太が拾楽の傍らに並んだ。

半纏男が、涼太へ向かって声を掛けた。

「よう、音弥。探したぜ。新しい長屋はずいぶん楽しそうじゃねぇか。井戸端で晩《ばん》酌《しゃく》なんかしやがってよ。ってぇことは、お前《め》ぇが裏切者の日和見《ひよりみ》役者だってことを、こちらの皆さんはご存じねぇって訳だ」

拾楽のすぐ後ろで、おてるが口を開いた。

「こ、ち、ら、の皆さ、ん、なんて、ずいぶんご丁寧な口を利いておくれじゃないか。大事な木戸を、いきなり壊しちまったくせして」

拾楽は、頭を抱えたくなった。

「おてるさん。なんで出てきたんです。いつもは、あたしに厄介事を押し付けるくせに」

「先生の手に余ると思ったからに、決まってるだろ」

「女子の出る幕《まく》じゃぁありませんよ」

「おや、嬉しいねぇ。女子扱いしてくれるのかい」

「おてるさん」

「な、何を呑気な言い合いしてやがるっ」

着流しの一人が喚《わめ》いたことで、おてると拾楽の遣り取りは、遮られてしまった。

涼太が拾楽を押しのけ、男達と向き合った。

「ここの長屋のお人は関わりない。暴れるのは、止《よ》してくださいまし」

静かで、よく通る声。言葉尻《ことばじり》の始末に、ほんの少し、女の匂いが混じる。

「お前ぇがここを出るんなら、大人しく帰ってやるよ。俺ぁ、お前ぇが楽しそうに暮らしてるのが、辛抱《しんぼう》ならねぇだけだ」

拾楽が、止める間もなかった。

「ふざけたことを、お言いでないよッ」

おてるの一喝《いっかつ》が飛んだ。続けざまにまくし立てる。

「お前さん達。どうせ、上方《かみがた》役者の腰ぎんちゃく辺りだろうが、とんだお門違《かどちが》いだよ」

「なんだと、このばばぁ」

着流しに凄まれても、おてるはびくともしない。勇《いさ》ましく言い放つ。

「何を勘違いしてるのか知らないが、音弥なんて役者は、ここにゃあいない。このお人は、団扇売りの涼太、この長屋の店子だ。とっとと、お帰り」

そして、後ろへ向かって声を掛ける。

「みんな、出てきとくれ。得物《えもの》を忘れるんじゃないよ。誰か、成田屋の旦那を呼んどいで」

成田屋の旦那、と聞いて、あからさまに男達は狼狽《うろた》えた。掛井は、役者の腰ぎんちゃくにも脅しが利くらしい。

鍋蓋《なべぶた》にお玉《たま》、心張棒に擂粉木《すりこぎ》、思い思いの「得物」を手に、どやどやと、女も男も集まってきた。おはまの姿まである。

「あーあ、木戸をこんなにしちまって。許さねぇぞ」

「ちゃんと直して帰れよ」

「やめとくれ。こいつらに直されたんじゃぁ、見る度気分が悪くなるじゃないか」

口々に、店子達は文句を言い合う。

拾楽は、今度こそ本当に頭を抱えた。

かどわかされたおはまを皆で助け出して以来、「鯖猫長屋」の住人は、妙に肝《きも》が据《す》わってしまったのだ。

半可に肝が据わった素人《しろうと》ほど、危《あぶ》ないことはないというのに。

半纏男が凄んだ。

「纏めて、痛《いて》ぇ目に遭《あ》いてぇのかい、こんな風に――」

拾楽が押さえる前に、振り上げた鳶口が、半端《はんぱ》な高さで、かくりと止まった。

半纏男が、長屋の屋根を見上げている。

そこには、サバが立っていた。

雲間から差し込む月明かりに、榛色の眼、鯖縞柄の毛並みが、蒼《あお》く光る。

サバは、じっと、半纏男を見据えている。

――居心地のいい住処を壊したら、許さない。

そんな風に、男共を脅している。

「兄い」

半纏男を促した仲間の声も、か細い。

「お、おい、あれっ」

別の男が見上げて囁いた。

一対《つい》、また一対と、金に青、妖《あや》しく光る眼が、屋根の上に浮かぶ。

見る見るうちに、サバから少し間合いを置いた周りに、十匹ほどの猫が集まっていた。

なーおう。

サバが、低く唸った。

他の猫が、一斉に、前に出た。

半纏男と仲間達が、一歩、後ずさった。

おてるが、胸を張った。おはまから渡された擂粉木で、とんとん、と肩を叩きながら、勝ち誇《ほこ》ったように告げる。

「ここの長屋の名を、知らないのかい」

蓑吉が、へっぴり腰でおてるに続いた。

「さ、『鯖猫長屋』ってんだ。お猫様を敵に回すと、怖いんだぞっ」

半纏男が、がなった。

「猫の、一匹や二匹、なんだって――」

あーおう。

再び、サバが唸った。他の猫が一斉に鳴いた。

すっかり逃げ腰の半纏男達を見て、拾楽は苦笑を隠した。

猫や長屋の女に追い返されるんじゃあ、さすがに気の毒だ。

「これ以上、御贔屓の役者さんの顔に、泥を塗《ぬ》る真似は、止めておいた方がいいと思いますけどね。芝居町に関わりのない長屋で暴れ回った、なんてことが『上方からおいでのお人』に知れたら、さてどうなるでしょうか。去った者にいつまでも構うなんざ、江戸っ子の名が廃《すた》るってぇ、もんです」

拾楽の言葉をきっかけに、二歩、三歩、と男達が後ずさった。

「音弥、また役者をやれるなんて、思うんじゃぁねぇぞっ」

半纏男の負け惜しみに、おてるが大声を被《かぶ》せた。

「蓑吉っつあん、塩、持っといでっ」

慌てて駆け出した半纏男と仲間を見送って、店子達は沸いた。

『藤島屋』の番頭に続いて、妙な乱暴者も追い払ってやった、と。

屋根の上に悠然《ゆうぜん》と立っていたサバが、周りを見回した。

それを合図に、光る眼が屋根の向こうへ消えてゆく。

帰る猫達を見送り、サバが軽やかに拾楽とおてるの足許へ飛び降りた。

「大将、ご苦労さん。煮干しを上げようね」

おてるが上機嫌で、サバに話しかける。拾楽が飼い猫をからかった。

「お前に子分がいるとは、知らなかったよ」

みゃ、と、サバが短く鳴いた。

——そんな、めんどくさいもんじゃない。

と言っているようだ。

「他の猫を顎で使う猫なんざ、聞いたことがねぇ」

感じ入ったように、おてるの亭主、与六が呟く。

また、短くサバが鳴いた。

「はいはい、煮干しだね」

部屋へ帰りかけたおてるを、涼太が「おてるさん」と呼び止めた。

おてるが、立ち止まって振り返る。

「何だい」

「おてるさんは、あたしの素性をご存じで」

少し迷う素振りをした後、おてるはこんなことを言った。

「歌右衛門の芝居は、あたしはあんまり好きじゃないね。何やら大袈裟だし、どこかわざとらしくてさ」

今度は、拾楽がおてるを見た。

「だから、何だい」

おてるに訊かれ、拾楽は、つい、訊いてしまった。

「おてるさん、芝居好きだったんですか」

ぷっと、与六が噴き出す。

「照れ臭いって、内緒にしてたのになあ、おてる」

照れ隠しの顰め面《つら》で、おてるが拾楽に嚙みついた。

「あたしが、芝居好きじゃあ可笑しいかい」

そりゃもう、と言いかけ、拾楽は慌てて口を噤んだ。

大きな厄介を掛けてしまったから、長屋を出て行く。

騒動の次の朝、皆の前で切り出した涼太を、長屋の店子は揃って笑い飛ばした。

「元々、安普請の長屋だ。木戸の一つや二つ壊れたって、どうってことないさ」

「また、奴らが来たらどうするって。追い払うまでよ」

「おう、大将もいつの間にか子分ができたみてぇだからな」

「ええい、面倒だね。前の生業が役者だろうが盗人だろうが、今は団扇売りなんだろう。だったら、それでいいじゃないか」

「いいからとっとと、団扇を売りにお行き」

何でもないことのようにあしらう店子達に、涼太は押し切られた。

ばつが悪そうに、そして微かに嬉しそうに、団扇の天秤を担いだところへ、二人の男が「鯖猫長屋」へやってきた。

一人は、店子達では手に負えない修繕を普段から請け負ってくれる大工、もう一人は、新しい家主、白妙屋忠右衛門だ。

品のいい家主は、にこにこと笑って告げた。

「差配さんから、乱暴者に狼藉を受けたと、伺いましてね。早速、様子を見に来ました」

磯兵衛は、ゆうべのうちに木戸の具合を見に来ていた。磯兵衛の動きが早いのはいつものことだが、忠右衛門も負けず劣らず腰が軽い。

戸惑《とまど》い顔で、店子達が顔を見合わせる。おてるが、その戸惑いを言葉にした。

「わざわざ、白妙屋さん自らおいでにならなくても」

にこにこ顔のまま、忠右衛門が応じる。

「せっかくですから、木戸を新しくしようと思いましてね。まずは棟梁《とうりょう》に下見をしていただこうと、お供したという訳です」

ざわざわと、店子が騒ぐ。

「木戸を、新しくするんだってよ」

「確かにがたは来てたけどさぁ」

「ずいぶん、景気のいい話じゃねぇか」

いつの間にかやってきたサバが、壊れかけた木戸の匂いを嗅いだ。棟梁が、「よう、大将。木戸《こいつ》の匂いも嗅ぎ納めだぜ。新しくしちまうからな」と、楽し気に話しかけている。

涼太が天秤を置いて忠右衛門に向き合った。

「家主さん、このたびは手前のせいで――」

「涼太さん」

忠右衛門が、穏やかに涼太の言葉を遮る。

「お前さんのせいじゃ、ありませんよ。狼藉を働いた人が悪いんです」

涼太が口ごもる。忠右衛門は、にっこりと笑みを深めて、続けた。

「ですから、昨夜、歌右衛門さんのところへ行ってまいりました」

涼太が、顔色を変えた。

「なんだって、そんなことをっ」

「身内の不始末は、その長《おさ》が始末をつける。それが当たり前のことです。歌右衛門さんもそう仰《おお》せで、丁寧な詫びを頂戴《ちょうだい》しました。木戸の普請代はご自分が持つ、と。新しい木戸にしたらと言ってくださったのも、歌右衛門さんです。どんな贅沢な木戸を作ってもらっても構わない。あの時も、余計に音弥さんへ矛先が向かうのが見えていたから、庇ってやれなかった。その音弥さんに、また、余計な辛《つら》みを被せてしまったから、と」

かか、と棟梁が威勢のいい笑い声を上げた。

「『鯖猫長屋』にゃあ、贅沢な木戸なんざ、似合わねぇよ。こいつと同じ、風通しも見通しもいい木戸で十分だ。なあ」

その通り、と、店子も笑った。

そんな中、涼太ひとりが、顔を顰めている。泣き出しそうだ。

拾楽は、そう感じた。

「あのお人が、そんなことを。あたしを気遣って」

ぽつりと、かすれ声で呟く。

拾楽は、涼太にそっと囁いた。

「歌右衛門さん。評判の通り、いいお人じゃありませんか」

涼太の返事は、なかった。

ただ、俯《うつむ》いた顔から覗く、形のいい唇が、細かく震えていた。

「これから少しずつ、吹っ切れてくといいね」

おてるが、拾楽だけに聞こえるように、そっと呟いた。

犬に仏

小松エメル

趙州和尚《じょうしゅうおしょう》、因《ちな》みに僧問う、狗子《くし》に還《かえ》って仏性《ぶっしょう》有りや、也《また》無しや。州云《いわ》く、無《なし》。

（公案集《こうあんしゅう》『無門関《むもんかん》』第一則より「狗子仏性」）

円福寺《えんぷくじ》本堂——軒下《のきした》。

近くの小さな森からやって来た柴犬の次郎《じろう》は、そこに残してきた親や兄弟たちを思い浮かべながら言った。

「皆、ここならよいだろう？　この寺の僧侶《そうりょ》は大層慈悲《じひ》深いらしい。己《おのれ》の死骸《しがい》を見つけたら、寺内にある動物供養墓所《くようぼしょ》に入れてくれるだろう。本当は皆も共にと願ってやまないが、非力《ひりき》な己では皆をここまで連れて来られなかった……すまぬ。だが、魂はいつまでも共に——たとえ、己が死んでもずっと一緒だ」

（死に場所はここに決めた）

なあ、皆——次郎がそう問いかけても、返事はひとつもない。

（当たり前だ。とうに死んでいるのだから）

ひと月前、次郎を除く家族全員がこの世を去った。住処《すみか》にしていた近所の小さな森が火事になり、ちょうどそのとき、森の外に出ていた次郎だけが助かった。家族に目立った外傷はなかったため、周囲で火を消し止める人々の姿を認めなければ、何が起きたのかも分からなかっただろう。

（つまらないことで喧嘩《けんか》して、拗《す》ねて外に飛び出さなければ……己も共に逝《い》けたのに）

すぐに住処に戻っていれば皆を助けられた、とは思わなかった。次郎はまだ子どもで、親の庇護《ひご》下にあった。家族を失った後の生き方もまるで分かっていなかった。

──お前も天涯孤独か……可哀《かわい》そうに。

時折餌《えさ》をやりに来てくれていた近所の老婆が、次郎を憐《あわ》れみ家に連れて行ってくれなければ、次郎はそこで野垂《のた》れ死んでいただろう。

しかし、その老婆もつい先日、病《やまい》で斃《たお》れた。

（己はあの婆さんの名前も知らない……何ひとつ恩を返せなかった）

身寄りのない老婆は近くの寺に引き取られた。次郎は長屋を追い出された後、当てもなく近所を彷徨《さまよ》い、結局その寺に行きついた。

「もう何日も食べていないが、不思議と腹は空《す》かぬ……この世に未練など何もないからか」

軒下に伏せながら次郎はふっと笑った。面白いことなどひとつもないのに、なぜか笑みがこぼれてくる。目を瞑《つむ》った次郎は夢うつつの状態で、これまでの短い犬生《じんせい》をぽつりぽつりと語った。野良《のら》生活は厳しく辛いことも多かったが、浮かんでくるのは楽しい思い出ばかりだった。

「犬が一匹野垂れ死ぬ……それだけのことだ」

己の生死など、この世にとっては何の意味もない――最期《さいご》のつもりで呟《つぶや》いたとき、

「次郎……それは違う！」

突然近くから叫び声が聞こえ、次郎はぱちりと目を開いた。

（……誰だ？　親兄弟しか知らぬ己の名を呼ぶ者は――）

目の前には五つくらいの人間の子どもがいた。綺麗に剃《そ》られた頭や立派な袈裟《けさ》からして、この寺の子であることは分かった。膝《ひざ》をついて軒下を覗《のぞ》き込んでいたその子どもは、次郎に手を伸ばしながら言った。

「意味がないわけがない。だって私は次郎が死んだら悲しいもの。次郎の家族もお婆さんも、次郎に死んでほしくないと思っているよ」

お前に何が分かる――次郎が言い返せなかったのは、その子どもが次郎を軒下か

ら引っぱり出し、胸の中に抱き込んだせいだった。

「次郎がここに来たのは、きっと私と会うためだよ。次郎の家族とお婆さんが、次郎と私を引き合わせてくれたんだ」

（仏縁だとでも言うつもりか？　犬に仏など似合わぬ。そもそもお前は一体誰なのだ。なぜ己のことを知っている？）

頭の中にはたくさんの文句が浮かんできたが、次郎が口にしたのはこの一言であった。

「人の子よ……己の言葉が分かるのか？」

＊

禅寺の朝は早い。

僧侶たちは太陽が姿を現すよりもずっと前に起床し、身支度《みじたく》もそこそこに本堂へ赴《おもむ》く。まずは、ご本尊《ほんぞん》や歴代の祖師《そし》、寺の開山《かいざん》・開基《かいき》、それに檀信徒《だんしんと》たちに向けて経《きょう》を読む。「粥座《しゅくざ》」と呼ばれる朝餉《あさげ》にありつけるのは、読経《どきょう》に坐禅に参禅と、朝課《ちょうか》を全て終えた後だ。噛まずに飲み込んでも平気なほど水っぽい粥《かゆ》に、文句をつける者は一人もいない。少しでも腹を満たそうとしっかり咀嚼《そしゃく》する様は、健気《けなげ》の一言に尽きよう。

質素な食事を終えると、息をつく間もなく次の修行が待っている。修行内容は各々の寺によって異なるが、この円福寺では掃除を行うのが常だった。副住職の一人である周信《しゅうしん》が、無類の綺麗好きなのだ。

――塵《ちり》一つ、埃《ほこり》一つ落ちていてはならぬ。住まいの乱れは心の乱れと同義である。それに、この季節は油断しているとすぐに虫が湧く。ああ、ほら……見よ。うっすら黴《かび》ているではないか！　まったく……油断してはならぬとあれほど申しただろうに。

などと一々小言を述べられてはかなわないので、弟子《でし》たちは隅々まで丁寧《ていねい》に掃除する。

「おかげで、どこもかしこも光り輝いている。清潔に保つのはよいこと……否《いな》、ここまで磨き上げるのはどうなのだ。過ぎたるは及ばざるがごとし。あまり感心せぬな」

磨かれすぎた床のせいで足を滑《すべ》らせた次郎は、前言をひるがえして文句を垂れた。くるんと丸まった尾もしょんぼりと垂れたが、五歩進んだら元に戻った。

次郎は、円福寺に住まう柴犬である。

番犬ではないため外に繋がれることもなく、こうして寺の中で自由にしている。次郎がここに来てから、もう七年もの月日が流れた。寺内で次郎を知らぬ者はおらず、次郎が境内《けいだい》のどこを歩いていても咎《とが》める者はいない。次郎は弁《わきま》えた犬なので、世話になっている人間たちの迷惑になるような行為は決してしない。皆もそれが分かっているから、両者の仲は一名を除き、総じて良好であった。

朝五つ（午前八時頃）を過ぎてからは、「公案」という禅問答が行われる。師僧が問題を出し、弟子が答えを述べる――単純明快なものに思えるが、解くのは至難の業《わざ》である。公案の種類は多岐《たき》に及び、師僧によって問い方が異なるものの、答えにはこれといった正解がない。ならば、不正解も存在しないかと思いきや、師から「否」と断じられることもあった。したがって、公案を出された僧侶は、己だけの正しい答えを導き出さねばならない。

（禅問答は白黒はっきりせず、どうにもすっきりしないから苦手だ）

また足を滑らせぬように慎重に歩を進めながら、次郎はふんっと鼻を鳴らした。僧侶たちによると、次郎がいまいち得心《とくしん》のいかぬ曖昧《あいまい》なものこそが禅の精神であるという。

禅宗では、悟りを得ることが最も重要とされている。しかし、全ての禅僧がそれを得られるわけではない。寺の責任者である住職ですら、悟りにまで至らない場合もあるらしい。

公案という禅の問答を通し、いつかは見えるかもしれない、悟りという境地《きょうち》。

「悟りとは一体何なのだろうか？」

誰もいない廊下《ろうか》に、次郎の独り言が響いた。悟りを求めて日々修行に励む者たちを、次郎はこの七年ずっと間近で見てきた。

（それなのに己ときたら、禅というものがまるで分からぬままだ）

禅も寺も僧侶も、犬にとっては思案の外《ほか》。悟りの境地など、次郎からすれば想像することさえ叶《かな》わぬ幻のようなものだ。

（……まあ、己は犬だ。それでよいのだろう）

ちょうどそんなことを考えていたとき、次郎はある部屋の前を通りかかった。

「犬に仏性はあるのか、ないのか」

部屋の中から聞こえた声は、住職の次男で副住職の周信のものだ。次郎は思わず足を止めた。自分への問いかと驚いたが、すぐに（違う）と思い直す。

（周信が己に話しかけるわけがない。大の犬嫌いなのだから）

寺内で唯一、次郎と不仲であるのがこの周信だ。潔癖《けっぺき》な性質ゆえに犬が苦手なのか、出会った当初から次郎を避けつづけている。咬《か》むどころか、吠《ほ》えたことすらないのに、なぜ一方的に遠ざけられるのか。幼い頃はそれなりに悩んだ次郎も、近頃はどうとも思わなくなった。虐《いじ》められているわけでもないので、お互い距離を保っていればよいと今ではすっかり割り切っている。

「諒斎《りょうさい》、聞こえておるか?」

(やはり、周信は諒斎に問うたのか。これが今日の公案だな)

諒斎というのは周信の弟で、次郎の筆頭飼い主である。

「すでに悟りを得ているお前には、簡単すぎる問いではあろうが……」

(む……)

周信の言葉に、次郎は耳を後ろに倒した。

諒斎は五つのとき悟りを開いた――ということになっているが、それは甚《はなは》だ疑わしいと次郎は考えていた。

諒斎は生まれてから四年間、一言も話さなかった。

耳が悪いわけでも、人の言葉を理解できぬわけでもなさそうなのに、人語を話さない。意味の通らない発声をすることは稀《まれ》にあったが、それは犬や猫といった獣《けもの》の鳴き声のようであり、およそ人の言葉ではなかったという。

――皆、案ずるな。諒斎はただ、他人とは少し違うところがあるというだけだ。

当時、存命であった諒斎の祖母で尼僧《にそう》の明紀《めいき》は、寺の者たちにそう言い聞かせた。身体《からだ》は壮健で、楽しければ笑い、悲しければ泣く。心はしっかり働いている。言葉を話せぬくらい何だ――明紀の根気強い諭《さと》しのおかげで、周囲は諒斎という少年を理解し、受け入れた。

しかし、諒斎が五つになってしばらく経《た》った頃、諒斎はにわかに人の言葉を喋《しゃべ》りだした。

はじめて口にした台詞《せりふ》は、次郎――犬の名であった。

――次郎、次郎！　行かないでおくれ！　……お祖母《ばあ》さま、宗徳《そうとく》兄さま、周信兄さま。この犬は次郎といいます。外で家族と暮らしていたけれど、皆死んでしまった……独りぼっちなんです。次郎はそんなのへっちゃらだと言っていますが、私はちっとも平気じゃない。だって、独りは寂しいもの。だから、次郎は今日からうちで暮らすべきだと思うのです。そうすれば、もう独りじゃないから……私がきちんと世話をします。だから、どうか、次郎をここに置いてください。

一生口が利《き》けぬと思っていた子どもが、突然流暢《りゅうちょう》に話しだした――おまけに胸の中には瀕死《ひんし》の子犬がいる。当然ながら、寺内は大変な騒ぎとなった。

――諒斎が言葉を喋っている……。

――な、なんということだ……これはもしや、御仏《みほとけ》のお導きか⁉

――そうに違いありません。きっと、きっと……釈尊《しゃくそん》が、我々の願いを聞き届けてくださったのでしょう……！

――「黙」を捨ててまで犬を救おうとするとは……なんと慈悲深き子なのだ。

困惑しつつも喜ぶ者たちの中で、明紀だけは硬い表情をしていた。

――そのしっかりとした話しぶりから察するに、にわかに言葉を使えるようになったわけではあるまい。話そうと思えば話せた――そうだろう？　それなのに、なぜこれまで一言も話さなかったのだ。答えてみよ、諒斎。

明紀の鋭い問いかけに、皆は息を呑《の》んだ。諒斎たちの母代わりでもあった明紀は、長年厳しい修行を積んだ尼僧で、円福寺の中で最も敬《うやま》われ、畏《おそ》れられている存在であった。

重苦しい沈黙がしばし続いた後、諒斎は口を開いた。

――話すべきときを見計らっておりました。そのときが、ちょうど今訪れたのです。

――……見事だ、諒斎。

明紀は唸《うな》るように言った。

――一世一代の願い事をするときのために、これまで口を閉ざしていたとは……。話せる力があるのに話さなかったのは、さぞや苦しかったことだろう。しかし、その辛苦《しんく》を長年耐え抜いたおかげで願いは叶った。

諒斎は目を瞬《またた》かせたのち、破顔一笑した。諒斎の願いが叶ったということは、つまり、次郎が円福寺の犬になったということである。

開山以来のめでたきことと盛り上がる中、寺中の僧侶に囲まれた次郎は独りごちた。

――ここで飼われたいなどとは、己は一言も申していないのだが……。

諒斎がはじめて発した言葉は、まさに鶴の一声《ひとこえ》であったが、次郎のそれはただの犬の鳴き声で終わった。唸り声に聞こえたのか、周信だけはびくりと身を震わせたが――。

次郎は諒斎に会うまで、犬の言語を解す人間などいないと思っていた。だから諒斎に己の言葉が分かるのかと問いかけたときも、「もちろん分かるよ」という答えが返ってくるとは思っていなかった。

　諒斎と会話ができると知ってから少し経った頃、次郎は寺内の者たちに「己の言葉が分かるか？」と訊《き》いて回った。厳しい修行に耐え、悟りの境地にたどり着くよう努力しつづける僧侶たちなら、犬とさえ通じ合えるのかもしれぬ——そんな期待を抱いたが、

——どうした次郎。腹が減っているのか？

——寺の犬だ。経を唱えているのかもしれん。

——いや、きっと散歩に行きたいのだろう。

　結局、諒斎以外は誰も次郎の言葉を解さなかった。分からぬものは仕方がないと次郎は早々に諦めたが、人間の方は違ったようで、いつも一方的に話しかけてきた。

——諒斎は聡《さと》い子だ。五つにしてすでに悟りを得たあの子は、この先どういう道を歩むのか……楽しみではあるが、恐ろしくもある。わたしはもう見守ることはできぬからな。なあ、次郎や。お前がこの寺に来たのは諒斎を正しい道へと導くためなのだろう？　やはりそうか……次郎は犬に身をやつした御仏の使いなのだな。あの子が迷ったときには、どうか力を貸してやってくれ。

明紀にそう言われたのは、五年と少し前——彼女が亡くなる前日のことであった。

——己は御仏の使いなどではないぞ。ただの犬だ。犬などに大事な孫の面倒を頼むな。孫の面倒はお前が見ろ。母のいない諒斎はまだお前を必要としているのだから。それに、諒斎はただ犬と話ができるだけで、悟りを開いたわけではないのではないか？

次郎はわんわんと反論した。しかし明紀は、「そうか、頼まれてくれるか……よき犬だ、次郎は」と目を潤《うる》ませるばかりで、次郎の言うことなど少しも理解してくれなかった。

そうして誤解がとけぬまま、明紀はこの世を去った。しかし、そのときの遺言らしき言葉はいつのまにか周囲に伝わり、円福寺の者は今でも次郎を御仏の使いと信じている。廊下の曲がり角で次郎に出くわすたび、「で、出たあ！」と叫び、後ろに倒れこむような周信も、そのうちの一人だ。そうでなければ、犬を飼うことなど決して許さなかっただろう。

犬嫌いが周信一人なのは、次郎にとって幸いだった。円福寺の者たちは親切で、とくに長兄の宗徳は、次郎を甘やかすのが上手《うま》かった。寺では厳禁の獣肉をこっそり食べさせてくれたのも、この宗徳である。半月前も、宗徳は次郎に肉を持ってきてくれた。いつもと違ったのは、次郎が食べ終わった後に、改まった顔をしてこう言ったことだ。

――宗派の道場へ修行に赴くことになった。期間は三年――それ以上になるやもしれぬ。その間、父と寺のことは周信に任せた。そして、諒斎のことは次郎……お主に頼みたい。

――住職になるための修行か……それはさぞや大変だろう。しかし宗徳よ。どうして飼い犬に大事な弟を託すのだ。己は見ての通り、ただの犬だぞ。

――父は長年、重い病を患《わずら》っている。あの病がすっかり治ることはおそらくないだろう。遠からず拙僧《せっそう》がこの寺の住職になる……それまでに悟りを得て、立派な僧侶になっていたいのだ。

――見上げた志《こころざし》だ。しかし、よく考えてくれ。己は犬だ。畜生に夢を語っても、しようがないのではないか?

――拙僧ならばなれると信じてくれているのか……お主はなんと慈悲深い犬なのだろう。

――なれるとは申していない。否、なれぬとも申していないが……再三、申している通り、己は犬だ。お前たち人間から飯や寝床を与えられ、生きている。野良で生きるのをやめたときから、己は人に面倒を見てもらうことを覚悟した。己には、人の世話はできぬ。犬にとっては、禅も僧侶も人も思案の外だ。

——拙僧を励ましてくれるか、次郎よ。お主の瞳はなんと澄んでいることだろう。その光の中には、御仏のお姿が見えるぞ。

——眼の中に仏がいるだと⁉　お、恐ろしいことを申すな……。

次郎は慌《あわ》てて片脚で顔をこすった。

——どうした次郎よ。別れを惜《お》しみ、泣いてくれているのか？　どうか安心しておくれ。お主の期待に応え、拙僧は立派な僧侶になって帰ってまいる。それまで、末弟を……寺をよろしく頼むぞ！

——諒斎のみならず、寺まで託してくるとは……どうかしているぞ。

一介の犬になぜそこまで期待するのか。次郎は少し泣きたくなった。頼まれたら無碍《むげ》にできぬのが次郎という犬だった。それに、円福寺の者は皆、次郎にとって恩人である。

（中でもとくに大恩人といえるのは、ここで飼うのを認めてくれた明紀。それに、ずっと面倒を見てくれていた宗徳。そして、己を拾った諒斎であるが……）

その諒斎は今、周信と向かい合って座している。周信が出した禅の問いに、諒斎が答える――ちょうどその場面に、次郎は出くわしたようだった。いつもならそのまま通りすぎていくところだが、

（確かに今、周信は犬がどうとか申したはず。己のことなのか、違う犬のことなのか……）

犬といえば自分、とうぬぼれているわけではない。だが、この寺の者たちの次郎に対する反応を考えると、どうにも全て己のことを言っているように思えてしまった。

どうしても気になった次郎は、部屋の前で彼らのやりとりをそっと見守ることにした。襖《ふすま》は閉じられていたものの、覗くには十分な隙間《すきま》が空《あ》いている。

（襖を閉めたのは、十中八、九、諒斎であろう）

神経が細やかな周信とは反対に、諒斎はずぼらな性質《たち》である。

本来、こうした問答は、師僧と弟子が二人きりの密室で行われる。円福寺の師僧は、住職の照円《しょうえん》だ。しかし、照円が病で臥せがちになってからは、長男と次男が師僧として皆を導くようになった。どの寺でも弟子たちには決まった師がいるものだが、諒斎だけは例外だった。諒斎は修行を始めた頃からずっと、師は誰とも決ま

っていない。

それは、諒斎がすでに悟りを得ている――次郎からすると、そう誤解されている――からである。


「犬に仏性はあるのか、ないのか」

ぼうっとして答えぬ諒斎を見かねて、周信はもう一度同じ台詞を述べた。

「いわゆる『狗子仏性』だ。無門慧開《えかい》禅師が記された『無門関』――ここには、四十八の禅問答が収められているが、『狗子仏性』は第一則に挙《あ》げられている。いわば、禅問答の基本中の基本。諒斎は当然知っておろうな?」

「むもんえかい、むもんかん、くしぶっしょう……もちろん、存じておりますとも」

諒斎は至極真面目《しごくまじめ》な顔をして頷《うなず》いた。

「ならば、さっそく答えを――」

「それは、しばしお待ちください」

「なぜだ。知っている答えを申せばいい」

「それはもう、よおく存じておりますが、副住職の口から改めてその公案についてお話ししていただきたく……ほら、副住職のご説明は非常に明快で、解釈も大変素晴らしいものでありますから。この機にぜひ、くしぶっしょうについてもお聞きしたいのです」

「……まあ、それほど言うなら仕方あるまい」

見え透いたおだてに素直に乗ってしまう周信を、次郎はいつも哀れに思っていた。

周信は居住まいを正し、一つ咳払いをしてから話しだした。

「狗子仏性は、趙州狗子ともいう。趙州は説明するまでもなかろうが、唐代の禅僧である趙州従諗《じゅうしん》を指す。その趙州和尚はある日、弟子から『犬にも仏性はございますか？』と訊かれた」

趙州の答えは、「無」だった。

「でも、『一切衆生悉有仏性《いっさいしゅじょうしつう》、山川草木悉皆成仏《さんせんそうもくしっかいじょうぶつ》、草木国土悉皆仏性』。犬、猫、鳥、虫、山に川に草木……仏性というのは、この世に存在する全てのものに宿っていると、釈尊はおっしゃられたはず」

「そうだ。おそらく趙州和尚に問うた弟子もそれが念頭にあったのだろう。弟子は『犬にも仏性はある』という答えが返ってくると考え、そこでさらに問いを重ねようとしていた。しかし、趙州和尚は『無』と即答された」

（ふむ……「この世の全てに仏性がある」というのが仏教の教義なら、趙州和尚のその答えは教えに反しているのではないか？）

次郎の心の中の疑問に答えるように、周信は話を続けた。

「趙州和尚は教義に反する答えを述べた。無論、真実は異なる。趙州和尚がおっしゃった『無』は、有る無しの『無』ではないのだ。諒斎、お前もよく分かっているはず。ここで言う『無』とは、すなわち『真空無相』のことだ」

諒斎は頷いたが、（その顔は分かっておらぬな）と次郎は思った。

「真なる空とは、無相――つまり、姿かたちがないものだ。姿かたちがないものは目に見えぬし、触れることもできぬ。そんなものに対し、有無など語れはしまい。

そもそも、仏性があるとかないとか、人が簡単に結論づけてよいものではない。禅で言うところの『無』は、絶対的な『無』である。その『無』の境地こそが禅には必要不可欠であり、この公案自体も主題は犬ではない。犬の本性《ほんしょう》を問うているわけではなく、『無』の精神について深く考えるため、例に出されただけである。言ってしまえば、犬などどうでもよいのだ。禅僧は毎日ひたすら修行に打ち込む。それを気が遠くなるほど続けるうちに、あれこれと悩む心はすっかり消え去り、余計な声や音さえも聞こえてこなくなる。真空無相、無我無心の境地に至ったとき、悟りは開けるのだ」

熱く語る周信は、まだ悟りには至っていない。だから余計に憧れる気持ちがあるのだろう。反対に、諒斎には、さほど興味を引かれる話ではなかったらしい。

「犬がどうこうではなく、無についての問答……ふうん、くしぶっしょうとはそういう問答だったんでふあ〜」

「欠伸《あくび》をしながら話すな——そういう話とはどういうことだ？　……まさか諒斎。『狗子仏性』を知らなかったのか⁉」

「まさか、まさか。副住職のお話があまりにもお上手なので、はじめて聞いたような気になってしまっただけです。そして私は緊張が高まると欠伸が出てしまう性質なのです」

「……まことか？」

流石《さすが》の周信も疑わしそうな声で問うたが、諒斎は悪びれもせず「まことでございます」とまた嘘を吐《つ》いた。

「では、三度問う。犬に仏性はあるのか、ないのか。趙州和尚が申された答えではなく、お前なりの考えを述べてみよ」

「今は答えられません」

諒斎はにこりとして即答した。笑うと余計に童子めくのは、もちのように柔らかく丸い頬《ほお》に、かわいいえくぼが浮かぶせいだろう。

「……」

「今は答えられません、と申しました。しばしお待ちいただきたく――」

「聞こえていた。なぜ今では駄目なのだ」

「私には大事な役目がございます」

「仮とはいえ、師である私の問いに答えるよりも大事な役目とは何だ！」

「散歩にございます、次郎の」

諒斎はちらりと襖の方を見て言った。

（こやつ、気づいていたのか）

次郎は思わず後ずさりをし、周信は大仰《おおぎょう》に身体を震わせた。

「じ、次郎がそこにいるのか⁉　いい、犬とはいえ、盗み聞きは感心せぬ――否、それよりも諒斎！　まだ散歩に連れて行っていなかったのか！　坐禅の後すぐに行けと、毎日あれほど申しているのに、お前は――」

「私も早く連れて行ってやりたかったのですが、次郎はそのときまだ夢の中におりまして」

「嘘を申すな。己はこの寺の誰よりも早起きだし、散歩は早朝にしてもらいたい方だ。これまで、そうしてくれと何度も頼んだが、夏以外はちっとも応じてくれぬではないか」

次郎は思わず反論する。床に尾が当たって、べちべちという音が廊下に響いた。

「散歩は犬にとってなくてはならぬもの。禅僧にとっての読経や坐禅、禅問答といった修行のようなものでございます。雨が降ろうとも風が吹こうとも、必ずやり遂げなければなりません。次郎の飼い主として、禅僧として、立派に務めを果たしてまいりますので、どうかお許しください。このような我儘《わがまま》を申し上げ、心苦しく存じますが、代わりに『くしぶっしょう』について明瞭な答えを用意してまいります。何卒《なにとぞ》、しばしのご猶予《ゆうよ》を」

諒斎は一息でそこまで述べると、お手本のように頭を下げた。

「……気を付けて行ってくるのだぞ」

周信は素直で、人を疑うことがない善人だ。そして、犬が呆《あき》れるほど弟に甘かった。

*

江戸の町には野良犬がたくさんおり、飼い犬もほとんどは放し飼い状態であった。次郎のように、ずっと家の中で生活をしている犬はごく少数だ。次郎は境内を自由に歩き回れるが、外の散歩は格別に思っていた。

無論それは、常識の範囲内の散歩なら――ではあるが。

「諒斎、諒斎！　もう、帰るぞ……！」

地に爪《つめ》を立てて踏ん張りながら、次郎は唸った。これ以上は前に進まぬという強い意志は誰の目から見ても明らかだったが、次郎の縄を持つ諒斎は「もう少し」と言ってきかず、縄を引っぱりつづけた。

「もう少し、その言葉を何度聞いたことか……散歩をはじめてもう半刻《はんとき》（約一時間）以上経つぞ。周信も怒っていることだろう」

「どうせ怒られるなら、好き勝手してから怒られた方がいい。次郎もそう思うでしょう？」

「思わぬ。大体、好き勝手なら毎日しているではないか。これ以上、どんな自由を求めるというのか？」

「不自由は困るけれど、自由で困ることはないもの。私は、もっとずっと自由でいたい」

「自由というのは、不自由の中にあるものだ」

「次郎は難しいことを言う……待ってね。どういう意味か、歩きながら考えるから」

「散歩を続けようとするな。帰り路で考えればよかろう」

両者一歩も引かず膠着《こうちゃく》状態が続いたが、

「……諒斎！　あと半刻以内に帰らぬと斎座《さいざ》には間に合わんぞ！」

と次郎が言うと、諒斎ははっと縄から手を外した。勢い余った次郎は横に転がってしまい、思わずくうんと情けない声で鳴いた。

「それは……困った」

「そうだろう。昼餉《ひるげ》を食いっぱぐれてしまうからな。早く帰ろう」

次郎はぴょんっと立ち上がると、縄をくわえて諒斎に渡してやった。

「ここからうちまですぐだ。今帰ったら、斎座まで修行をさせられてしまう。お昼を食べられないのも困るけれど、修行をたくさんさせられるのはもっと困る」

「諒斎、お前という奴は……もう幼子《おさなご》ではないのだから、そのくらい嫌がらずにやったらどうなのだ」

「幼子ではないけれど、私はまだ子どもだもの。修行を好き好んでやる年頃ではないんだ。それに、まだ公案の答えも出ていない……どうしてこんなに分からないんだろう?」

諒斎は首を傾《かし》げたが、次郎にははっきり理由が分かっていた。散歩に出てからというもの、諒斎は次郎を連れて町内をぶらぶらと歩いているばかりで、他には何もしていない。こういうときに限って、いつもはたくさんいる野犬もまるで見当たらなかった。

(一匹でもいれば話を聞けたのだが……)

そうすれば諒斎も一応満足して家路についていたかもしれぬ。

「得心のいく答えは出ずとも、少しは何か得られないと帰れない——よいことを思いついた。ここに四半刻(約三十分)ほど寄らせてもらおう」

諒斎は足を止め、傍《かたわ》らの店《たな》を見上げた。視線の先にあったのは、呉服商・幸乃屋《よしのや》——町で一、二を争う大店《おおだな》だ。先代までは大して流行《はや》っていなかったのだが、当代が大変な商売上手で、年々儲《もう》けを増やしている。店の構えからしても、他店とは違うのが見て取れる。

（何から何まで金の匂いがする。あの大きな看板などはとくに……）

少々目立ちすぎなきらいもあるが、客商売はそれくらいでちょうどいいのだろう。

「次郎、ここに少し寄っていこうよ」

「用向きは何だ」

「おみっちゃんにも考えてもらうんだ。あの子は賢いから、きっとすぐに答えが見つかる」

「自分に出された問いなのだから、自分で解け。幼馴染《おさななじみ》に頼るな」

「もちろん答えは自分で考えるよ。ちょっとだけ、一緒に考えてもらうだけだよ」

「考えるのも一人でやれと申しているのだ。亡き祖母のためにも、病で臥しがちな父のためにも、寺を守ろうと必死に努める兄たちのためにも、己も少しは頑張ろうと思わぬのか？　諒斎は何のために修行をしているのだ」

「……もう！　分かったよ」

頰を膨《ふく》らませつつも一応納得したらしい諒斎に、次郎がほっと息を吐いたとき、幸乃屋の二階の窓から誰かが顔を覗かせた。

「諒斎、次郎」

名を呼んできたのは、諒斎の幼馴染で、幸乃屋のひとり娘、みつである。

（相変わらず立派な眉《まゆ》をしている）

みつを見るたび、次郎は感心を覚えた。その太い眉を好ましく思っている理由は、次郎の額《ひたい》にもみつの眉とそっくりな形をした模様があるからだ。次郎は道を歩いていると、「あ、円福さんの眉毛犬！」「眉毛犬の次郎坊だ」とはやし立てられるのが常だった。今日も散歩中、何度かそうした場面があった。とくに子どもたちは遠慮がないため、次郎の眉間《みけん》を触ろうと走り寄ってくることもままある。

（相手はまだ子どもだ。しかし、誰であろうと無遠慮に顔を触られるのは嫌だ。これは、子どもの躾《しつけ》として教えておかねばならぬ）

だから次郎はそういうとき、歯をむき出しにして低い声で唸った。大抵の子どもは「眉毛犬が怒った！」と叫んで去っていくが、中には気にせず近づいてくる者もいた。

その中の一人が、みつだった。

――その眉、お揃いだ。私ほどではないが、あんたも似合ってる。凛々《りり》しくていい眉だ。

はじめて会ったとき、みつは次郎の顔をじっと見つめて言った。中々見どころのある娘だ、と次郎はみつを一目で気に入った。

「よいところに来たね。南蛮《なんばん》の美味《おい》しい菓子があるよ」

みつが手招きすると、諒斎の目がきらきらと光った。

「諒斎、菓子をもらうのはやめておけ。昼餉が入らなくなるぞ」

「南蛮のお菓子！　どんなお菓子だろう！」

諒斎は次郎の忠告など聞かず、縄を放り投げて幸乃屋の中に駆けいった。

（……散歩は禅の修行にも匹敵《ひってき》する、大事な役目ではなかったのか？）

その場に取り残された次郎は、ふうーっと深いため息を吐いた。

「次郎坊も早く上においで。あんたに人の菓子は食べさせてやれないけれど、その分たくさん話をしよう」

みつは犬の言葉を解さない。それでも、いつもこうして次郎に話しかけてくる。

「おや、嬉《うれ》しそうに尾を振ってどうしたんだい？　さては次郎……『おみっちゃんの金運は最高だ。今日はとくにたくさんの金を稼げる日になるだろう。犬神に誓ってもいい』と思ってるね？」

全く違う！　と、次郎は笑って一声吠えた。

次郎が店の者に足を洗ってもらい、二階のみつの部屋に着いたときには、諒斎はすでに菓子を食べ終わっていた。

(……相変わらず食い意地が張っていることよ)

寺で出る飯はどれも粗食なので、僧侶たちは非常に痩《や》せている。頬がふっくらしているのは、こうしてみつから頻繁《ひんぱん》に菓子を分け与えられている諒斎くらいなものだった。

「ああ、とっても美味しかった！　ありがとう、おみっちゃん」

諒斎は空になった皿を横に置くと、両手を合わせて一礼した。

「そうだろうとも。南蛮の高い菓子だからね。めったなことじゃ食べられない逸品《いっぴん》さ」

肘《ひじ》あてに肘を載せたみつは鷹揚《おうよう》に頷く。大名のように堂々とした様子だが、この少女には不思議とよく似合った。

「いいと言うから全部食べてしまったけれど、おみっちゃんは食べなくてよかったの？」

「うん。一口食べたから、もういらない」

「たった一口で満足したの？」

「どういう味か分かったから。甘味好きな諒斎にはたまらない美味かもしれないが、私のようにそれほど甘味に興味を持たない者には甘すぎるよ。一度試しに食べる分にはいいけれど、それはうちが裕福だからできることだね。そうでないなら、高い金を出してまで買うことはない。うん、これは駄目だ。売れないから駄目」

空の皿を見つめながら、みつは至極残念そうに首を横に振った。

みつがこの世で一等好きなのは金である。みつの名は、幸乃屋の「幸」に因んで、「いつまでも幸せが満《みつ》るように」とつけられた。曰《いわ》くその幸せは、「金」であるという。

「おみっちゃんはまだ十三なのに、もういっぱしの商人だね」

手拭きで丁寧に指先を拭いながら、諒斎は感心した声で言った。

「そう思うかい？　でもね、歳なんてあっという間にとっていくものなんだ。諒斎は十二と歳若いが、だからといって油断しない方がいい。若いからと暢気《のんき》にしてたら大成《たいせい》なんてできないよ。私はしたいからね、大成」

みつの夢は、幸乃屋をさらに大きくすることだ。

「すごいなあ、すでに大店なのに。私だったら、このままでいいやと何もしないよ」

「ハハ、諒斎は商人に向いてないね。そんな心持ちじゃあ店は傾いていく一方だ。それに、このままでいることが一等難しいんだよ。ずっと同じように金を稼ぐなんて無理だもの」

「おみっちゃんならできそうだよ。商才はあるし、いつもお金のことばかり考えてる」

「それが一等楽しいからね。人生は大変なことがたくさん起きるから、ふだんはなるべく楽しいことを考えていないと駄目なんだ」

「おみっちゃんはいいこと言うねえ。まるで禅僧みたいだ」

「そうだろう？　だって今のは、諒斎がこの前言っていた言葉だよ」

「おや、まあ」

「忘れん坊だなあ諒斎は」

「忘れん坊……忘れん坊主？」

「ああ、そうだね。忘れん坊主だ」

たわいない冗談で笑い合った二人は、赤子の頃からの付き合いだ。

（似ていないからこそ、馬が合うのだろう）

諒斎の横で伏せた次郎は、そう得心した。

「それで、今日はどんな公案を出されたんだい？」

みつの問いに、諒斎は姿勢を正して答える。

「犬に仏性はあるのでしょうか？　それともないのでしょうか？」

「なんだ、相棒に聞けばいいじゃないか」

みつは次郎を指さした。

「そういえば、次郎は犬だったね」

今はじめて気づいたという顔で、諒斎は傍らを見やった。

「……どうしてそれを忘れられよう。一体、何年共に暮らしていると思っているのだ」

次郎は呆れ返って諒斎をじとりと見上げた。

「だって、次郎は家族だから、人だと思っていたんだ。ほら、眉毛もあるし」

諒斎が伸ばしてきた手を、次郎はさっとかわす。

「それで、どうなんだ？　次郎坊は仏の心を持っているのかい？」

みつの問いに、次郎はむうっと唸った。

「……己は犬だ。御仏など信じているわけがなかろう」

「おみっちゃん、次郎は御仏を信じていないって。そうか、犬は仏性を有してないんだ」

諒斎はそう訳したが、次郎は「否、そうとも限らぬ」と少し慌てた。

「あくまで己がそうであるというだけだ。他の犬には、他の犬の考えがあろう。現に、神仏を信じている信心深い犬も存在する。伊勢参《いせまい》りをする犬などがその最たる例だ」

犬が伊勢の神宮に詣《もう》でるようになったのは、明和《めいわ》八（一七七一）年のことだ。その二年前には式年遷宮《しきねんせんぐう》が終わったため、この年は例年よりもさらに大勢の人が詣でた。その中に交じっていたのが、件《くだん》の信心深き犬である。

「名は知らぬが、赤白まだらの毛並みだったそうだ。その犬は外宮《げくう》に着くや否や手《て》水場《みず》で水を飲み、正宮《しょうぐう》の前で平伏《へいふく》し、さらには内宮《ないぐう》の正宮でも完璧《かんぺき》な拝礼をした。そして、行き同様、たった一匹で家路についたと言われている」

次郎がした説明を、諒斎は人の言葉で繰り返す。

「そもそも犬の伊勢参りは、事情が許さず伊勢に行けぬ人間が、親交のある犬に代《だい》参《さん》させたのが始まりらしい。また、その噂を耳にした他の人間がそれを真似《まね》て、同じことを試しみた――そういうことを繰り返しているうちに、広い範囲に伝染していったのだろう」

　中には「夢枕に犬が立ち、『お伊勢参りをさせてくだせえ』と頼んできた」と言う者もいたという。

「犬が夢枕に？　それはきっとただの夢だね。もしくは、人間が作り出した体《てい》のいい作り話か……本当は嫌だったのに、飼い主から言われて仕方なく伊勢参りした犬もたくさんいるだろう？」

　おみつの鋭い問いに、次郎はぐっと詰まった。

（それは……そうだろう）

　犬は飼い主の言うことをよく聞くものだ。内心嫌だと思いつつも、頼まれたら断れない。次郎が諒斎の世話をしているのも、明紀や宗徳に任されたからだ。

「……そうだとも。頼まれなければ、誰がこんな――」

「ジロ――――！」

　耳元で大声が響き、次郎は思わずぴょんっと飛び上がった。

「わあ、珍しい！　ジロが驚いてる！」

　にゃーと嬉しそうな鳴き声で言ったのは、次郎の背後から姿を現した白猫おきん。名をつけたのは、彼女の飼い主であるみつだ。おきんのきんはもちろん、

「金」からきている。

「ジロを驚かせるなんて、今日はきっとツイてるな！」

おきんの喜びに呼応するように、首輪についている鈴がちりんと音を立てた。その金色の鈴も、首輪にしている着物の切れ端も、大層値が張るものらしい。そもそも、おきんの母親は高い値で買われてきた猫だ。そのとき、おきんは母猫の胎《はら》の中にいたため、生まれる前からずっとこの幸乃屋で暮らしていることになる。母猫はおきんを産んで間もなく亡くなった。だからおきんは、母についてほとんど覚えていないという。

おきんの母猫は、円福寺の動物供養墓所の一角に埋められている。この家は代々、円福寺が菩提寺《ぼだいじ》だ。そうした縁もあって、諒斎とみつは幼い頃から姉弟《きょうだい》のように親しくしている。諒斎がまだ人の言葉を話さなかった頃は、絵や簡単な字を描いて意思の疎通《そつう》を図っていたようだ。みつはこの世の何よりも金が大事だが、こうしてちゃんと情もあり、おきんのこともかわいがっている。

（かわいがりすぎなくらいだ。だから、この猫は調子に乗るのだ）

次郎はおきんのことが苦手だった。

「ジロは諒斎に苦労しているんだろ？　おきんもそうなんだ。おみつときたら金のことばかり考えて、他はさっぱりだ。まあでも、おみつはおきんの妹だからね。おきんが面倒をみてやらないと」

「お前は生まれてまだ二年も経っていない小童《こわっぱ》ではないか。おみつの姉であるはずがない……大体、お前は猫だ。おみつは人。そして、己は犬だ。犬であるが、諒斎の世話を任されている。お前がしていることといえば、寝る、食う、遊ぶ、いたずらするくらいではないか」

一緒にされてはかなわぬ、と次郎は唸った。

「寝る、食う、遊ぶ、いたずらする。それが猫だもの。おきんはそれでいいんだ。でも、坊主は違うだろう？　経を読んだり、坐禅を組んだり、葬式を挙げたりするのが仕事だ。でも、諒斎はろくに修行もせず、うちに菓子を食いにくるだけじゃないか。いやはや、ジロも苦労するねえ……でもさ、ジロも悪いよ。おきんが犬だったら、もっと上手くやれるもの。どうやったら上手にできるか教えてあげようか？　でも、教えたところで無理かもしれない。だって、ジロは要領が悪いもの！」

ぷっとふきだした諒斎を、次郎は横目で睨《にら》んだ。

「ねえ、ジロ。犬はどうしてそんなに要領が悪いの？　馬鹿正直で、飼い主に従順。そんな風だから、この世のあらゆる生き物になめられるんだ。おきんもなめちゃおうかな、ジロのかわいい眉毛を——ふふふ、やっぱりかわいくない！　なんて変な模様なんだろう！　眉毛！　眉毛！　眉毛犬のジロ——ギャッ！」

次郎に突然鼻を咬まれたおきんは、ごろりと横になって固まった。

「……かかか、咬んだ！　鼻を咬んだ！　おきんのかわいいぺちゃんこな鼻を！　馬鹿犬が咬みやがった！　乱暴者め……今に見ておれ！　必ず仕返ししてやるからな！」

捨て台詞を吐きながら、おきんは部屋の外に駆け去った。

（……歯も立てずに優しく咬んでやったというのに、大げさに叫びよって。それに、馬鹿犬とは何だ。他犬《たにん》の眉を馬鹿にする猫の方がよほど馬鹿ではないか）

おきんのからかいにも、「うちの次郎がごめんね」と詫《わ》びる諒斎にも、次郎は腹が立ったが、

「いいんだよ、どうせおきんが次郎をからかったんだろう。あの子はもう二つになるのに、まだまだ赤子のようなところがあるからね」

みつがそう言ってくれたので、少し溜飲《りゅういん》が下がった。

「まあ、猫はいくつになっても自由気ままなものだ。おきんの母も中々の破天荒《はてんこう》だったし……ああ、そうだ。犬は分からないが、猫には仏性があると思うよ」

「そうなの？」

目を丸くして問うた諒斎に、みつは「うん」とはっきり答えた。

「おきんはあの通りやんちゃな子だから、これまで三度もこの家を脱走しているんだ。まあこれは、『窮屈で可哀そうだ』と勝手に首輪をとって、『たまには外の世も見せてやろう』とおきんを連れて散歩に行こうとした祖父のせいなんだけれどね。おきんは私以外の者に抱かれるのを嫌がるから、持ち上げられた瞬間に逃げ出してしまうんだよ。すぐに捕まえれば問題はないが、腰が悪い祖父は走って追いかけることもできない。おきんを三度も外に逃がしたときには、流石に怒ったよ」

仏の顔も三度まで。つまり、四度目はない——このときみつは、おきんの首輪を外さぬことと、散歩に連れていかぬことを、祖父に血判を用いて約束させたという。

（……おみつは決して怒らせてはならぬな）

次郎は心に誓った。

「三度も脱走したのに、おきんは毎回ちゃんと帰ってきたんだね」

「いや、迎えに行ったんだ。最初は当てもなく町内を探し回ったが、一度目も二度目も同じ場所で見つけたから、三度目はまっすぐそこに向かえたんだ」

「へえ、どこにいたの？」

諒斎が問うと、みつは諒斎の鼻を指差した。

「私の鼻？　鼻を咬まれたのはおきんだよ」

「違う、違う。あんたの家ってことだよ」

「私の家？　お寺にいたの？」

「うん。おきんはね、脱走するたびに円福寺の墓所に行くんだ。自分のおっかさんが眠ってる、その墓にね。……まるで母の腕の中で眠っているかのように、母の墓によりそうようにして眠っているんだよ」

うっすら目に涙を浮かべて微笑《ほほえ》んだみつを認めて、次郎はくうんと力弱く鳴いた。

（……己はおきんを誤解していたのかもしれぬ）

種も歳も違うくせに対等な口を利いてくるおきんを、次郎は疎《うと》ましく思っていた。尊大な態度で、妙に馴れ馴れしい——そうした苦手なところも、もしかするとただの虚勢であったのかもしれぬ。生まれてすぐに母と死に別れ、独りぼっちになったおきんは、辛苦《しんく》を周りに見せぬように気を張っていたのだろう。

（家族の墓にも婆さんの墓にも参らぬ己よりも、よほど仏心があるではないか）

次郎の家族は、次郎から事情を聞いた諒斎が兄たちに頼み込み、円福寺で供養された。それは次郎が望んだことであり、今でも心から感謝している。しかし次郎はなぜか彼らの墓に参ろうと思ったことがなかった。

（寺の皆は己を御仏の使いと思ってくれているようだが、己ほど仏から遠い者はいないだろう。己は何の力もない、ただの犬だ。……少しはおきんを見習うか）

まずは当猫《とうにん》に優しくしてやろう――次郎がそう心に決めたとき、

「……ギャー!!」

という大きな悲鳴が響き渡った。顔を真っ青にして叫んだのは、諒斎だった。

「どうした諒斎……な、なんだこれは⁉」

周りを見た瞬間、次郎は思わず吠えた。次郎たちの周囲にはなぜか、死んだ鼠《ねずみ》と、死にかけの虫が何匹も転がっていた。傍らには、鼻息を荒くした猫がふんぞり返っている。

「どうだ！　参ったか！」

荒い鼻息を吐きながら、おきんは胸を張って言った。

――今に見ておれ！　必ず仕返ししてやる！

仕返しは、次郎が考えていたよりもずっと早く、陰湿《いんしつ》なものであった。

(……鼠も虫も死骸も平気でよかった。少々驚きはしたが、別段参りはせぬな)

次郎は後ろ脚でぼりぼりと顔を掻いた。

「今回はまた随分狩ってきたね」

のんびりした声で言ったみつは、立派な座敷を汚されても意にも介さぬ様子である。この程度のいたずらは、日常茶飯事なのだろう。

一等効き目があったのは、諒斎だった。

「ひ、ひどい……ひどいよ……あんまりだ!」

驚きと恐ろしさのあまり腰が抜けてしまった諒斎は、大がつくほど苦手なものに囲まれながら、しくしくと泣きつづけた。

*

「――というわけで、犬に仏性はございません」

寺に帰った諒斎は、幸乃屋での一件を周信に話し、そう結論づけた。

これより少し前――諒斎が寺に帰ったときには、斎座はとうに終わっていた。時間に間に合わなかった者に飯は残されていない。

……。

——ちょうどよかった。とてもではないが、今は食べ物が喉《のど》に通りませんから

顔を伏せて言った諒斎を見て、寺の者は皆心配した。「帰りが遅い！」と叱りかけた周信も、諒斎の沈んだ様子を見て押し黙った。

（皆、そやつに騙《だま》されている。食べ物が喉を通らぬのは当然だ。おきんが驚かせたお詫びにと、幸乃屋で昼餉を腹一杯馳走になったのだから……まったく、諒斎には困ったものだ）

師弟のいる部屋を覗き見ながら、次郎は小さく息を吐いた。諒斎がまた襖をしっかり閉めていなかったおかげで、部屋の中の様子は丸分かりだった。

「どういうわけだ。お前が泣かされたのは猫なのだろう？」

周信はもっともな疑問を口にした。

「猫と犬は種こそ違えど、獣という点は同じです。猫に仏性がないなら、犬にもなくて当然です」

諒斎はぶすっとした顔で言った。鼠の死骸や死にかけの虫たちを見せられたことを、未だに恨めしく思っているのだろう。

諒斎は、死骸が大の苦手だ。死にかけのものも同様に苦手で、死に近い生き物を

見つけると怯《おび》えて逃げる。獣や虫に限ってならまだしも、諒斎は人間に対しても同じ感覚を抱いていた。

（諒斎は、僧侶に不向きだ）

禅僧はふだん読経や公案などの修行に励んでいるが、円福寺には墓所があり、信徒が亡くなれば葬式を挙げることもあった。また、動物の供養も行っているため、一年を通して死に触れる機会は多い。諒斎が法事に駆り出されることはまだ少ないが、長じるにつれてその回数も増えていくだろう。

（果たして、この子どもがそれに耐えられるのか……？）

このところ、次郎はそんな心配ばかりしていた。

次郎はこの世に生まれて七年余り――人間の歳でいうと、五十近くになる。寿命はまだ尽きそうにないが、諒斎よりずっと早くこの世を去ることは確かだ。今は元気なこの身体も、数年後には動かなくなっているかもしれない。

（しようがない。老いも死も――生きている限り、全ての者が経験するものだ）

自分だけ死ぬのなら恐ろしいが、皆いつかは死ぬというなら、そう怖いものでもないと次郎は思っている。

（それにどちらかといえば、死よりも生の方が恐ろしくはないだろうか）

　人生には色々なしがらみがある。とくに、人間の世は複雑で、様々な制約の中で生きていかねばならない。円福寺の門を叩いた僧侶の中には、現《うつつ》が嫌になってここに来たという者もいる。彼らは悩みや苦しみから解放され、穏やかな心で日々を生きたいと願っている。

（御仏に祈りを捧げ、公案の答えを考え、寺中を掃除していれば、本当に救われると思っているのだろうか？　そうだとしたら、なんとおめでたいのか）

　誰かを、何かを信じることは、悪いことではない。それは犬の次郎も知っていることだったが、理解できるかは別であった。

（己は信じたことがないのだ。家族と婆さんを亡くしたときから、誰も、何も――）

　犬に仏性はない――諒斎の出した適当な答えは意外とその通りかもしれぬと次郎は思った。

　しかし、周信は得心がいかぬようで、眉を顰《ひそ》めて首を捻《ひね》った。

「お前の話を聞く限り、幸乃屋のおきんには仏性があるように思える。そうでなければ、母の墓参りなどせぬはずだ」

「でも、あの猫に仏性があるとは考えられません。ひどい猫です。あんなひどい猫、他にはいません」

「では、なぜおきんは脱走のたび、母親の墓の前で寝ていたのだ？」

「おみっちゃんに聞いたところ、おきんがはじめて脱走したのは死んだ母猫が埋葬《まいそう》された直後——つまり一度目は、母猫の臭いを辿《たど》った結果、たまたま墓に行きついたのでしょう」

「二度目、三度目はどうだ。その頃にはすっかり臭いなど分からなくなっていただろう」

「猫は物覚えがいいから、一度行った場所なら忘れません」

「……猫に関してはそういうことでよいが、『犬に仏性はない』という結論に至ったのはなぜだ。獣という点でこそ同じかもしれぬが、猫と犬はまるで違うではないか」

「いいえ、そんなことはありません。猫も犬も鳥も——そして人も、獣なのです」

「人も獣だと？　それなら、人にも仏性はないと申すのか？」

「おっしゃる通りでございます」

「……もしまことに人にも仏性がないというなら、私たち僧侶はなぜ修行をするのだ」

「悟りを得るためです」

「それだけか？」

「それだけでございます」

「……」

周信は小さく唸り、片手で頭を掻いた。じょりじょりと響く音に、次郎はうっとりする。

（己は……この音が好きだ……）

なぜかは分からない。元より理由などないのかもしれない。

「悟りを開くために修行をしていることは間違いない。だが、それだけではなかろう」

「他に何か理由があるのですか？」

「それは無論――」と言いかけ、周信は押し黙った。

（分かるぞ周信……他の理由などとくにないのだろう……？）

うっとりしすぎて眠気に襲われていた次郎は、半分目を閉じながら頷いた。

周信は寺の子だ。物心がつく前から修行をしてきたから、それに対して何の疑問も湧かなかったのだろう。長兄の宗徳も、彼らの父である住職も同じはずだ。しかし、同じ環境にいながら、諒斎はそう思わなかったらしい。

「悟りを開いてどうなるのでしょう？」

「どうなる、とはどういう意味だ」

「何かよいことはあるのでしょうか？」

「悟りを開くこと自体がよいことではないか。禅僧にとってこれほど喜ばしいことはない」

「私にはちっともそんな風に思えません」

「お前はすでに悟りを開いているからそう思うのだ。そうではない大半の僧侶の気持ちは分かるまい」

「……本当にそう思っているのですか？」

諒斎の問いに、周信はぎくりと身を震わせた。

「五つのとき、私は悟りを開いた――皆が言うのでそういうつもりで過ごしてきましたが、私は未だに実感が湧きません。猫や鳥の言葉が分かって、犬と会話ができるだけ……それすらも、私がそう思い込んでいるだけかもしれません。真実だったとしても、それゆえに悟っていると言えるでしょうか？　犬と話ができることが悟りだというなら、犬と話ができぬ者は悟っていないことになる……そんな馬鹿な話はありません。周信兄さまだって本当はそう思っているのでしょう?」

「そ、そそそんなことはない!」

　慌てて否定した周信の額には冷や汗が滲《にじ》んでいる。諒斎はそれを見て「……やはりそうなんだ」と呟いた。

「悟っていると言われるわりに、ちっとも悟っている気がしないなんておかしいもの」

「お前は鈍いところがあるから、きっと気づいていないだけだ! 犬と話ができるとは、何とも凄《すご》いことではないか。私は遠慮したいが……そんなことより、公案の続きをしよう」

「そうか、鈍いから気づいていなかったんだ……私は悟ってなどいないし、そもそも僧侶にも向いていない。だって、修行なんて大嫌いだもの。犬と話ができるのも本当は遠慮したいことなんだ」

「そんなことを申すな。お前もその、毎日励んでいるではないか。犬の散歩もよくする!」

　宥《なだ》め方が適当になってきた周信に、諒斎はとどめを刺すように言った。

「読経は口を動かすふりをしていればいいし、掃除だって手を動かしているふりをすればいい。散歩だと口実を作れば、寺から簡単に抜け出すこともできる」

「諒斎……そのようなことをしていたのか⁉」

思わず立ち上がった周信を、諒斎は無表情で見上げた。

「犬も人も、この世に生きる同じ生き物。ならば、犬を人に代えても障《さわ》りはありません。人に仏性はあるのか、ないのか——諒斎に仏性はあるのか、ないのか」

答えは「無」でございます——諒斎は静かに答えを口にした。


「——それは違う！」

次郎は思わず叫んだ。

「お前が僧侶に向いているかといえば、そうは思えない……失礼なことを言ってすまぬが、それは本心だ。お前は真面目に修行をせず、遊び歩いてばかりいる。釈尊や御仏などより、食べ物の方に興味があって、坊主のくせに死が怖く、葬式も泣いて嫌がる。その辺にいる子どもよりもよほど子どもっぽい奴だが……諒斎は、この次郎を救ってくれた！」

次郎と諒斎が出会ったとき、次郎は死を望んでいた。親兄弟たちは火事に遭《あ》い、よくしてくれた老婆は病に罹《かか》り、呆気《あっけ》なく死んだ。次郎はまだ幼かったが、死んだ者たちを憐れみ、独りぼっちになった己に絶望し、世を儚《はかな》む心はすでに持っていた。

「このまま何も飲み食いせず、じっとしていれば、そのうち皆の許《もと》に行けると思った。己はそれを望んでいた……それなのに、お前は己を助けた。死への恐怖で震えながら、己に手を伸ばしてくれた！」

――次郎、次郎！　行かないでおくれ！

死の国へ向かうな、と諒斎は泣いて縋《すが》った。出会ったばかりの見知らぬ犬相手に、五つになるまで口を利かなかった子どもが、はじめて声を発し、思いの丈《たけ》をぶつけてきたのだ。

――次郎は独りじゃない。私がいるもの。もし私に何かあっても、私の家族がいるから、次郎は決して独りぼっちにはならないんだよ。

――……お前の家族も全員死んだら、己はまた独りだ。

次郎の捻くれた返事を諒斎は笑い飛ばした。

――次郎は、寿命というものを知らないの？　人よりも犬の方がずっと早く死ぬんだよ。次郎が死んでも、私たちはずっと先まで生きる。だから、そんなこと心配しなくても大丈夫なんだ。寿命であればいつ死んでも構わないから、安心してうちにおいで。死んだらうちのお墓に埋めてあげるから、死んだ後も寂しくないよ。お前の家族もちゃんと供養してそこで眠っていてもらうから。この先、いつか次郎が死んだら、私が毎日次郎のことを思い出して、経を読んであげるからね。

なんとひどいことを言う坊主なのだろう――次郎は呆気に取られながら、なぜか笑ってしまった。それはしばらく止まらず、目の端から涙が零《こぼ》れ落ちるほどであった。

「お前は、僧侶に向いているとは思えない。だが、仏性はある。死が苦手で仕方がないくせに、瀕死の犬を見捨てられなかったのがその証だ。そして、犬である己を人と同じように慈《いつく》しみ、愛してくれた――それが仏性でなくて、なんだというのだ」

次郎がすっかり話し終わったとき、襖が静かに開いた。

「次郎――」

諒斎は目を細め、ゆったりと微笑んだ。その穏やかな表情は、実際の年齢よりも十も二十も上に見えた。

(ああ……そうか。諒斎は今、本当に悟ったのだな)

次郎にはなぜかはっきり分かった。

　だが――。

「いくらお腹が空いたからって、そう吠えたら迷惑だよ。今すぐ餌をあげないとまた吠えるだって？　仕方がないなあ」

「……は？」

　諒斎の思わぬ言《げん》に、次郎は間抜けな声で応えた。周信に振り返った諒斎は、ぺこりと丸い頭を下げて言った。

「大事な問答を中断して申し訳ございません。飢えている犬に餌をあげねばなりませんので、このつづきはまたのちほど――」

「いや、もうよい」

「え？」

「答えはもう出ている」

「でも――」

「よいのだ。行け」

「本当にもうよろしいのですか？」

「せっかく出た答えを取り消し、新たに考え直すということなら、それでも構わぬが」

「今の答えのままでお願いいたします。それでは、次郎に餌をやってまいりますゆえ……失礼いたします」

宣言するや否や、諒斎は脱兎《だつと》のごとく部屋から逃げ出した。

「……己に餌を食べさせるのではないのか？　肝心の犬を置いていくとは何事だ」

次郎はくうんとぼやきながら回れ右をし、廊下を歩きだした。しかし、すぐに引き返して、先ほどの部屋の前で立ち止まった。

周信はまだ部屋の中にいたが、後ろを向いていて表情が分からない。次郎は口を開きかけてはやめる、というのを繰り返し、四度目になってようやく声を発した。

「もしや、お前も己の言葉が分かるのか？」

そんなはずはないと思いながらも、次郎は問わずにいられなかった。

「諒斎は答えらしい答えを述べていなかった。それなのに、お前は『答えは出ている』と申した。あれは、己が述べた答えが聞こえていたからそう言ったのではないのか？」

周信――次郎ははじめて彼の名を呼んだ。

数瞬の後、周信は次郎の方に近づいてきた。

「周信、やはりお前――」

スパン――といい音が響く。周信が襖を勢いよく閉めた音だった。

「……駄目だ！　これ以上犬と同じ場所にはいられぬ！　私はとにかく犬が嫌いなのだ！」

早くどこかに行ってくれ！　――周信の心からの叫びが、寺中に響き渡った。

＊

次郎に餌をあげるという口実で部屋を出た諒斎であったが、どこを探しても彼の姿はなかった。はじめは心配していた次郎も、あちこちを見て回っているうちに、どんどん腹が立ってきた。

（慰めてやろうと思ったのに、一体どこをほっつき歩いているのだ。あやつはいつもこうして己を振り回す。それでいて何の詫びもない。言葉が通じるからといっても、心まで通じるわけではないのだぞ）

そもそも、本当に言葉が通じているのだろうか――出会って随分と経った今、次郎ははじめて疑いの気持ちを持った。

（先ほどもそうだ。せっかく己が思いの丈をぶつけたというのに、まるで見当違い

のことを言いよって……しかも、そのまま姿を消すとは何事か）

それほど空いていなかった腹は、諒斎を探し回っているうちに空っぽである。

「恩人たちに頼まれたからこれまで面倒を見てきたが、もうほとほと愛想が尽きたぞ！」

空腹は、温厚な犬をも怒れる犬へと変える。次郎は生まれてはじめてわんわんと無駄吠えをした。

「『犬に仏性はあるか』だと？　そもそもその問いが間違っているのだ。『人に仏性はあるか』が正しい問いだ。己が答えてやろう。犬に仏性はあるが、人に仏性などない。あるわけがない！　……少しくらいはあるやもしれぬ！」

ちぎれんばかりに激しく尾を振りながら、次郎は境内を駆け回った。遠くに見える山の端《は》に、赤い陽《ひ》が沈んでいく。あと数刻で、今日という日は終わり、また明日という新たな一日が始まる。円福寺の僧侶たちは、明日も今日と同じように修行を積むのだろう。

（つまらぬ……なんとつまらぬ人生なのだろう。そんなつまらぬものに、犬の己が付き合う必要があるのだろうか？）

答えは、「無」――次郎ははっとして足を止めた。

（ない）

いつの間にか、首に巻かれていた縄は解《ほど》けていた。このまま寺を飛び出し、少し遠くへ走っていってしまえば、次郎が円福寺の飼い犬であることは誰にも分からぬだろう。赤く染まりゆく境内には、人の姿は見えない。僧侶たちは皆、本堂で読経している。

このまま寺にとどまるか、出て行くか――次郎は迷った。

どのくらいそうしていたのか。すでに陽は落ち、辺りはすっかり暗くなっていた。どんどん深まる闇が御仏による脱走の手助けのように思えて、次郎はふっと笑った。

「腹が減った」

寺で一番大きな木の前に立ち、次郎は言った。

「よく考えたら、飯を己で用意したことさえなかった。このような体たらくで外の世で生きていこうなどと、どうして思えたのだろう。……結局、己は甘えていたのだ」

世話を焼いている、守っているつもりだった。自分がいなければ諒斎は生きていけない――いつの間にかそんな風に思い込み、真実が見えなくなっていた。

「お前に乳を分け与えて育てたわけでもないのに、お前の母のような気持ちになってそばにいた。お前は小さな子どもで、力が弱くて泣き虫で、私がついていないと何もできぬと……そんなわけないではないか」

諒斎は誰かのために怒れる心がある。自分のために怒ることは簡単だが、その反対は難しい。

――この公案自体も主題は犬ではない。犬の本性を問うているわけではなく、「無」という精神について深く考えるため、例に出されただけである。言ってしまえば、犬などどうでもよいのだ。

公案の説明をしているとき、周信はそう言った。別段悪意があっての言葉ではなかったはずだが、それを聞いた諒斎が怒っていたことに次郎は気づいていた。そもそも元から周信は犬嫌いだ。次郎に乱暴をはたらくことなどないが、極力近づかぬようにしている。

「……犬が好きだろうと嫌いだろうと、そんなのは人の勝手だ。飼うのを許してくれただけで有難いと思っている。周信兄さまのことは大好きだよ……でも、今日の問答は許せなかった。犬に仏性があるかないかなんて、犬をどうでもいいと思っている人間が論じるべきことではない。そもそも、人がこの世の道理を論じ合い、答えを出そうなんて私にはどうにも得心がいかないんだ。こんなことを言ったら、『禅僧をやめろ！』と怒られてしまうだろうけれど」

木の後ろから聞こえてきた返事に、次郎はくすりと笑った。

「周信も悪気があるわけではない。犬のことは嫌いでも、己のことを忌《い》み嫌っているわけではなかろう。たとえそうだとしても、己は周信のことが嫌いではないから、それでよいのだ。大事なのは、己が相手をどう思うか――無論、己の気持ちを押し付けるつもりはない。だから、己と周信の距離はこれまで通りが一番よいのだ」

「……次郎は大人だ。まだ七つなのに」

「人の歳でいえば、もうすぐ五十になる」

「でも、次郎は犬だもの。無理に人に合わせる必要なんてない」

「だが、お前は人だ。犬と話ができても、諒斎は人の子で、この寺の僧侶だ。そして、己の飼い主でもある。だから、お前にはそれらの責があるのだ」

「……周信兄さまに悪いことをしてしまった。次郎にも」

ごめんね、と詫びながら、諒斎は木の陰からそろりと出てきた。先ほどの夕日に負けぬほど目が赤い。

「その顔を見せれば、周信は何でも許してくれるだろう」

「周信兄さまは私に甘いから」

「甘えられるうちに甘えておけばいい」

「次郎にもそうしていい？」

「……帰るぞ」

さっと身をひるがえして歩き出すと、諒斎は慌てて追いかけてきた。諒斎の手にあった縄を認めた次郎は、それをひょいと銜《くわ》えてまた前に進んだ。

（犬に引かれて歩く坊主など、こやつ以外にはおるまい）

だから己が守ってやらねばならぬのだ――決意を新たにした次郎であった。

カチカチ山

櫻部由美子

囲炉裏《いろり》の向こう側で、夫婦のとりとめない話が続いている。

乙吉《おときち》はかしこまりながらも隙をみて、肝心《かんじん》なところに念を押した。

「つまり、ばあさまが貯《た》めておられた銭《ぜに》をお探しなのですね」

「う、うん。まぁ、そういうこった」

無精《ぶしょう》ひげの伸びた顎《あご》を撫《な》でつつ、亭主の茂助《もすけ》が決まり悪そうにうなずいた。

茂助の家のばあさんが亡くなったのは八日前のことだった。

締まり屋で知られたばあさんが、シラミの皮を剝《は》ぐほどに暮らしを切りつめて銭を蓄《たくわ》えていたことは、樫山郷《かしやまごう》の者なら子供でも知っている。ところが、葬儀が終わるのを待ちかねて、息子の茂助と嫁のおたつが仏壇の引き出しを探ったところ、あるはずの銭がなかったという。

「行李《こうり》の隅から床下、漬物樽《だる》の底にまで手を突っ込んで探したよ。でも、見てのとおりの貧乏住まいだからね。もう探すところもありゃしない」

長いあいだ倹約を強《し》いられ、ばあさんの銭を手にすることだけが、密《ひそ》かな楽しみだった嫁のおたつは、いまいましさを隠そうともしない。

「ご用の向きはよくわかりました」

まだ九つの乙吉が、大人びた口調で言った。

「さっそくはじめますので、お静かに願います」

「わ、わかった」

夫婦が口を閉じると、静まりかえった家の中に鍋底を針の先で引っかくような音が聞こえてきた。梁《はり》の上にネズミが巣くっているのだ。

その声に耳をかたむけながら、乙吉は胸の前で両手を合わせた。いわゆる合掌《がっしょう》ではない。指先だけを合わせて頭巾《ずきん》のかたちを作り、頭にかぶる仕草《しぐさ》をする。

チュッ、チュチュ。チーチー、チューチュー。

ネズミはしきりに鳴いている。はじめはただの鳴声にすぎなかったものが、やがて意味のある言葉となって乙吉の頭の中に流れ込んできた。

『残念じゃのぉ、残念じゃのぉ』

『ほんに、無念なことよのぉ』

声はふたつ。悔《くや》しそうに歯の根を鳴らしている。

『初七日《しょなのか》に粟《あわ》の餅《もち》が食えんとは情けない』

『隠した銭さえ見つかれば、茂助どんも餅をついたであろうに』

昨日は亡くなったばあさんの初七日だった。本来なら仏前に粟餅を供《そな》えるならわしなのだが、銭探しに気をとられた息子夫婦が餅つきを怠《おこた》ったらしい。

『なにゆえばあさまは、水瓶《みずがめ》の下などに銭を埋《う》めたかのう』

『嫁御《よめご》にくれてやるのが悔しいと、先《せん》から言うておったではないか』

チュチュ、チュチュチュチュ……

まだ鳴声は続いていたが、乙吉は頭上から両手をおろして言った。

「お告げがありました。水瓶の下を掘ってみてください」

土間《どま》に飛び下りた茂助が水瓶をどけて土を掘ると、すぐに布包みが顔をだした。

「あ、あんた――」

「これじゃ、おっ母さまの銭袋じゃ！」

逆さに振った袋の中から、黒ずんだ一文銭や四文銭がこぼれおちる。

「ご用が済みましたので、わたしは失礼します」

「お待ち。これを持っていっておくれ」

役目を終えて帰ろうとする乙吉の手に、おたつがざるを押しつけた。中には不恰《ぶかっ》好《こう》な里芋《さといも》が十個ばかり入っている。

「ありがとうございます。できれば近いうちに粟の餅をついて、梁の上にもお供えしてください」

そう言い添えると、夢中で銭を数える茂助夫婦の家をあとにした。

○

樫山郷は山深い里である。

甲州《こうしゅう》裏街道の青梅《おうめ》と氷川《ひかわ》のあいだで街道をはなれ、四里（約十六キロメートル）ほど歩いた谷川沿いに並ぶ四つの村が、まとめて樫山郷と呼ばれている。谷川の下流から上流に向かって下ノ村《しものむら》、中ノ村、上《かみ》ノ村と続き、峠《とうげ》をひとつ越えたところに奥ノ村がある。

中ノ村の茂助宅を出た乙吉は、その足で庄屋《しょうや》屋敷を訪ねることにした。

秋の収穫が一段落したあとのことで、庄屋屋敷の広い土間では、今年の米を納めにきた村人たちが取次ぎの順番を待っている。乙吉はしばらく外で待つように言われ、庭の隅に立つ大きな銀杏《いちょう》の根元に腰をおろした。

黄金色《こがねいろ》に染まった葉の隙間から青空を見上げていると、街道の方角から飛んできた一羽の鳥が枝にとまった。姿はよく見えないが、ジャアッ、ジャアッ、と、濁った声で鳴きたてるのは、鳥の中でもとりわけ物見高いカケスである。

すぐに別の枝から、ジャアッ、と返事があり、頭の上でカケスのおしゃべりがはじまった。いつにも増して忙《せわ》しい鳴き方が気になった乙吉は、両手の指先を合わせて頭巾をかぶる仕草をしてみた。

『おい、ところで、街道の様子はどうであった』

『役人どもが、朝から行ったりきたりしておるわ』

それまでジャアッ、ジャアッ、としか聞こえなかったカケスの声が、人の言葉として頭の中に流れてくる。

『江戸を逃《のが》れた盗賊《とうぞく》とやらは、まだ捕まらんのか』

『捕まるどころか、このあたりに逃げ込んだかもしれぬ』

『それは一大事。われらも餌場《えさば》を守らねば』

『おお、気を抜くまいぞ』

カケスたちがそれぞれの縄張りへ飛び去ったあと、乙吉は銀杏の太い幹にもたれて思案した。はたして今の話を庄屋に知らせるべきか否《いな》か——。

山深い樫山郷にお触れ書きが届くのは、街道沿いの町にくらべて丸一日、ときには二日も遅くなる。その隙に盗賊が入り込む恐れがあったが、乙吉としては頼まれてもいない〈お告げ〉を伝えにゆくのは気が進まなかった。村には自分を煙たがる者もいることを承知しているからだ。

（でも、お父《とっ》つぁんだったら……）

去年の秋、谷川に落ちて死んだ父親は、村の大事や人の命にかかわることを耳にしたときは、かならず庄屋屋敷まで出向くようにしていた。

父親なら今の話を聞き流したりしない。乙吉も勇気を出して立ち上がった。

乙吉の家系は、代々〈頭巾持ち〉と呼ばれている。

何百年も昔の先祖が、鳥や獣《けもの》たちの言葉を聞くことができる頭巾を手に入れたのがはじまりと聞いているが、はっきりした経緯《いきさつ》はわからない。ただ、長い年月のあいだに頭巾そのものは失われ、不思議な力だけが受け継がれてきたらしい。

乙吉も物心ついたときから、その力を使うことができた。

両手の指先を合わせて頭巾をかぶる仕草をすれば、ネズミやカケスなどの鳴声が人の言葉として聞こえる。自分にそのつもりはなくとも、郷中やもっと遠くで起こった出来事、天変地異の前触れなどを知ることになる。

これは乙吉の家族だけの秘密だ。

事情を知らない樫山郷の人々は、頭巾持ちの家系がキツネ憑《つ》きのたぐいだと思っている。そして心のどこかで薄気味《うすきみ》悪く思いながらも、困ったことが起これば頭巾持ちに頼んでお告げを受けるのだった。

屋敷の土間に戻った乙吉は、脇の小部屋で庄屋の安兵衛《やすべえ》と会うことができた。

「よくきた。元気そうだな」

四十半ばの安兵衛は、小柄でもの静かな男だった。

庄屋の一族は、むやみに頭巾持ちを恐れたりしない。村の大事を前もって知らせてくれる便利な者と位置づけているらしく、乙吉の父親が亡くなったあとも、残された家族が暮らしていけるよう心にかけてくれる。

さっそく江戸の盗賊たちがこの近くにきていることを伝えると、ときを同じくして街道沿いの村からもお触れ書きが届けられた。

「ほう、これは……」

その場で書状に目を走らせた安兵衛は、乙吉にも中身を教えてくれた。

「今おまえの言ったことが詳しく書いてある。江戸の追っ手を逃れた〈残月党《ざんげつ》〉の一味が、このあたりに逃げ込んだそうだ」

残月党とは、京・大坂あたりで盗みを繰り返し、数年前から江戸に移って手荒い仕事をするようになった盗賊一味だ。

頭目《とうもく》は〈月読《つくよみ》〉と呼ばれている。押し入ったお店《たな》の奉公人から幼子《おさなご》まで皆殺しにする残忍な手口で知られるが、その素顔を見た者はいない。盗みのときに般若《はんにゃ》の面をかぶっているという噂がある以外、老人なのか若い男なのかも不明である。

先月末のこと、そんな残月党の隠れ家を、火付盗賊改《ひつけとうぞくあらため》が急襲した。ところが捕まったのは下っ端だけ。月読をはじめとする主《おも》だった者は、手入れの前に逃げてしまった。お触れ書きによると、甲州街道からいくつかの裏街道に分かれて逃げた盗賊たちは、どこかで繋ぎをとって落ち合うつもりらしい。

「樫山郷あたりにひそんでいるかもしれんと書いてあるが、明日から〈樫たぐり〉がはじまるというのに厄介《やっかい》なことだな」

秋に行われる村人総出の木の実拾いを、樫山郷では樫たぐりと呼んでいる。

山に囲まれたこのあたりには稲田が少なく、斜面を切り開いた畑で採れる稗《ひえ》や粟、蕎麦《そば》などの雑穀を主食としている。それでも村人の腹を満たすには足りず、山に入って拾う木の実が、冬を越すための大切な食糧となるのである。

樫山郷と呼ばれるだけあって、山には目立って樫の木が多い。とくに実がたくさん拾える場所は〈たぐり場〉と呼ばれ、昔から所有する家が決まっていた。

「庄屋さま、今年も樫たぐりを手伝わせていただけますか」

そもそも乙吉が庄屋屋敷に寄ったのは、この伺《うかが》いをたてるためだった。

貧しい家は田畑どころか自前のたぐり場すら持っていない。よその家の樫たぐりを手伝う手間賃《てまちん》として、樫の実を分けてもらうのだ。

「そのことだが、今年は沼番《ぬまばん》の文蔵伯父《ぶんぞうおじ》のところへ行ってもらいたい」

「奥ノ村の文蔵じいさまですか」

安兵衛がうなずいた。

「おまえも知ってのとおり、伯父は近ごろ老いの病《やまい》がひどくなった。しかも二日前には、伯母《おば》のおイネが崖から転げて足の骨を折ったのだよ」

それは初耳だった。しかし、おイネばあさんが動けないとあれば、樫たぐりどころか老夫婦の暮らしそのものが立ちゆかないのではなかろうか。

「ちょうど江戸から呼び寄せた孫娘が世話をしているから心配はない。おまえは〈カチカチ山〉のたぐり場を手伝ってくれ」

五日のあいだ泊まり込みで行ってくれるなら、拾った分の一割を持ち帰ってもよいと言われ、乙吉はありがたく引き受けることにした。

○

九月十日の朝は気持ちよく晴れていた。

乙吉は大きな竹籠《たけかご》を背負い、傾きかけた家の戸を開けた。

「では、行ってまいります、おっ母さん」

「気をつけるのだよ。私もご挨拶《あいさつ》に伺えるといいのだけど……」

まだ九つの息子が五日も家を離れるとあって、母親のおふさは心配そうだ。

心配なのは乙吉も同じだった。父親の甲助《こうすけ》が亡くなってからというもの、気落ちしたおふさは臥《ふ》せって過ごす日が多くなった。

「わたしだってご挨拶くらいできますよ。おっ母さんは安心して待っていてください。隣のお嫁さんが朝夕の様子を見にきてくれますから」

五戸の家族が暮らす上ノ村のなかで、遠方から嫁《とつ》いできた隣家の嫁は人柄がよく、〈頭巾持ち〉の家でも怖《こわ》がらずに訪ねてくれる。

うしろ髪を引かれる思いを断ち切って、乙吉は家を出た。

上ノ村も樫山郷の奥まったところにあるが、文蔵じいさんがいる奥ノ村へ行くには、峠をひとつ越えなくてはならない。

村はずれにさしかかった乙吉は、切株に腰かけた男を見つけて驚いた。

「若旦那じゃありませんか」

「遅かったなぁ、乙ちゃん。すっかり待ちくたびれたよ」

大きな欠伸《あくび》をかましてみせるのは、庄屋の跡取り息子の菊之助《きくのすけ》だった。

「私も大伯父さまの家に用があるんだ。頭巾持ちの子が樫たぐりに行くと聞いたから、せっかくなら道連れにと思ってね」

立ち上がった菊之助は、鄙《ひな》には珍しい黒縮緬《くろちりめん》の長羽織《ながばおり》を着ていた。整ったうりざね顔によく似合っているが、山道を歩く恰好《かっこう》ではない。

乙吉の考えがわかったのか、菊之助はいつもの派手《はで》な鼻緒の草履《ぞうり》ではなく、草鞋《わらじ》の紐《ひも》をしっかり結《ゆ》わえた足を示してみせた。

「履物《はきもの》は替えてきた。でも、この長羽織だけは脱ぐわけにいかないのさ」

近郷一の色男にふさわしい恰好で行きたいという。

上等の羽織が汚れないか気にしつつ、乙吉は連れ立って歩き出した。

奥ノ村まで半里（約二キロメートル）の道のりだが、そのほとんどが転がりそうな登りの坂道である。ろくに畑仕事も山仕事もしたことがない菊之助は、ともすれば子供の乙吉に遅れそうになりながらも、口だけ元気に動かし続けた。

「なあ乙ちゃん、もう文蔵じいさんの孫娘を見たかい」

まだ見ていないと答えると、うしろを歩く菊之助が声を弾《はず》ませた。

「三日前だったたか、村にきたその足でうちに寄って挨拶していったそうだが、えらく色っぽい美人らしい。あいにく私は外に出ていて会えなかったけど、たまたま見かけた連中が、唾《つば》をとばして話していたよ」

ああ、だからか——と、乙吉は納得した。めかし込んで文蔵じいさんの家を訪れようとするのは、自分もその美人の顔を拝んでみたいのだろう。

陽気な若旦那のおしゃべりを聞きながら歩くうち、峠を越えた先に三日月《みかづき》のかたちをした沼が現れた。水面《みなも》が黒く見えることから黒沼《くろぬま》と呼ばれているこの沼の向こう岸に、文蔵じいさんの暮らす沼番小屋がある。

文蔵じいさんは庄屋の安兵衛の伯父にあたる人で、本来なら長男として家業を継ぐべきところを、勝手に江戸へ行ってしまった変わり者だ。

その後、むこうで知り合った常磐津《ときわづ》の師匠《ししょう》と所帯を持ち、自分は好きな俳句や囲碁《いご》などを教えながら気ままに過ごしていたらしいが、還暦《かんれき》を過ぎるころになって、ひょっこり女房をつれて樫山郷に戻ってきた。

生まれ故郷で余生《よせい》を送りたいという、いささか勝手とも思える文蔵じいさんの願いを、甥《おい》の安兵衛がこころよく聞き入れ、空き家になっていた奥ノ村の沼番小屋に住まわせたのが今から十年前。乙吉が生まれる前年のことだった。

「沼番といっても、大した仕事じゃない」

桟橋につけてあった筏に乗り、竿を使って岸を離れながら菊之助が言った。

「昔、うちの曾祖父がこの沼に鯉の稚魚を放したんだ。今では結構な数に増えているらしいけど、それを村の衆が盗まないよう見張るだけなのさ」

海から離れた山あいの村に暮らす者にとって、丸々と太った鯉は格別のごちそうだ。庄屋の家では正月や祝いの膳《ぜん》に載ると聞いている。

鯉など見たこともない乙吉は、筏の上から身を乗り出して沼の中をのぞいてみたが、水面は黒々と濁るばかりで、魚の影すら見ることは叶《かな》わなかった。

そうこうするうち向こう岸についた。

菊之助が筏をつないでいる桟橋の反対側に、もうひとつの筏がある。沼番を訪ねる客が困らないよう、ふたつの筏が沼を行き来するようになっているのだ。

「乙ちゃんは、ここに来るのは初めてかい」

「いいえ。一度だけお父つぁんに連れられてきたことがあります」

そのときは夏だったこともあり、黒沼のほとりに建つ小屋の前には、ナスや瓜《うり》などの前栽《せんざい》ものが育てられていた。今は手入れをする者もいないのか、わびしく秋の草が揺れるだけだ。

二人が沼番小屋の前に立つと、内側から戸が開いて、綿入れのちゃんちゃんこを着た老人が現れた。

「お久しぶりです、大伯父さま」

「はいはい、よいお天気でございますな」

見当はずれに応じただけで、文蔵じいさんは沼のほうへ行ってしまった。

「あれ、大伯父さま――？」

戸惑う菊之助に、小屋の中から声がかけられた。

「祖父《そふ》ならじき戻ってまいります。どうぞお入りください」

誘われるまま土間に入ると、女が上がり口で三つ指をついていた。

「失礼をいたしました。孫娘の美兎《みと》と申します」

「安兵衛の息子の菊之助です。先だってはお目にかかることができなくて残念でした。今日は大伯母さまのお見舞いを兼ねて、ご挨拶に上がった次第です」

丁寧《ていねい》に言ってのける菊之助の目が、美兎に釘付けになっている。

子供の乙吉が見ても、美兎は垢抜《あかぬ》けた美女だった。歳のころは二十三、四というところか。中年増《ちゅうとしま》ではあるが、抜けるような白い肌と黒目がちの大きな瞳が美しく、恥じらいを含んだ仕草が可憐《かれん》な白ウサギを思わせる。

ぼーっと見とれてしまっている菊之助の長羽織の袖を、うしろに控《ひか》えていた乙吉がつんつん引いた。

「ああ、忘れていた。この子は乙吉です」

かなり手を抜いた紹介に、乙吉は肝心なところを自分で補った。

「庄屋さまから言いつかってまいりました。今日から五日間、こちらでご厄介になりながら、樫たぐりのお手伝いをさせていただきます」

「樫たぐりのことは祖父に聞きました。きたばかりで詳しいことは存じ上げませんが、どうぞよろしくお願いします」

菊之助と乙吉の前で頭を下げると、美兎はあらためて自分の素性《すじょう》を明かした。

「さっきから祖父、祖父、と気安く申しておりますけど、私はおじいさまの血縁者ではありません。祖母の連れ子の娘なのです」

顔を向けた奥の部屋には、頭から布団《ふとん》をかぶったおイネばあさんが寝ている。

部屋に上がった菊之助は布団の横で膝《ひざ》をついた。

「大伯母さま、お加減はいかがですか。菊之助がまいりましたよ」

痛みがひどいのか、返事の代わりに、うーん、うーん、と唸《うな》る声が聞こえる。

乙吉も部屋の外からそっと声をかけた。

「ばあさま、上ノ村の乙吉です。一日も早く本復《ほんぷく》されますように」

「うーん、あ、ありがと、よ……」

ようやく返事があり、布団の中の乱れた白髪《しらが》と痣《あざ》だらけの顔がちらと見えた。

乙吉が最後におイネばあさんと会ったのは、一年以上も前のことになる。江戸で常磐津の師匠をしていただけあって、田舎暮らしになっても粋《いき》できれいなおばあさんだったが、今は見る影もない。

「ひどい有様《ありさま》でしょう。足が折れただけでなく身体中が青痣だらけです。生きているのが不思議なくらいで……」

囲炉裏端に座った菊之助と乙吉に、美兎はしょんぼり項垂《うなだ》れつつ、自分がこの家にきたわけを語った。

「私は生まれも育ちも江戸の深川《ふかがわ》です。二十《はたち》のときに火消しの若頭《わかがしら》と所帯をもったのですが、今年になって亭主が火事場で命を落としてしまいました。悲しみに沈んでいた私のもとへ、樫山郷の祖母から文《ふみ》が届いたのが半月前のことです」

おイネばあさんの文には、近ごろめっきり惚《ぼ》けてしまった文蔵じいさんに手を焼いていることや、自分も寄る年波には勝てず、年寄りだけの山暮らしが心細くなったことなどが書き連ねてあった。早い話が、寡婦《かふ》になったのならこちらで一緒に暮らさないかという誘いである。

「私はすぐ承諾《しょうだく》の返事を書きました。子供もいませんし、亭主を思い出して泣き暮らすより、祖父母の世話をしたほうが気もまぎれると考えたのです」

八月末に長屋を引き払うと、美兎は女ひとりの旅路についた。盗賊の一味が旅人にまぎれて街道を逃げていると聞いて不安だったが、田無《たなし》の宿場《しゅくば》で同じ年頃の女と知り合い、氷川宿の手前まで同道することができたのは幸いだった。

「樫山郷に着いてすぐ庄屋屋敷に伺いました。親切な安兵衛さまは、女人《にょにん》手形で私の身元を確かめると、ここまで案内人《あないにん》をつけてくださいました」

十年ぶりに会ったおイネばあさんは、たった一人の孫娘が見違えるほどきれいになったと言って喜んだ。文蔵じいさんも笑顔で美兎を迎え入れ、これから三人仲良く暮らしてゆこうと手を取りあった、そんな矢先、おイネばあさんが大怪我《おおけが》をしてしまったのである。

「朝早く山へキノコを採りに行ったきり、昼を過ぎても戻りません。心配して探しに行ったら、崖の下で動けなくなっていたのです」

あわてて家に運んだあと、上ノ村まで下りて最初に出会った村人に、庄屋屋敷へ知らせるよう頼んだ。

自分も一緒に山へ行けばよかったと後悔《こうかい》する美兎を、菊之助が慰《なぐさ》めているところへ、ひょっこり文蔵じいさんが戻ってきた。

「お帰りなさい。大伯父さまはお変わりありませんね」

お世辞《せじ》ではなく古希《こき》を過ぎた文蔵じいさんは肌艶《はだつや》がよい。ただ、老いの病は着実に進んでいるのか、久しぶりに訪ねてきた菊之助に目もくれようとせず、煙草盆《タバコぼん》の前に胡坐《あぐら》をかいてつぶやいた。

「沼のまわりを探してみたが、ばあさんは見つからなかった。いったいどこへ行ってしまったのやら……」

思わず顔を見合わせた菊之助と乙吉の前で、美兎が澄《す》んだ笑い声をあげる。

「おじいさまったら、お忘れですか。おばあさまは奥のお部屋ですよ」

つとめて朗《ほが》らかに言ったあと、菊之助の耳元に口を寄せてささやいた。

「祖母がどこかへ消えてしまったと思い込んでいるのです。青痣だらけで人相が違って見えるせいでしょうが」

ああ、なるほど――と、菊之助が納得《なっとく》している。

老いの病についてよく知らない乙吉は、以前と変わらぬ手際《てぎわ》のよさでキセルに煙草を詰める文蔵じいさんを、奇妙な思いで眺めるのだった。

○

樫たぐりが始まって四日目。夜明け前に起きだした乙吉は、沼番小屋のうしろにそびえるカチカチ山に登って、地面に落ちた樫の実を集めていた。

すでに山麓《さんろく》から中腹にかけて〈たぐり場〉をまわったが、まだ山の上のほうにもたくさんの実を落とす樫の木があるという。

「ほれ、あすこに見える樫の木も、毎年たんと実を落としてくれるぞ」

たぐり場を案内するのは文蔵じいさんの役目だった。ただし案内が終わると、近くに腰をおろしてキセルの煙草に火をつける。気まぐれに実を拾うこともあるが、またすぐ煙草盆に手が伸びてしまう。

乙吉はじいさんの好きなようにさせておき、自分は山ネズミのように地面を這《は》いまわって実を拾い集めた。

ジャアジャア。キョッ、キョ。ツピィ、ツピィ。

樫の大木の上からは、ひっきりなしに小鳥たちの声が降ってくる。カケスにイカル、シジュウカラもいるようだ。頭巾をかぶる仕草をすれば何をしゃべっているのかわかるのだが、父親の言いつけを守り、用がないときは、なるべく頭巾の力を使わないようにしている。

それに今は、ほかに注意を払うべきことがあった。

実を拾いながら耳をすませていると、さっそく小鳥の声にまじって、ポンと軽い音がした。文蔵じいさんが吸い終わったキセルを切株に打ちつけたのだ。

「いけません。山火事になってしまいます」

大急ぎで駆《か》けよった乙吉が、地面に落ちた吸い殻《がら》に土をかぶせる。煙草を吸うのはいいが、ところかまわず吸い殻を捨てるのが困りものだった。

「なあ、坊《ぼう》よ」

わかっているのかいないのか、文蔵じいさんは新しい煙草をキセルに詰めながら、別の話をはじめた。

「どうしてここがカチカチ山というか、坊は知っているかね」

「はい。もとは〈樫《かし》立《た》ち山〉だったのが、しだいに訛《なま》ってカチカチ山になったのだと、昨日教えていただきました」

文蔵じいさんは物知りだった。老いの病がはじまる前は、よく上ノ村まで下りてきて、子供たちに読み書きを教えてくれたものだ。

「では、カチカチ山のタヌキの話はどうだ」

「それも……いえ、どんなお話なのか教えてください」

本当は樫山郷の子供なら誰でも親から聞かされている話だが、乙吉は知らないふりをした。じいさんの謡《うた》うような語り口が好きだったからだ。

「カチカチ山にはな、昔からたくさんの獣が暮らしておる。なかでも〈八右衛門《はちえもん》〉と呼ばれるタヌキは、百年も生き続けている大親分だ」

キツネよりも化《ば》けるのが上手《じょうず》だと言われるタヌキだが、とくに八右衛門は変化《へんげ》の術が達者で、夜ごと美しい娘や山姥《やまんば》の姿に化けて村人をたぶらかした。まんまと術中にはまった者は、山姥に追われて山の中を逃げ惑ったり、娘の勧《すす》める風呂に入っているつもりで、首まで肥溜《こえだ》めにつかるハメになる。

「困り果てた村の衆は、カチカチ山の東側を八右衛門ダヌキの縄張りと決め、けっして自分たちは立ち入らないことを約束した。それきり村の者が化かされることはなくなったが、今でもたまに八右衛門は里の様子を見にきておるのだよ」

会ったことがあるのかと訊《たず》ねても、文蔵じいさんは微笑《ほほえ》むだけだった。

そうこうするうち竹籠が樫の実でいっぱいになった。子供の乙吉が一度に背負って運べる量は知れているので、小分けして麓《ふもと》まで運ばなくてはならない。

「では行きましょうか」

「うん、行こう」

背負い籠の重みでよろけそうになりながら、乙吉は山の斜面を慎重《しんちょう》に下りた。

身軽に前をゆく文蔵じいさんも、自分の竹籠を背負っている。

麓まで下りて籠を置くと、あとはおイネばあさんの世話をしている美兎が、仕事の合間に沼番小屋へ運んでくれることになっている。今もそうするつもりで籠を置き、山へ戻ろうとした乙吉を、陽気な声が呼び止めた。

「おーい、乙ちゃん。小屋に戻って少し休憩《きゅうけい》しないか」

「またいらしたのですか、若旦那」

つい、呆《あき》れた口調になってしまった。

あれから菊之助は毎日のように沼番小屋を訪ねてくる。郷中に何ヵ所もある庄屋のたぐり場を手伝わなくてもいいのだろうか。

「大丈夫だよ。うちは人手が多いし、私がたぐり場に行ったところで邪魔《じゃま》になるだけだろう。いっそいないほうが助かるって、みな思っているさ」

色男に力仕事は向かないのだと、しれっとした顔で言ってのける。

「それにしても重そうだな。半分持ってやろうか」

「いいえ、わたしは平気ですから」

じいさまの籠を持ってやってくれと頼む。

根が親切な菊之助は、文蔵じいさんの背中から籠をおろさせようとして頓狂《とんきょう》な声を上げた。

「これは大伯父さま、樫たぐりはどうなったのですか？」

じいさんの竹籠の中には、樫の実ではなく、焚《た》きつけ用の柴《しば》がぎゅうぎゅうに詰め込まれている。

「今日は柴刈りに行ったのだよ」

文蔵じいさんは悪びれることなく愛用の煙草盆だけを持って、さっさと沼番小屋へ戻っていった。

小屋の中では、美兎が麦湯の支度《したく》をして待っていた。

「お帰りなさい。菊之助さまが差し入れをくださいましたよ」

「では、先に実を干してきます」

乙吉は小屋の南側へまわって、拾ったばかりの樫の実を筵《むしろ》の上に広げた。よく日に当てて干すことで、実の中にひそんでいる虫が逃げる。乾いたものから囲炉裏の上の棚に載せ、じっくりと燻《いぶ》すことで日持ちをよくするのだ。

これを食べるためには、粉にひいたあと水にさらして渋《しぶ》を抜かなくてはならない。手間ひまかかるが、田畑の少ない山村で冬を越すための大切な食糧だった。

「お疲れさま。早くいただいてくださいな」

小屋に戻った乙吉を、美兎が囲炉裏の前に座らせた。

おやつに出されたのは栗の餅だった。庄屋の家では樫たぐりの四日目に栗餅をつき、残り一日も頑張ってくれるよう手伝いの衆に振る舞うことになっている。

栗餅をつく家はほかにもあるが、庄屋の家のものには甘い小豆《あずき》の餡《あん》が添えられる。こればかりは他家に真似のできない贅沢《ぜいたく》だった。

「美味《うま》いかい、乙ちゃん」

「はい、とても」

思わぬご馳走《ちそう》に乙吉は舌鼓《したつづみ》を打った。

このときばかりは文蔵じいさんも、煙草盆を脇にやって餅を頬張っている。

「大伯父さま、よろしければこれもどうぞ」

自分に取り分けられていた餅の皿を、菊之助が差し出した。

「ありがとうよ。竹次郎《たけじろう》はいつも優しいのう」

（えっ、竹次郎――？）

怪訝《けげん》な顔をした乙吉に、菊之助が小声で教えてくれる。

「竹次郎はうちのお祖父《じい》さんだよ。もう十年以上も前に亡くなったけどね」

自分の代わりに庄屋を継いだ弟と、菊之助を混同しているようだ。

「そうだ、大伯父さま。私が誰だかわかりますか」

急に茶目《ちゃめ》っ気《け》をだした菊之助が、文蔵じいさんに訊ねた。

「竹次郎に決まっているじゃないか」

「そこにいる男の児は？」

「上ノ村の丙造《へいぞう》だろう。頭巾持ちの家の子だ」

丙造とは乙吉の祖父の名前である。どうやら文蔵じいさんの頭の中では、若いころに過ごした樫山郷と、今の樫山郷とが入り乱れているらしい。

顔も知らない祖父と勘違《かんちが》いされていると知って、乙吉は寂《さび》しい心持ちがした。

一方、悪乗りした菊之助は、よせばいいのに傍《かたわ》らにいる美兎を指さした。

「では大伯父さま、この美人さんはどなたですか」

義理の孫娘の顔をじっと見て、文蔵じいさんが首をひねる。

「ふーむ、見たことのないお人だな」

次に奥の部屋で寝ているのは誰かと訊ねると、「あれも知らんお人だ」と、薄情《はくじょう》にも言い放った。

菊之助は悪気《わるぎ》もなく笑っているが、美兎の白い頬がサッと青ざめたことを、乙吉は見逃さなかった。

「気落ちしないでください。またすぐに思い出されますから」

「そうね、ありがとう」

美兎は口もとだけで笑ってみせた。

「でも、十年ぶりに会って間もない私はともかく、五十年近くお側《そば》にいるおばあさまを『知らない人』だなんて……」

歳をとるというのは残念なことだと、悲しげにつぶやくのだった。

○

樫たぐり最後の一日も、乙吉は朝早くからカチカチ山の森に入っていた。

昨日のうちにすべてのたぐり場をひと巡《めぐ》りしてしまったので、あとは山のあちこちに隠れている樫の木を探して歩くつもりだ。

さっそく崖の下に一本だけ生えている木を見つけた。慎重に下りて実を拾っていると、頭の上からアカゲラのせわしない鳴声が降ってきた。

ケッ、ケッ、ケー。ケッ、ケッ、ケーッ。

キツツキの仲間は悪声だが、ほかの小鳥から聞いた話を戯《ざ》れ唄《うた》にするのが好きだ。今もどこかで仕入れた話を、面白《おもしろ》おかしく唄っているに違いない。

聞こうか、聞くまいか、乙吉は迷ったすえに頭巾をかぶる仕草をした。

〽あー、面倒じゃ、面倒じゃ。樫山郷の庄屋の息子、嫁取り話が意に染まぬ。

戯れ唄のネタにされているのは菊之助だ。

〽あー、気の毒に、気の毒に。篠原《しのはら》郷の庄屋の娘、色が黒くて味噌《みそ》っ歯じゃ。

なにやら聞いているのが心苦しくなってきた。

篠原郷は街道に面した大きな集落で、そこの庄屋の娘が菊之助の許嫁《いいなずけ》であることは、村の者なら子供でも知っている。器量《きりょう》好みの菊之助が、どうしても先さまの見た目に納得できないと駄々《だだ》をこねる一方、美人がいると聞けば、どんな遠くの村でもマメにちょっかいを出しに行くことも。

「おーい、坊よ」

いつの間にかアカゲラは飛び去り、文蔵じいさんが崖の上に立っていた。

「籠がいっぱいになったから、わしは帰るぞ」

今日もせっせと籠に入れていたのは、樫の実ではなく乾いた柴である。

「少し待ってください。足もとの実を拾ってしまいますから」

「待てない。帰ってばあさんを探しにゆく」

まだおイネばあさんが出て行ったきり戻らないと思い込んでいるのか、じいさんは先に山を下りはじめてしまった。

こうなったら仕方がない。乙吉は実をあきらめて崖を登った。山歩きに慣れているとはいえ、おぼつかない年寄りを一人にするのは心配だ。

ところが文蔵じいさんは思っていたより足が速かった。なかなか追いつかないまま麓の近くにさしかかり、大きな山桜の下を通りかかったとき、アカゲラのけたたましい声が降ってきた。

ケッ、ケッ、ケーッ、ケッ、ケッ、ケケーッ！

ただならぬ鳴き方である。

とっさに頭巾をかぶる仕草をした乙吉は、頭の中に流れる戯れ唄に驚いた。

〽あー、大変じゃ、大変じゃ。モクモクけむり、じいさま背中が山火事じゃ！

こうしてはいられない。転がるように斜面を下ると、前方に立ちのぼる白い煙が見えてきた。文蔵じいさんが吸い終わったキセルを竹籠に打ちつけ、柴に火をつけてしまったに違いない。

「じいさま、じいさま！」

麓に下り立った乙吉が目にしたのは、道の上で揉《も》み合う二人の男の姿だった。背中から白煙を上げているのが文蔵じいさん。もう一方は見知らぬ髭面《ひげづら》の男だ。

（もしかして、〈残月党〉では――）

山に隠れていた盗賊が食糧を奪おうとしていると考えた乙吉は、「わーっ」と大声で叫びながら走りだした。

同時に草叢《くさむら》から美兎が飛び出し、沼番小屋のほうから菊之助も駆けてくる。

旗色が悪いと見てとった髭面の男は、じいさんの背中から奪った竹籠を放りだすと、慌《あわ》てて山の中へ逃げ込んでしまった。

モクモクと煙を吐いていた竹籠が、道の上で赤い炎を上げて燃えつきた。

○

樫たぐりを終えた乙吉は、その日のうちに上ノ村の家へ戻った。

「ただいま、おっ母さん。お変わりはありませんでしたか」

「ああ、おかえり。さぞかし疲れたろう」

息子が元気に、しかも竹籠いっぱいの樫の実を駄賃《だちん》として持ち帰ったのを見て、母親のおふさは安堵《あんど》の涙を流した。

乙吉は久しぶりに母子水入らずの夕餉《ゆうげ》をとりながら、沼番小屋で過ごした五日間の出来事を語って聞かせた。

話がかみ合わない文蔵じいさんのこと。足を折って寝ているおイネばあさんのこと。江戸からきた美兎という孫娘のこと。その美兎に熱を上げてしまった菊之助のこと。そして、文蔵じいさんに襲いかかった髭面の男のことも。

「江戸の盗賊がこのあたりにいるという噂は本当だったのだね。それで、じいさまに怪我はなかったのかい」

背負っていた籠が燃えたと聞いて、母親は心配そうだ。

「大丈夫です。ちゃんちゃんこの背側が煤《すす》けただけで済みましたから」

火がついたのは文蔵じいさんの煙草の不始末が原因かと思われたが、それより気になるのは逃げた男だった。

〈残月党〉の一味とおぼしき男がカチカチ山へ逃げたことは、あれからすぐ菊之助が庄屋屋敷に戻って知らせていた。今夜は用心のため、村の男衆《おとこしゅう》が沼番小屋のまわりを見張ることも決まった。

今にして思えば、おイネばあさんが歩き慣れているはずの崖から落ちたのも、あの男に突き落とされたのではないかと美兎は言っている。

「もう近隣の村々にも話が伝わっていることでしょう。明日あたり山狩りがあるかもしれませんね」

乙吉が思ったとおり、翌日は大がかりな山狩りが行われた。文蔵じいさんを襲った髭面の男こそ、残月党の謎めいた頭目〈月読〉かもしれないと意気込んだ役人が、近隣の村に触れを出したのだ。

鉈《なた》や鎌《かま》などを手にした村の男衆は、普段は立ち入ることのないカチカチ山の東側をはじめ、周囲の山々を探し歩いた。

乙吉も庄屋の安兵衛に命じられて山に入ったが、もののしい男衆に怯《おび》えたのか、鳥も獣も忍び音《ね》ひとつ漏《も》らそうとはしなかった。

結局、髭面の男が見つかることのないまま山狩りは終わったのだが——。

「えっ、それは本当ですか、茂助さん」

山を下りる乙吉の耳に、思わぬ話が飛び込んできた。

「おうよ。さっき庄屋さんと役人が話しているのを聞いたんだ」

耳打ちしてくれたのは、いつぞや銭袋のありかを教えてやった茂助である。

「街道を外れて樫山郷まで来る途中に、お稲荷《いなり》さんの社《やしろ》があるだろう。あすこの裏山から女の死骸《しがい》が出たんだとさ」

身ごしらえから推《お》し量って、女は旅の途中で殺されたものと思われた。路銀《ろぎん》はもちろん、身元のわかる手形も奪われて山に捨てられたらしい。

「死んで十日ほど経っているそうだ。残月党とやらの仕業《しわざ》だろうけど可哀《かわい》そうだな。なまんだぶ、なまんだぶ……」

茂助が唱《とな》える念仏《ねんぶつ》を聞きながら、乙吉は考えずにはいられなかった。

自分が頭巾の力を使いこなしていたら、もっと早いうちに女の亡骸《なきがら》を見つけてやれたかもしれない。カチカチ山に盗賊がひそんでいたことも、おイネばあさんが崖から突き落とされる前に察知できたのではなかったか――と。

けれど才のある頭巾持ちだった父親は、幼い息子にこう諭《さと》していた。

『いいか、乙吉。用もないのに鳥や獣の声を聞いていると、いつか人さまの秘めごとを知るときがくる。些細《ささい》なことなら聞き流せるだろう。だが、軽々しく扱うべきではない事柄を知ってしまったら、自分が悩むことになる』

だから、いたずらに頭巾を使ってはいけない。これは人が持つべき力ではないのだと、いつも思いつめた顔で話してくれた。

その父親も去年の秋祭りの夜に谷川へ落ちて亡くなった。この世でたったひとりの頭巾持ちとなった乙吉に、もう頭巾の正しい使いみちを教える者はない。

「どうした、急に黙り込んで。疲れたのか」

「なんでもありません。わたしはここで失礼します」

乙吉は峠道の下で茂助と別れ、上ノ村のささやかな家に戻った。


その晩のことである。藁《わら》布団にくるまっても寝つけずにいる乙吉の耳に、秋祭りの太鼓《たいこ》が聞こえてきた。

ポンポコ、ポン。ポン、ポン、ポン……。

もっとよく聞こうと身を起こした途端、太鼓の音は止《や》んでしまった。

(空耳《そらみみ》かな。お父つぁんのことを考えたりしたから)

今日は九月の十五日。樫山郷の秋祭りはひと月も先である。

また横になろうとして、今度こそはっきりと太鼓の音を聞いた。

ポンポコ、ポン。ポンポコ、ポン。ポン、ポン、ポン。

こんな夜更《よふ》けに誰が太鼓を鳴らしているのか気になる。囲炉裏の向こう側で母親が眠っているのを確かめると、板戸を開けて外へ出てみた。

明るい満月が、寝静まった家々の茅葺《かやぶ》き屋根を照らしていた。

太鼓の音は途切れることなく、山の段々畑から流れてくる。

畑の縁《ふち》に四つ並んだ小さな影を見て、乙吉は唖然《あぜん》とした。

（人じゃない。あれは、タヌキだ！）

丸くて大きな月を背に、四匹のタヌキが腹鼓を打っている。

グル、グル、グル、グル……。

こちらに気づいたタヌキたちが、腹鼓をやめて喉声《のどごえ》をだした。

何かを訴えようとするその様子に、両手の指の腹を合わせて頭巾をかぶる仕草をした途端、四つの声が重なって頭の中に流れてきた。

『早く行け』『今すぐ行け』『じいさまがあぶない』『沼番のじいさまを助けよ』

そのままタヌキたちは山を駆け上がってゆく。

乙吉は考える余裕もなく、峠道に向かって走りだした。

○

真夜中に峠を越えるのははじめてだった。

空に満月があるとはいえ、木々の生《お》い茂る山道は暗い。何度も石や木の根につまずいて転びながらも、乙吉は足を緩《ゆる》めることなく走り続けた。

峠の下り坂を半分ほど過ぎたところで、前を行く人影が見えた。

(まさか、残月党?)

身を隠そうとするより先に、こちらに気づいた人影が振り返った。

「あれぇ、そこにいるのは乙ちゃんかなぁ」

「——若旦那」

間のびした菊之助の声に、乙吉は膝が抜けそうになった。

「こんな時分にどうしたんだい」

「じつは、その、頭巾のお告げがあって……」

文蔵じいさんの身に危険がせまっているかもしれないことを伝えると、さすがにのんびり屋の菊之助も表情をひきしめた。

「盗賊のやつ、まだどこかに隠れていたのかな。——とにかく急ごう」

残りの山道をひと息に駆けぬけ、黒沼の岸辺までたどり着く。あとは筏に乗って沼を渡るだけだったが、肝心の筏が見当たらない。

「おかしいぞ。こちらの桟橋にも繋いであるはずなのに」

「誰か向こう岸へ渡ったのでしょうか」

筏がないとなれば厄介だった。黒沼の周囲には切り立った岩場がいくつもあって、昼間でも歩くのは危ないのだ。

「仕方がない。遠まわりだけど岩場を避《さ》けて行こう」

いったん沼から離れようとする菊之助の羽織を、乙吉がつかんで引きとめた。

「待って。あれを見てください」

乙吉の目は、沼の向こう岸に浮かぶ筏をとらえていた。月明かりに照らされて見えるのは、胡坐をかいた文蔵じいさんと、竿をあやつる美兎の姿だ。

二人の乗った筏は、墨を流したような水面をゆっくりと進み、やがて沼の真ん中あたりで止まった。

「なぁんだ、あれはお月見だよ。大伯父さまは風流な人で、満月の夜には沼に筏を浮かべて月を愛《め》でるのさ。美兎さんも一緒だから大丈夫だろう」

文蔵じいさんの身に差し迫った危険はないとみて、菊之助が桟橋の上まで戻って座り込んだ。

「乙ちゃんも、ここに座りな」

せっかくだから自分たちも月見をしようと言う。

タヌキたちの警告がでたらめだったとは思えないが、少なくとも筏に乗っているあいだは、盗賊に襲われる気づかいはなさそうだ。

このまま様子を見ると決めた乙吉は、菊之助と並んで腰をおろし、黒沼の真上にある満月を仰《あお》いだ。

月のおもてに杵《きね》で餅をつくウサギが見える。月に住むウサギたちは、きっと美兎のように色白で愛らしいのだろう。

「若旦那は、美兎さんに会うつもりで来られたのですか」

ふと思いついた問いかけに、菊之助が肩をすくめた。

「じつは久しぶりにお父つぁんと揉めてね。床《とこ》に入っても気持ちが収まらなくて、気がついたらこっちに足が向いていた」

口論のきっかけは、菊之助の祝言《しゅうげん》が決まったことだった。

「早朝に山狩りの打ち合わせがあったのだけど、そのあと篠原郷の庄屋さんが、うちのお父つぁんに迫ったんだ」

この盗賊騒ぎが片づいたら、すぐにでも祝言を挙げたい。少なくとも今年のうちに娘をもらっていただかなくては困るという先方の勢いに押され、安兵衛がうなずいてしまったらしい。

篠原郷の庄屋の娘は、親同士が決めた菊之助の許嫁である。本当ならとうに嫁いでいるべきところを、煮え切らない菊之助にあれやこれやと理由をつけられ、今日まで先延ばしにされてきたのだ。

「お相手の方はおいくつなのですか」

「私と同い歳のはずだから、二十三歳、かな」

乙吉は驚くと同時に、役者のような菊之助の顔をにらんだ。

村の娘たちはみな十五、六で嫁に行く。それが娘盛りを過ぎ、年増も過ぎた中年増と呼ばれる歳になるまで待たされるとは、あまりに相手の娘が気の毒だ。

「私だって申し訳ないと思っているさ。――けどなぁ、乙ちゃん」

根は善人の菊之助が、ため息まじりに問う。

「これから死ぬまで顔を突き合わせる相手だよ。見た目を二の次にできるかい？」

乙吉には答えようがなかった。相手の娘はアカゲラが戯れ唄にしてしまうくらい、色が黒くて味噌っ歯なのだ。

「あーあ、いっそ美兎さんが嫁にきてくれたらなぁ」

夢見るような菊之助が、月の光に照らされた美女をながめている。

美しいだけではない。美兎が惚けた義理の祖父にたいして寛容《かんよう》で、寝たきりの祖母をかいがいしく世話する出来た孫娘であることも、沼番小屋で五日間を過ごした乙吉は知っている。

（たしかに美人だし、申し分ない人だ。けど……）

非の打ちどころがなさすぎて、親しみを感じることはなかった。

そんな美兎は、乙吉たちに見られているとは知らず、文蔵じいさんと仲よく観月の宴《うたげ》を続けている。

やがて天頂にさしかかった満月が、黒い鏡のような沼にその影を投じた。水面の月を見た文蔵じいさんが、身を乗り出してそれに手を触れようとする。

危ないと思ったときには、じいさんの姿が消えていた。

乙吉の目には、美兎が背中を突き飛ばしたようにも見えたが、今はそんな詮索《せんさく》をしているときではなかった。筏の脇でばしゃばしゃ水しぶきが立っている。

「た、大変だ、大伯父さまが沼に落ちた」

「早く助けないと」

慌てて立ち上がっても、菊之助と乙吉には為《な》すすべがなかった。二人とも沼で泳いだことがない。筏がなくては助けに行くこともできないのだ。

あとは沼の上にいる美兎だけが頼りだった。

ところがどうしたことか、溺《おぼ》れている文蔵じいさんを残し、筏が向こう岸へ戻ってゆくではないか。

「なぜだ。なぜ助けようとしないんだ」

「美兎さん……」

こちらが困惑しているあいだにも、水の上で手足をばたつかせていた文蔵じいさんが力尽きようとしてる。

まさに万事休《ばんじきゅう》すと思われたが、もがくのを止めた身体は、いつまで経っても沼の底に沈んでいかない。不思議に思って目をこらすと、小さな獣がじいさんの着物を四方から咥《くわ》えているのだった。

（あれは、じいさまが危ないと知らせにきたタヌキだ！）

四匹のタヌキは懸命《けんめい》に水をかき、仰向けに浮いた文蔵じいさんを、少しずつこちらの岸まで連れてこようとしている。

向こう岸を目指していた美兎もそれに気づいた。ものすごい勢いで筏を返したかと思うと、じいさんの頭めがけて竿を振り下ろした。

「おーいっ、やめろーっ」

「美兎さぁん、やめてくださーいっ」

声は届いているはずだったが、いくら菊之助と乙吉が叫んでも、美兎は義理の祖父を打ち据《す》える手を緩めようとはしない。それどころか、じいさんの着物を咥えて泳ぐタヌキたちまで竿先で突こうとした。するとそのとき——

「きゃあっ！」

筏が片側に大きく傾き、悲鳴を上げた美兎の手から竿がすべり落ちた。誰かが筏の縁に手をかけて揺らしているようだ。

（ま、まさか、あれは……）

乙吉は息を呑《の》んだ。

沼の中からずぶ濡れの半身をあらわにしているのは、白髪の老婆だった。足の骨を折って動けないはずのおイネばあさんが、筏に取りついて転覆《てんぷく》させようとしているのだ。

一瞬だけ怯《ひる》んだかのように見えた美兎だったが、またすぐに立ち直った。竿を取り落としたことに気づくと、帯のあいだから小刀を抜いて反撃にかかる。

相手は血のつながった祖母だというのに微塵《みじん》のためらいもない。素早く繰り出された小刀は、ばあさんの肩口をざっくりと切り裂いた。

おイネばあさんも負けてはいなかった。肩から血を流しながらも筏を揺さぶり続け、ついに美兎を水の中へ落としてしまった。

そうこうするうち、文蔵じいさんが岸の近くまで運ばれてきた。大切な長羽織が濡れるのも構わず、菊之助が腰まで水に浸かって、ぐったりとしたじいさんを引き上げた。

岸に上がったタヌキたちは、ぶるると身体を震わせて水気をとばすと、黒沼の岸を走り去っていった。

おイネばあさんの姿も、いつの間にか消えていた。


しばらくして、力を使い果たした美兎がこちらの岸に泳ぎついた。

「ああ、菊之助さま、お助けください。沼の中から化けものが現れて――」

「化けものは、あんただろう」

一部始終を見てしまった菊之助は、まだ可憐なふりを続けようとする美兎を自分の帯で縛《しば》ると、逃げられないよう見張りについた。

乙吉が村へ下りて人々に知らせ、夜が明けるころには宿場の役人もかけつけた。

観念した美兎は、自分と沼番小屋で寝ている老婆の素性を白状した。

おイネばあさんを装《よそお》っていたのは、なんと〈残月党〉の頭目だった。側近中の側近しか顔を知らないとされてきた〈月読〉の正体は、白髪の女だったのだ。

美兎を名乗っていた女が、月読の娘であることもわかった。本当の名をおしまということも。

おしまは江戸から甲州裏街道を通って逃げる途中、田無の宿でいかにも人のよさそうな美兎に近づいて、追っ手の目をごまかすための道連れとした。

十年以上も会っていない祖父母のもとへ行くという美兎の話から、樫山郷の山奥に隠れ処《が》として使えそうな家があると知ったおしまは、表街道を逃げていた母親の月読とつなぎをとり、カチカチ山で落ち合うことにしたのだった。

樫山郷の手前で美兎を殺して女人手形を奪うと、おしまは美兎に成りすまして庄屋に手形を見せ、何食わぬ顔で沼番小屋の祖父母を訪ねた。

しかし惚けた文蔵じいさんはともかく、しっかり者のおイネばあさんは、美しすぎる孫娘に疑いの目を向けた。もっと悪いことに、カチカチ山のふもとで落ち合う手筈《てはず》だった月読が、山越えの途中で崖から落ちて足の骨を折ってしまった。

そこでおしまは、邪魔なおイネばあさんを殺して黒沼の底に沈め、月読を沼番小屋に運び入れて、おイネばあさんとして養生《ようじよう》させることを思いついた。

江戸からきた孫娘と、奥の部屋で寝ている老婆を、「知らないお人だ」と言った文蔵じいさんは正しかったのだ。

世間を騒がせた残月党の頭目とその娘は、ニワトリのように籠に押し込められ、役人たちの手で担《かつ》がれていった。

大盗賊を捕まえたことが嬉《うれ》しくてたまらない村人たちは、大人も子供もお祭り気分で、役人のうしろをぞろぞろついて行く。

乙吉だけがその騒ぎから離れ、ひそかに奥ノ村へ向かった。

○

奥ノ村にはいつもの静けさがもどっていた。

筏に乗って黒沼を渡っても、もう昨晩のようにおイネばあさんが水の中から現れることはない。おしまが殺して沈めたという亡骸は、明日あらためて村人たちが沼の底をさらうことになっている。

乙吉はカチカチ山に入って髭面の男を探すつもりだった。どうしても会って確かめたいことがあったからだ。

山狩りが終わって安心したのか、森の中では鳥たちが木から木へ飛び移って鳴いている。頭巾をかぶる仕草をして手掛かりを聞き出そうとした乙吉は、ふと、鳥たちの声にまじる太鼓の音に気づいて両手をおろした。

ポンポコポン、ポン、ポン、ポン……。

昨夜も聞いたタヌキの腹鼓である。

音をたどって山頂のほうへ上ってゆくと、とりわけ立派な樫の巨木の前で、四匹のタヌキが待っていた。乙吉がきたと知るや、四匹は近くの草むらに飛び込んだ。

（あっ、あれは……）

タヌキたちが退いた巨木の根元に、ひとりの男が座っていた。

太い幹に背中をあずけ、力なく足を投げ出しているのは、いつぞや文蔵じいさんの背負い籠を奪おうとした髭面の男で間違いない。

髭面の男はうすく目を開けて乙吉を見たが、起き上がろうとはしなかった。それもそのはず、男の肩口は大きく切り裂かれ、地面に血だまりができていた。

グル、グルルル、グルグルグル……

男の喉の奥から獣のような音が聞こえる。

乙吉が頭巾をかぶる仕草をすると、たちまち頭の中に言葉が流れ込んできた。

『子供よ、頭巾持ちの家の子よ、沼番のじいさまは生きているか』

乙吉はうなずいた。

「無事です。昨夜のうちに山を下りて、今は中ノ村の庄屋屋敷にいます」

沼で溺れかけた文蔵じいさんだったが、ひと晩眠って目を覚ましたときには、すっかり元気になっていた。竿で叩かれた傷も軽いものだという。

「ただ、もう沼番小屋で一人暮らしはさせられません。そのまま庄屋屋敷で暮らすことになりそうです」

本来であれば庄屋を継いでいたはずの文蔵じいさんである。代わりに家督《かとく》を譲り受けた甥の安兵衛とその家族は、一族の長老としてじいさんを大切にするだろう。

『そうか、じいさまは元気か……』

安堵のため息を漏らす男に、乙吉は思い切って聞いてみた。

「あなたは人ではありませんね。何者なのですか」

『なんだ、まだおれの正体がわからんのか』

髭面の男は、うっすらと笑ったかのように見えた。

『タヌキだよ。村のやつらは勝手に〈八右衛門〉と呼んでいる』

「八右衛門ダヌキ……」

樫山郷で生まれた者なら、カチカチ山の八右衛門ダヌキが村人を化かして困らせたという言い伝えを聞いて育っている。二日前にも文蔵じいさんから聞いたばかりだ。

『もう久しく人とかかわることはなかった。カチカチ山の東側には立ち入らないと、村のやつらが約束してからは……』

髭面の男――八右衛門ダヌキは、苦しそうに身じろぎをした。肩口の傷から流れる血が止まる気配はない。おそらく死は目前に迫っているのだろう。

「人とかかわらないあなたが、なぜ、じいさまを助けてくれたのですか」

樫たぐり最後の日、文蔵じいさんの背負っていた籠が燃えたのは煙草の不始末などではない。あれはおしまが火をつけたのだ。

たとえ老いの病に侵されても、赤の他人が家族に成りすましていることを、文蔵じいさんは心のどこかでわかっていた。幾度となく「あれは知らんお人だ」と繰り返すことに危《あや》うさを感じたおしまが、事故に見せかけて始末しようとしたのである。

ようやく乙吉にも合点《がてん》がいった。髭面の男に化けた八右衛門は、じいさんを襲ったのではなく、火のついた籠を取り上げて助けたのだった。

「昨夜、おイネばあさまに化けて、おしまを黒沼に落としたのもあなたですね」

八右衛門の肩の傷は、おしまがおイネばあさんにつけた傷と同じだった。なぜ、そこまでして文蔵じいさんを守ろうと思ったのか――。

『恩返しだ』

遠い目をした八右衛門が、しばらく考えたあとに語りはじめた。

『おれは、あのじいさまに大きな借りがあった……』


三年前の初夏のことである。今と同じこの場所で、八右衛門は人間の仕掛けた罠《わな》にかかるという大失敗をやらかしてしまった。

いつもは用心深い八右衛門が、そのときだけは一刻も早く巣穴に餌を持ち帰ろうと焦《あせ》るあまり、通いなれていない西側の獣道をひと息に走り抜けてしまったのだ。しまった、と思ったときには、樫の木の枝から逆さにぶら下がっていた。

こうなったら後の祭りである。宙ぶらりんでは妖力も使えず、もがけばもがくほど、うしろ足に巻きついた縄が食い込んでゆく。

（ああ、なんとしたことか……！）

八右衛門は軽はずみを悔いて嘆いた。わが身の不運は仕方ないとして、巣穴で腹を空《す》かせている仔ダヌキたちが哀れだった。百年の齢《よわい》を重ねた八右衛門は、これが最後のつもりで若い雌《めす》に仔を産ませていたのだ。

四匹の仔ダヌキたちは生まれたばかり。簡単にあきらめるわけにはいかない。どうにかして罠から逃れようとあがいているうち東の空が明るくなった。

しばらくすると、麓から上がってくる人の足音が聞こえた。ついに命運も尽きたと思っていると、現れたのは猟師ではなく沼番の文蔵じいさんだった。

じいさんは樫の大木にぶら下がった大ダヌキを見て驚いていたが、やがて胸をそらせて呵々大笑《かかたいしょう》したという。

「なんと立派な獲物《えもの》じゃ。さては名に聞く古強者《ふるつわもの》だな。わしのような素人《しろうと》の罠にかかるとは油断したものだ」

八右衛門には返す言葉もない。ただ静かに相手を見ていた。

「覚悟を決めたようだが、わしもばあさんもタヌキ汁は食わん。毛皮を剝がれるだけでは、おまえも死に甲斐《がい》がなかろう」

そう言うと文蔵じいさんは、八右衛門を吊《つ》り上げている縄をほどき、足に食い込んでいた罠を取り去った。

「さあ行くがいい。いずれまたウサギの罠を仕掛けるつもりだが、それが嫌ならもうここへは来るな。おまえの縄張りはカチカチ山の東側だ」

命拾いをした八右衛門は、一目散にその場から逃げたのだった。

『おかげで最後の仔を巣立たせることができた。もう来るなとじいさまは言ったが、おれはそれから幾度となく山を越え、沼番小屋まで下りていった』

カチカチ山の東の森には、栃《とち》の木や山栗の木がたくさん生えている。珍しいキノコが採れる場所もある。八右衛門はそれらを集めて籠に入れ、人の姿になって沼番小屋へ届けにいった。

贈りものは戸の前に置いておく。それに気づいた文蔵じいさんが、おイネばあさんと不思議がったり喜んだりしている様子を、草むらに隠れて見るのである。

『けっこう楽しかったよ。じいさまに喜ばれると、次はもっと珍しいものを持っていってやろうと思ったりした』

そのうち文蔵じいさんに老いの兆《きざ》しが見えはじめた。世話をするおイネばあさんは手を焼いているようだったが、八右衛門は気にならなかった。たとえおぼつかないことが増えても、中身は文蔵じいさんのままだったからだ。

『まだ足腰は達者だし、じいさまは長生きすると思っていた。それがある日、怪《あや》しい女が樫山郷を目指していると、古馴染《ふるなじ》みのフクロウから知らせがあった』

「フクロウ……ですか？」

乙吉はまだフクロウの言葉を聞いたことがない。

『覚えておくがいい、頭巾持ちの子よ。夜に動きまわる鳥や獣は、人間の昼間とは違う一面をよく知っている』


稲荷山に住むフクロウも、残忍な人間の行いを目《ま》のあたりにしていた。

旅姿の女が、連れの女を殺して持ちものを奪い、何食わぬ顔で樫山郷へ向かったというのだ。

じつは八右衛門も同じ日に、自分の縄張りで見知らぬ老女を見かけていた。

カチカチ山の東側から尾根《おね》を越え、里のほうへ下りていったのだが、道に迷った他所者《よそもの》だろうと思ってすんなり通してやっていた。

ともあれフクロウの話が気になった八右衛門は、その足で沼番小屋へ行ってみた。文蔵じいさんは中で眠っていたが、おイネばあさんの姿がない。代わりに昼間見かけた老女が、傷だらけの姿で布団に横たわっていた。

『そこでおれは、黒沼の沖に筏が浮かんでいることに気がついた。筏に乗っていたのは初めて見る女で、ばあさまの亡骸を沼に沈めようとしていた』

稲荷社の裏山で人を殺した女が、おイネばあさんまで手にかけたと知った八右衛門は、沼番小屋の近くにとどまって文蔵じいさんを見守ることにした。

その後、床下に隠れて女と老女の密談を聞くうち、女たちの正体がおたずね者の盗賊であるとわかった。

ずるくて冷徹な盗賊たちは、惚けた文蔵じいさんを今すぐ始末するつもりはなさそうだったが、いつ気が変わるか知れたものではない。どうしたものかと思案しているところへ、頭巾持ちの子供が樫たぐりの手伝いにやってきた。

『庄屋の倅《せがれ》も一緒だったし、悪党どもを捕まえてくれるかと思ったら、孫娘のふりをした女にまんまと騙《だま》されてしまった。どちらも役に立たなかったな』

乙吉には返す言葉がなかった。八右衛門ダヌキとその子供たちが、文蔵じいさんを守り抜いたのだ。

時がうつり、丸い月が西の空へ傾こうとしていた。

『いよいよだ。おれの命もここで尽きる……』

目を閉じようとする八右衛門に、乙吉が気になっていたことを聞いてみた。

「なぜ、わたしが頭巾持ちの家の子だとわかったのですか」

いったん閉じた目が、面倒臭《めんどうくさ》そうに薄く開く。

『頭巾をかぶるまねをしただろう。あれと同じ仕草をする男を知っている』

「お父つぁんのことでしょうか」

わずかに首が横に振られた。

『もっと、ずっと昔のことだ。カチカチ山の東側を縄張りとして差し出す代わり、もう村人を困らせるなと掛け合いにきた男がいた。たぶん、おまえのひい祖父さんか、ひいひい祖父さんだ。生粋《きっすい》の村人ではない。江戸からきたと言っていた……』

「江戸から――」

乙吉には初耳だった。頭巾持ちの家系はよそから流れついたものだったのだ。

『さあ、もう、邪魔をするな……』

再び閉じた八右衛門の目は、二度と開くことはなかった。

やがて、静かに見下ろす乙吉の前で、髭面の男の身体が白いもやとなって森の中に散ってゆき、あとには銀色の大ダヌキの亡骸が残された。

乙吉は拾ってきた棒を使い、樫の木の傍らを掘りはじめた。

明け方近くまでかけて硬い地面に穴を掘ると、八右衛門の亡骸を入れて土をかぶせ、丸い石を抱えてきて据えた。

心を込めて作った墓に手を合わせる乙吉のうしろで、グルグル、グルグル、鳴き騒ぐ若いタヌキたちの声がした。

『おやじさまが祀《まつ》られた』

『人間の手で供養《くよう》された』

『おやじさまは神になった！』

『カチカチ山の神になった！』

樫の巨木の向こう側から、金色の朝日が昇ろうとしていた。
○

十月の吉日、あの菊之助が祝言をあげた。

もちろんお相手は篠原郷の庄屋の娘である。辛抱強く待ち続けた許嫁は、黒紋付に緞子《どんす》の帯をしめ、馬の背に揺られて樫山郷にやってきた。

当日は多くの客人が庄屋屋敷を訪れ、夜中まで宴が続けられた。

頭巾持ちの乙吉が招きにあずかることはなかったが、翌朝には庄屋屋敷の使い役が、赤飯と粟の餅の折詰を届けてくれた。

使い役の話によると、文蔵じいさんが祝言曲の高砂《たかさご》をみごとに謡《うた》いあげて、婚礼の宴は大いに盛り上がったという。

「おめでとうございます。若旦那が末永くお幸せでありますように」

菊之助の門出《かどで》を祝う乙吉の頭の上で、柿の木にとまったアカゲラが新しい戯れ唄を披露した。

〽あー、めでたいな、めでたいな。篠原郷の庄屋の娘、働き者で気立てよし。

〽あー、めでたいな、めでたいな。樫山郷の庄屋の息子、三国一の果報者。

紅蓮白峯《ぐれんしらみね》

西條奈加

蕭々《しょうしょう》と落ちていた雨は、少し前にあがった。

空はまだらに晴れていたが、大気はいまだ雨を含む。

雲間から覗《のぞ》いた丸い月は、朦朧《もうろう》と霞《かす》んでいた。

「何とも、風情《ふぜい》のある宵《よい》だな……」

朧《おぼろ》な月を見上げて、独《ひと》り言《ご》ちたつもりが、こたえる声があった。

「まことに、趣《おもむき》のある宵でございますな」

ふと横を向くと、大きな白い兎《うさぎ》が、やはり月を見上げていた。

「ほう、これはめずらしい。おまえは兎の妖《あやか》しかい？」

後脚で立った姿は、五つくらいの子供ほどもあろう。大きさもさることながら、明らかに並みの兎ではなかった。表情があるのである。

人のように白目の勝《まさ》った大きな目をもち、瞳は赤い。鼻だけはちんまりしているものの、口は狐《きつね》のように大きく裂けていた。あまりに人くさく、兎とは似て非なるものだ。

「おまえとよく似た姿を、見たことがある……『鳥獣戯画《ちょうじゅうぎが》』だ。あの絵に描かれた兎に似ているが、顔は戯画よりももっと豊かだ」

そう告げると、兎は嬉《うれ》しそうに、にんまりと口を横に広げた。

「あの絵は我らを写しとったもの。似るのも道理でございますよ。当時は我らの姿を目に留める者も多くおりました故《ゆえ》――大方は僧や聖《ひじり》でありましたが――あの者らが我らの姿を描き、後の世に遺《のこ》したのです」

「あの絵が描かれて、すでに五百年は経《た》とう。そのころから在《あ》るとは、たいそうな大妖《だいよう》であるのだな」

　素直な褒《ほ》め言葉に、兎は両耳を誇らしげに立て、まんざらでもなさそうに目を細めた。

「古《いにしえ》の戯画の兎に出会えるとは、心がはずむ。他に仲間はいないのか？」

　ぴん、と立ち上がった耳の先が、力なく折れた。人を騙《だま》すという狐狸《こり》を彷彿《ほうふつ》させる小生意気《こなまいき》な顔が、そのときだけはしょんぼりと陰った。

「もう、誰も……犬も猿も、獅子《しし》も麒麟《きりん》も、何百年も前に絶えてしまいました。最後に残った数匹の蛙《かえる》さえ、ひとり減りふたり減り……とうとう私だけが遺《のこ》されました」

「そうか……」

「この国のどこかに、遺された仲間が彷徨《さまよ》うているのではないかと、この百年ほど旅をしておりますが……誰も……」

すん、と兎が鼻を鳴らした。

「それは寂しいな」と、膝《ひざ》をつく。しゃがむとちょうど、顔が同じ高さになる。潤《うる》んだようにも見える赤い目に向かって、たずねた。

「おまえの名は?」

「遊戯《ゆうぎ》、と申します」

「遊戯か……おまえに似合いの、良い名だな」

折れていた両耳の先が、ふたたびぴんと立った。墨で落書きしたような、見ようによっては小狡《こずる》そうな顔なのだが、妙に愛嬌《あいきょう》がある。自《おの》ずとその誘《さそ》いが、口からこぼれた。

「なあ、遊戯。旅をしているのなら、しばし私の庵《いおり》で草鞋《わらじ》を脱いでいかぬか?」

「……よろしいのですか?」

「もちろんだ。私は滅多《めった》に庵を出ず、世捨て人に近い暮らしぶりでね。昔の仲間や、旅の話など語ってもらえるなら、たいそう慰《なぐさ》めになる」

と、思い出したようにつけ加えた。

「いまはひとり、居候《いそうろう》がいるのだが……私とは幼なじみの気のいい男だ。障《さわ》りはなかろう」

「それではお言葉に甘えて、ご厄介《やっかい》になりまする」

ぺこりと、兎は律儀《りちぎ》に頭を下げた。思わず微笑《ほほえ》んで、名を告げた。

「申し遅れたな。私は、雨月《うげつ》だ」

「雨月とは、今宵に相応《ふさわ》しいお名ですね」

本来は雨夜の月をさすが、たしかに今日のように夜気が雨を吸い、朧にかかる月はことさらに趣深い。ただ、雨月は秋の季語だから、時節は外れている。自身は句をたしなむ俳人で、この名も号だと遊戯に語った。

「いまは晩春、弥生《やよい》半ば――しかし、申し分のない豊かな宵だ」

ほぼ満月に近い月は、銀砂《ぎんしゃ》を上から降らせたように、輪郭《りんかく》をにじませながら空にまどろんでいる。

ひとりと一匹は、しばし並んで月を愛《め》でていたが、ふいに遊戯の耳が鋭くとがった。

「お気をつけなされませ。かような晩を好むのは、粋人《すいじん》だけとは限りませぬ……悪《あく》霊《れい》にとっても、まことに相応しき湿り具合……」

「うん、どうやらそのようだね……私にもわかるよ。あれは、良くないものだね」

この地には、加島明神《かしまみょうじん》が祀《まつ》られ、鎮守《ちんじゅ》の杜《もり》に守られている。腐臭《ふしゅう》を思わせる強烈な気配は、その外れからただよってくる。

「たぶん、万華寺《まんげじ》の方角だ。寺の裏手に墓地があってね、おそらく、そこからだろう」

未《いま》だ成仏できぬ霊が、彷徨い出《い》でてきたものか。見過ごしにもできず、惹《ひ》かれるように歩を進めた。両の耳を尖《とが》らせたまま、遊戯も後に続く。

「いまさらですが、怖くはありませぬか？」

「生きる者の業《ごう》にくらべれば、死者なぞ可愛《かわい》いものさ」

「なるほど。うがっておりまするな」

「ただ、これほどの怨念《おんねん》は、ただ事ではない」

「強い怨念は、現世《うつしよ》にすら災《わざわ》いを招くと、言われておりますからな」

ひと足ごとに、邪気《じゃき》が強まってくる。林を歩きながら、遊戯が顔をしかめた。この妖し兎は跳ねることとすらせず、人のように後ろ足で立って歩く。

「これはひどい……鼻が曲がりそうだ」

墓地に辿《たど》り着くと、遊戯は両の前足で鼻をおおい、耳を後ろに向けた。兎の妖したる遊戯には、邪気が音やにおいとして感じられるようだ。

悪気に気圧《けお》されるように、いつのまにか月も雲間に隠れてしまった。真っ暗な闇の中で、さらに深い闇が、黒い虫を万匹も集めたように、うぞろうぞろと蠢《うごめ》いている。その中に、ぼんやりとした白い影が浮かんだ。

『冷たい……寒い……痛い……痛い……』

痩《や》せて背の高い、老人の姿だった。着物の色模様すらはっきりせぬが、辛《かろ》うじて商人の風体《ふうてい》だとわかる。異様なのはその老人が、まるで海から上がってきたばかりのように、全身濡《ぬ》れ鼠《ねずみ》であることだ。白い髷《まげ》は無残にひしゃげ、ほつれた髪が頬《ほお》や首に、木の根のようなまだらの筋を描いていた。濡れた着物はぺたりと張りつき、骨ばったからだを浮き上がらせる。背を丸め、両腕をかき抱くようにして、老人の霊は寒さに震えているのである。

「どうやら、土左衛門《どざえもん》になって死んだ輩《やから》のようですね」

「鉄砲水に流されたか、あるいは川か堀に嵌《は》まったか」

ひそひそ声で話していたつもりが、白い老人が、ぐるうりとこちらを向いた。遊戯がびくりとし、雨月もごくりと唾《つば》を呑《の》む。

瞳の抜けた老人の目が、そこだけ血を流しているように真っ赤だったからだ。

と、老人の首が、あらぬ方向に曲がった。ごぎりと、骨の折れる音がきこえそうだ。きゃっ、と遊戯が悲鳴をあげた。次いで腕が、そして足が、ついには背骨までもが、ごぎごぎと折れていき、裂けた皮膚と赤い両の目から血があふれ出す。

　血にまみれてのたうちまわるさまは、まるで業火《ごうか》に焼かれてでもいるように、凄《せい》惨《さん》を極めた。

『痛い……冷たい……苦しい……誰か……助けてくれ……そこにおるのだろう？』

　誰か、と言われてぎくりとしたが、そのとき老人の霊の背後に、何か別のものが見えた。老人よりもさらに輪郭がはっきりしないが、若い女のようにも見える。この老人のつれ合いか、あるいは母か娘かもしれない。その弱々しい影は、ひどく悲しそうにも見える。

　助けてあげられぬことが、悲しいのだろうか――。そうもとれたが、苦しむ老人を前に立ち尽くす姿は、何故《なぜ》だか雨月の背筋を凍《こお》らせた。

『このような摩訶鉢特摩《まかはどま》に堕《おと》されるとは……うらめしくてならぬ……』

「摩訶鉢特摩とは……たしか八寒《はちかん》地獄のひとつでしたね？」と、遊戯が雨月を仰《あお》ぐ。

　酷寒《こつかん》を誇る八寒地獄の中でも、もっとも熾烈《しれつ》を極めるのが摩訶鉢特摩だ。あまりの寒さに骨すら折れ、破れた皮膚から血が流れ、その姿が紅《あか》い蓮《はす》の花に似るために、紅蓮《ぐれん》地獄とも称される。紅蓮から炎を連想し、火炙《ひあぶ》りの刑と思いがちだが、実は真逆の酷寒地獄なのである。凍《こご》え死ぬ者は、あついあついと言いながら死んでゆくときく。もしかすると、そのさまを写した地獄なのかもしれない。

『よもや身内に殺《あや》められようとは……ために無限の責め苦を負わされた……許せぬ……許せぬ……』

紅い燐《りん》と化した死霊から、呪詛《じゅそ》がとうとうと吐き出される。

『呪《のろ》うてやる……祟《たた》ってやる……白峯屋《しらみねや》の――を……』

凄《すさ》まじい怨念が、烈風《れっぷう》となって吹きつけた。目を開けていることさえ辛《つら》いのに、自らが流す紅蓮に包まれた壮絶な姿から、目を逸《そ》らすことすらできない。その禍々《まがまが》しい紅《あか》に呑み込まれそうな錯覚を覚えたとき、声がきこえた。

「雨月！　雨月！　どこにいる！」

はっと我に返り、夢から覚めたように、思わず遊戯と顔を見合わせる。ここだ、とこたえると、ほどなく草を踏み分ける大きな足音とともに、林から人影が出てきた。

「なんだ、雨月。こんなところにいたのか、探したぞ」

「秋成《しゅうせい》……」

そのとたん、濃い闇も恐ろしい死霊も、たちまちのうちにかき消えた。

邪気が去っても、その気配を恐れるように、月は雲の合間からようすを窺《うかが》っていた。

「この墓は、白峯屋のものだ。ひと月半ほど前になるか、正月の末に先代の主人が亡くなられてな。万華寺で葬儀が行われ、おれも参列した」

手にした提灯《ちょうちん》をさしかけ、墓石を検《あらた》める。そういえば、そんな話をしていたなと、雨月は思い出した。

「秋成が、あの亡霊と繋《つな》がりがあったとは」

「別に亡者《もうじゃ》に見知りがいるわけではないわ。いまの主人が、同じ堂島《どうじま》に育った悪童仲間でな。十二、三のころ、よくつるんでは悪さをしていた。つき合いの長さは、おまえにはおよばんがな」

友の名は、上田《うえだ》秋成という。秋成もやはり号であるが、世間には「あきなり」で通っている。雨月だけは昔から、音のやさしさを好んで「しゅうせい」と呼んでいた。ふたりはごく幼いころからの馴染《なじ》みで、誰よりも気心の知れた相手であった。

「白峯屋の先祖が、となり村の出自だそうでな。店《たな》は堂島にあるのだが、いまも神崎川《かんざきがわ》のほとりに寮がある。先代はそこで亡くなったそうだ」

「病《やまい》だったのか？」

「いや、寮の裏手の川に嵌まったそうだ……夜半に落ちたようでな、酔って川風にあたっていたときに、足をすべらせたのではないかと、寮にいた奉公人は話していたそうだ」

　神崎川は淀川《よどがわ》の支流にあたり、枝とはいえ川幅は一町半にもおよぶ。加島村の辺りで猪名川《いながわ》と合流し、さらに川幅は広がるのだが、仏はその手前の船着場の棒杭《ぼうくい》に引っかかっていたという。

「おれは幽霊のたぐいは信じぬが……おまえの見たものが、ずぶ濡れだったというなら、先代の朔兵衛《さくべえ》殿かもしれん」

「あの亡者《もうじゃ》は、たしかに身内に殺されたと訴えていた。だとすると、あやまって落ちたのではなく……」

「白峯屋の誰かに、突き落とされたということか？」

「あの怨《うら》みようは、尋常ではなかった」

　雨月の言葉に、秋成が嫌そうに顔をしかめる。霊だの呪いだの、およそ信じぬ男だが、何か心当たりがある――そんな表情がよぎった。

「ちょうど四十九日の法要が、二日後に万華寺でとり行われる。その後にでも宗吉《そうきち》と――白峯屋の当代と、話ができるだろう」

どちらかと言えば、せっかちな男だ。語りながら大股《おおまた》で墓から離れ、その折に、ぎゃっ！ と叫び声があがった。ふいに向きを変えた秋成が、足許《あしもと》にいた遊戯をしたたかに蹴り上げたのだ。ころりと地面にころがった遊戯を、雨月が慌《あわ》てて助け起こす。その姿を、秋成は怪訝《けげん》な顔で見下ろしている。

「雨月、おまえ……ひとりで何をしている？」

「このがさつめが！ 人を蹴とばしておきながら、あやまりもせぬとは！」

「ごめんよ、遊戯。秋成には、おまえたちの姿は見えないんだ」

雨月は懸命になだめたが、白い兎の妖しは、腹いせに秋成のすねをぽかぽかと蹴り上げる。むろん当人は何も気づかず、業《ごう》を煮やした遊戯は、ぴょん、とひと跳ねし、正面から秋成の顔面にしがみついた。髪を引っ張り、頬を殴りとやりたい放題だが、やはりいっこうに効き目がない。

「無駄だよ、遊戯。秋成は幽玄《ゆうげん》の者たちとの相《しょう》が、とても悪いんだ」

「たとえ無粋者《ぶすいもの》とて、こうまでされれば、かゆいだの息苦しいだの感じるものだというのに……鈍《どん》にもほどがありましょう」

「秋成の鈍感は、筋金《すじがね》入りだよ。間《ま》が悪いし雨男だし、虫の知らせとも胸騒ぎとも無縁でね」

「おい、雨月！　さっきからおまえの独り言は、おれの悪口にしかきこえんぞ！」

「嫌だな、秋成。遊戯と話をしているだけだよ」

「化け物だか死霊だか知らんが、ほどほどにしておけよ」

「私を死霊と一緒にするとは！　何たる無礼！」

遊戯が、くわっと口をあけ、目の前にある額《ひたい》に噛《か》みついた。やはり当の秋成は動じぬままだが、さすがに見かねて、雨月は白兎のからだを友の顔から引き剝《は》がした。

「こらこら遊戯、その辺にしておあげ。これからしばらく、同じ屋根の下で暮らすのだから、いちいち目くじらを立てていては身がもたないよ」

「雨月さま、もしや……居候というのは……」

「この男だよ。年明け早々、火事に見舞われてね。いまはうちの食客《しょっかく》なんだ」

秋成もまた、堂島に嶋屋《しまや》という店をもつ商人であったが、今年の正月初め、堂島で大きな火事があった。堂島は米相場で有名な町で、名のとおり東西にゆるく孤《こ》を描く細長い島だった。その東半分が大きな被害を受け、嶋屋の一切も灰燼《かいじん》に帰した。

ひとまず母と妻を、妻の実家に預け、故あって秋成だけは加島村の常盤木家《ときわぎけ》――雨月の家に厄介になっていた。

経緯《いきさつ》をきいても、遊戯は同情する気はないようだ。耳をだらりと下げて、じっとりと秋成を見遣《みや》る。

「せっかくのお誘いなれど、私、かようながさつ者とは、とても一緒に暮らせませぬ。ところかまわず蹴とばされるのが落ちですから」

「その心配は、なきにしもあらずだが……それでも、頼むよ遊戯」

雨月は抱いていた兎を下ろし、その耳に口を寄せた。

「おまえのような者を、長く待ち望んでいたんだ。妖力が強く、しかも頭が良い。妖しは数多《あまた》あれど、そのような輩はごく限られている」

「まあ、仰《おつしや》ることはごもっとも……力の強い者は、概《おおむ》ねものを考えぬ乱暴者ですから」

兎は得意そうに、ちんまりした鼻をうごめかす。と、遊戯はふと気づいた顔になった。

「もしや雨月さまは、何事か成し遂《と》げたいことがおありなのですか？」

「さすが遊戯だ、勘がいいね。私には、どうしても成し得たい本願がある。それを手伝ってほしいのだ」

　雨月の真剣な目を、じっと受けとめて、遊戯はうなずいた。

「承知いたしました。あなたさまほどのお方もまた、人には稀《まれ》な者。お役に立てれば、本望《ほんもう》にございます」

「ありがとう、遊戯！　恩に着るよ」

「とはいえ、毎度蹴り上げられては、私の尻がもちませぬ。仕方ない、しばしお待ちを」

　そう言い置いて、遊戯はいったん藪《やぶ》の中に消えた。

「晩春とはいえ、いつまでも墓場にしゃがみ込んでいては尻が冷えるぞ。おまえの母も心配しておるし、そろそろ帰るぞ」

　促す秋成を引きとめて、しばし待った。やがてカサカサと草を震わせる小さな音が響き、ぴょん、とその姿が、藪からとび出てきた。

　黒っぽい濃茶の毛皮の兎で、まだ子供のようだ。

「これでいかがでしょう、雨月さま」

「たいしたものだよ、遊戯。生きた兎に憑《つ》いたのかい？」

　この辺りの藪に住まう、子兎のからだを借りたようだ。まだ子供故、中身が育っておらず憑きやすく、またからだが小さい分、操るのにさほどの妖力も必要ない。

小さな声で遊戯は説《と》いたが、後ろからいきなり耳を摑《つか》まれて、ぎゃっと叫んだ。

「ほう、兎か。これは旨《うま》そうだ。さっそく兎鍋に……」

「このがさつめが！　さっさと耳を離さんか！」

耳を摑まれたまま、秋成の顔の前で、子兎がじたばたする。それまでと違い、その声は耳にはっきりと届く。秋成がにわかに、目をぱちぱちさせた。

「……気のせいか？　いまこいつが何か申したような……」

「こいつではない、私は遊戯だ！　いい加減離さぬか、大馬鹿者が！」

「ぎゃーっ！　兎がしゃべった！」

叫びざま、手から放り出された子兎は、くるりと一回転して地面に着地する。慌てふためく秋成を仰ぎ、満足そうに黒い鼻をうごめかした。


「これは夢か幻《まぼろし》か……兎がしゃべるなんて、兎がしゃべるなんて」

香具波志庵《かぐはしあん》に着いてからも、青い顔でぶつぶつと呟《つぶや》き続ける。

加島神社は別名、香具波志神社という。名をそのままいただいて、雨月は己《おのれ》の暮らす常盤木家の離れを、香具波志庵と呼んでいた。常盤木家はこの加島村で、代々庄屋《しょうや》を務める裕福な家だった。

「秋成も往生際《おうじょうぎわ》の悪い。認めた方が楽になるよ」

「いやいやいや、雨月、認めてはいかんだろう。言葉を話し、酒を呑み、鮑《あわび》を食らう兎など、この世にいるはずがない！」

「これ、がさつ。言うておくが我ら兎はな、人よりずっと舌が肥《こ》えておるのだぞ」

「気味が悪い上に、腹が立つ！　どうして雨月がさまで、おれが畜生《ちくしょう》より下なんだ」

「霊力の差に決まっておろうが。一滴たりとも霊力のないおまえなぞ、虫にも劣るわ。どうして雨月さまほどのお方が、かようながさつとお見知りなのですか」

「父親同士が、古い馴染みでね。物心がつくより前に、秋成と引き合わされた」

ちょうど十年前に亡くなった秋成の父は、加島神社を深く信仰していた。その縁で、加島村の庄屋である雨月の父と、親交を結んだのである。雨月の父もまた、二年前に他界したが、常盤木家を継いだのは、養子に入った雨月の従兄《いとこ》である。

雨月はもともと、からだが丈夫ではなく、また家長にも向かない性分《しょうぶん》だ。雨月の母が、ことに長男のからだを気遣って、早々に養子をとった。いまはその義兄が家を継ぎ、雨月はこの離れで、俳句や書や和歌を相手に暮らしていた。

「こう見えて、秋成もやはり俳人《はいじん》でね。俳号はまた別で、無腸《むちょう》というのだ。無腸とは蟹《かに》のことで、私なぞより、よほど名が売れているのだよ」

「このがさつが、風流を詠《よ》むとは。とても信じられませぬ」

じろりと兎をにらみつけ、もくもくと箸《はし》を動かす。秋成は酒だけは一滴も呑めず、かわりに甘いものが好きだった。

「俳句だけでなく、歌や茶道《さどう》もたしなむし、国学にも詳しいんだよ。国学はわかるかい？」

「『古事記』『万葉集』『源氏物語』……この国の古い書物をひもといて、床《ゆか》しい心を詳《つまび》らかにせんとする学問ですな」

「遊戯はすごいね。本当に賢いんだね」にこにこと、兎の頭をなでる。

膳《ぜん》を挟んで向き合う秋成は、けっ、とわざとらしく吐き捨てた。

「兎に古典がわかるものか。書物の名だけをききかじり、うそぶくだけなら子供だってできる」

「この阿呆《あほう》が。私をいくつだと思うておる。私にくらべれば、おまえなぞひよっこ以下だ」

「たしかに、人としてはいい歳なんだが、何百年も経た遊戯にしてみれば、ひよっこかもしれないね」

「ちなみに、雨月さまのお歳は？」

「三十八だよ。秋成も同じでね」

ひえっ、と酒をすすっていた遊戯が、しゃっくりみたいな声を出す。

「どう見ても雨月さまの方が、十は若く見えまする」

「言っておくが、おれは歳相応だぞ。雨月の方がおかしいんだ。二十代の終わりから、まるで時が止まったかのように、ちっとも変わらぬわ」

「やはりもともとの見目《みめ》の良さもありますが、品の良さといいたおやかさといい、雨月さまは抜きん出ておりますな。それにくらべておまえときたら、がさつの上に辛気《しんき》くさい。かような鈍《なまく》らのひねくれ者が、いったいどんな俳句をひねると……」

酒が入ったためか、遊戯の口はいっそう容赦《ようしゃ》がない。あまりの雑言《ぞうごん》に、秋成の堪忍袋の緒が切れた。

「この化け物兎が！　やはり鍋にして食ろうてやる！」

膳を蹴倒さんばかりの勢いで摑みかかったが、子兎はひらりと逃げる。どたばたと子供じみた追いかけっこがしばし続いたが、それを制したのはやさしい声だった。

「まああ、にぎやかだこと。やっぱり仙次郎《せんじろう》さんがいると、正太郎《しょうたろう》も楽しそうね」

「母さん……ああ、おたねもすまないね」

仙次郎は秋成の名で、雨月は正太郎という。

襖《ふすま》をあけて入ってきたのは、雨月の母の八百《やお》と、女中のおたねであった。

八百はすでに還暦《かんれき》を超えていて、髪こそ白髪《しらが》が多かったが、生まれもった品の良さがあり、どこかはかなげな美しさを未だに留《とど》めている。雨月はこの母に、よく似ていた。

「おばさん、いいところへ。この兎がですね……」

「あら、まあ、可愛らしいこと」

八百は子兎の姿に、はずんだ声をあげたが、おたねは汁椀を膳に載せながら露骨《ろこつ》に顔をしかめる。

「座敷に獣《けもの》を入れるのは、感心しませんね。あちこちに糞《ふん》をばらまかれては、かないませんよ」

五十半ばのおたねは、四十年も常盤木家に奉公している古株の女中だ。からだつきは、ぽっちゃりというよりたくましく、子供のころから知っている気安さもあって、坊ちゃまの客たる秋成にも遠慮がない。

八百が両手を伸ばすと、さっきまでの暴れようが嘘のように、子兎は大人しく膝に載った。

「こんなに可愛らしいのに、邪険《じゃけん》にしてはかわいそうですよ……まあ、ふわふわで気持ちのいいこと」

「おばさん、無闇《むやみ》にそいつに触れると祟られますよ。そいつは兎なぞではなく物《もの》の怪《け》ですから。おまけに奇怪《きっかい》なことに、人の言葉を話すのです」

「物の怪ですって？」

「兎が、しゃべるというんですか？」

八百とおたねがびっくりして、目を丸くする。次いでころころと笑い出した。

「冗談ではありません。ほれ、兎、さっきのように生意気な口を叩いてみろ」

秋成がどんなに発破をかけても、兎はまるで借りてきた猫のように、八百の膝の上でだんまりを続けている。おかしそうに、雨月が助け船を出した。

「秋成はさっき、猪口《ちょこ》の酒を舐《な》めただけで、酔ってしまったみたいで」

「おれは酔ってなどいないぞ！　やい、兎、何とか言ってみろ！　阿呆《あほう》のとんちんかん、すっとこどっこいのひょうろくだま！」

秋成は子兎に向かって悪態をくり返したが、女たちの笑いを誘うばかりで、遊戯はとうとう一言も発しなかった。

腹立ちまぎれに饅頭《まんじゆう》や葛餅《くずもち》をひたすら詰め込み、あとはふて寝を決め込んだ。

翌朝、目覚めると、枕元にいた兎ははっきりと言葉を発した。

「誰が、とんちんかんのひょうろくだまだ」

秋成が言うところの悪夢は、それから先も当分のあいだ覚めなかった。

その翌日、秋成はひとりで万華寺に出かけた。白峯屋の先代の法事に出席し、昼過ぎにいったん香具波志庵に戻ってきて、着替えを済ませふたたび出かけた。

行先はとなり村にある白峯屋の寮であり、当代の宗吉に約束をとりつけたようだ。今度は雨月と遊戯も一緒だったが、法事から帰ってからずっと、秋成はひどく疲れた顔をしている。

「大丈夫か、秋成。法事で、何かあったのか？」

「ああ、気にするな。久しぶりに堂島の者たちに会《お》うて、少々気疲れしただけだ。知った顔ぶれも多かったからな……いまさらだが、やはりおれには商人は向かぬようだ」

無理に作った笑顔が、かえって痛々しい。秋成の心情がわかるだけに、雨月は笑顔を返せなかった。

「まだ、気にしているのか？　火事のことは、おまえには非はないよ」

「だが、火事の憂《う》き目に遭《あ》っても、もち直した店はいくらもある……その中に嶋屋が入らなかったのは、おれのせいだ」

もともと商《あきな》いが捗々《はかばか》しくなかったところに、火事ですべてを失い、紙油問屋であった嶋屋の暖簾《のれん》は潰《つい》えた。

自分には、商いの才がない――。

秋成にはもとよりわかっていた。だからこそ、いつまでも胸を苛《さいな》み続ける。

「おれはともかく、亡くなった親父《おやじ》に済まなくてな……嶋屋を継がせるために、おれをもらい受けて、育ててくれたというのに……」

秋成のため息が鼻先まで届いたように、雨月に抱えられた遊戯が不平をこぼす。

「まったく辛気くさい男だな。せっかくの春の日がだいなしになろう」

「悪かったな！」

すかさず返しながらも、おかげで気鬱《きうつ》もとんだようだ。

桜もとうに散って、風はすでに春の終わりを告げ、夏の気配を忍ばせている。まだ日は高く、遠出にはもってこいの日和《ひより》であった。

雨月は話題を変えて、白峯屋について秋成にたずねた。

「白峯屋は、紙問屋でな。白峯の屋号も、紙の白さからくる。もとは扇《おうぎ》の地紙《じがみ》だけを扱《あつこ》うていたが、先々代、宗吉のじいさまのころからさまざまな紙を商うようになり、構えも大きくなったときく。宗吉はじいさま譲りで、商いの才には恵まれていたが……」と、秋成が言いよどむ。「何というか……身内とは、揉《も》めていたかもしれん」

白兎の姿にくらべ、半分ほどに短くなった耳を、遊戯がぴんと立てた。

「身内に殺されたと、あの亡者は言っていた。心当たりがあるのか？」

「あいつが、宗吉が、人殺しなぞするはずがない！　ましてや父親を殺めるなぞ……」

「宗吉とは、おまえの昔なじみだったな……つまり、秋成。宗吉と先代のあいだにはしこりがあったと……そういうことかい？」

こたえの代わりに、秋成は唇を噛んだ。雨月はそれ以上、深追いはせず、やがて白峯屋の寮に辿り着いた。常盤木家の本宅に勝《まさ》るとも劣らない大きな構えだが、玄関先で、今度は雨月が顔をしかめる。察したように、遊戯が呟いた。

「これはまた、何とも禍々しき気配でございますな……においがひどうて、鼻がもげそうです」

「やはり亡者の怨念が、白峯屋にとりついているというのか？」

「亡者には、それほどの力はないよ。ただ冥府《めいふ》から、恨み言を唱《とな》えるだけだ」

雨月はそう応じたが、口許《くちもと》を押さえて低く呻《うめ》いた。

「駄目だ、気持ち悪い……この屋の内までは、とても入っていけそうにない」

「おい、しっかりしろ、雨月。中で休ませてもらってはどうだ？」

「馬鹿者が。この屋の邪気に当てられているというのに、中で安穏《あんのん》とできるはずがなかろうが。雨月さまはおまえと違《ちご》うてひときわ敏《さと》い故、悪気《あっき》が障りとなるのだ」

「しかし、どうしたら……いったんここを離れるべきか……」

兎に罵倒《ばとう》されたことすら気づかず、秋成がおろおろする。

「すまないが、秋成、ひとりで行ってくれ」

「宗吉と会って、話をきくだけだからな、それは構わんが」

「頼むよ……私はその辺で待っているから。遊戯、私のかわりに、秋成を頼めるかい？」

「雨月さまの仰《おお》せとあらば、やぶさかではございませんが」

「この兎を連れて、白峯屋を訪《おとな》えというのか！　冗談ではないわ」

「私とて、本当ならがさつの供なぞご免こうむるわ」

ぷい、と遊戯はそっぽを向いたが、雨月は手の中の兎を、大事そうに友に預けた。

「秋成、おまえに見えぬものも、遊戯はきっと嗅《か》ぎ分けてくれる。護符《ごふ》だと思って、連れていってくれ」

青い顔で訴えられて、それ以上、固辞できなかったのだろう。仏頂面《ぶっちょうづら》のまま、仕方ないなと呟く。雨月が川の方角へ向かうのを見送って、手の中の兎を見下ろした。

黒い鼻先は、秋成の右手の中指の先を、くんくんと嗅いでいる。

「欠けた指が、そんなにめずらしいか？」

右手の中指と、左手の人差し指には、爪《つめ》がない。爪一枚分、短くなっているのだった。

「五歳のときに、疱瘡《ほうそう》にかかってな。幸い命はとりとめたが、崩れた指の先は戻らなかった……若いころは、あばたの跡もひどくてな。雨月のような男前に生まれていればと、やっかんだりもしていた」

「別に、何もきいておらんわ」

むっつりとした返事に、つい苦笑がもれた。

「ひとつ言うておくが、おまえの爪のない指からは、良いにおいがする。私はそれを嗅いでいただけだ」

「良いにおい、だと？　それはどんな、何のにおいだ？」

「何かと言われても、おまえには説きようがないわ。人の言葉とは、いたって貧しいものだからな。我らが感じる事々の、それこそ爪先《つまさき》ほどしか語れぬわ」

ふっと秋成が、遠い目をした。寮の屋根の向こうに広がる、暮れた空を仰ぎながら、その目はもっと遠くに注《そそ》がれている。

「おれが疱瘡で苦しんでいたとき、親父が加島明神に祈願してな。六十八歳まで永らえさせるとの、夢告げを得たそうだ」

おかげで大事な跡取りの命が助かったと、父親はたいそう感謝して、十年前に身《み》罷《まか》るまで、加島神社を熱心に崇《あが》めていた。

「欠けた指をからかわれて泣いていた折に、親父が言ってくれた……指二本で命が助かったのだから、これは加島明神の恩恵そのものだ。誰に何を言われようと、恥じることなぞない、とな」

ほう、と遊戯は、首をまわし秋成を見上げた。

「おまえの嗅いだものとは、もしかすると神仏の加護か……あるいは、親の情かもしれんな」

こちらを見詰める黒い目に言って、秋成は子兎をそっと懐《ふところ》に入れた。


「先ほどの法要では、世話になったな、仙次郎。さ、遠慮せず、あがってくれ」

白峯屋の主人は喜んで迎えてくれたが、逆に秋成は、宗吉の変わりように法事のときから気づいていた。たったひと月半余のあいだに、げっそりとやつれている。

主人だけではない。法事を仕切っていた奉公人たちも、軒並《のきな》み冴《さ》えない顔つきで、他の参列者たちは、いくら仏事とはいえあまりに暗いとささやき合っていた。

「お実《さね》さんも、加減がよくなさそうだな。客とはいえ、おれに気遣いは無用だから、奥で休んできてはどうだ」

「歳のせいですかねえ。仙次郎さまに労《いたわ》られるようでは、いよいよ危のうございますね」

軽口を返したが、座敷に案内してくれた女中頭のお実も、豊かな腰回りが削《そ》げていた。お実は、ちょうど常盤木家のおたねと同じくらいの歳頃で、宗吉が生まれる前から白峯屋に奉公しており、秋成もよく見知っていた。

　長々しい挨拶《あいさつ》や、実《じつ》のない会話は苦手なたちだ。客間に向かい合うと、秋成はせっかちにわけをたずねた。

「実は……親父が亡くなってからというもの、頻々《ひんぴん》と妙なことばかり続いてな」

「妙なこと、というと？」

「この半月ばかりのあいだにも、納戸《なんど》にしまってあった家宝の皿が、いつのまにか割れていたり、飼っていた猫が死んだり、昨日はとうとう小火《ぼや》騒ぎまで……」

「小火だと？」

　火事ときいて、秋成がつい身を乗り出す。堂島の西側にある白峯屋も、難を免《まぬが》れたとはいえ同じ堂島の内だ。家人はやはり、火元には重々気をつけていたという。

「火が出たのは……仏壇だ」

「灯明《とうみょう》の消し忘れか？」

「毎日、仏壇の始末をしていたのは女中頭《がしら》のお実だ。粗相《そそう》などまずしない」

「お実が消したと言うなら、間違いはなかろうな」と、秋成もうなずく。

　その火の気のない仏壇から、炎があがった。幸いすぐに気づいて、燃え広がる前に消しとめられたが、火元が仏壇であったことから、それまで奉公人のあいだでささやかれていた噂《うわさ》が、真実味を帯びた。

「これはきっと、親父の祟りだ……おれが跡を継ぐのを、快く思わぬ親父の怨念だ」

顔をゆがめ、うっすらと涙さえ浮かべている。立派な問屋の主《あるじ》たる威厳はどこにもなく、一緒に遊び呆《ほう》けていたころの、十二、三の姿が重なった。

「昔、たった一度、おまえがもらしたことがある……『おれは親父の子ではなく、じいさまの子だ』、と」

潤んだ目が、はっと見開かれ、けれどすぐに重そうにまぶたを閉じた。

「そうか、覚えていたのか……あれは、本当の話だ。少なくとも、親父はそう信じていた。おれに告げたのは、他ならぬ親父だからな」

祖父は宗吉が物心つく前に他界し、母もその七年後に亡くなった。確かめる術《すべ》もないのだが、それでも宗吉にとっては、父の仕打ちだけで十分に得心《とくしん》できた。

「おれはとにかく親父に疎《うと》まれた……いや、心底憎まれていた。どんなに努めても叱《しか》られるばかりで、虫けらのようにあつかわれた……いちばんひどかったのは十二、三のころでな。あのころは、おまえがうらやましかったよ、仙次郎」

「おれとてあの時分は、荒れていた。もらわれっ子だということを、引け目に感じてな」

「それでもおまえの養い親は、おまえを大事にしていたろう？　同じなさぬ仲でも、雲泥《うんでい》の差だ」

不義の子だからこそ憎まれたのだろうが、そんな父の心境に思い至ったのは大人になってからだ。当時の宗吉は、はちきれんばかりに鬱憤《うっぷん》を抱えていた。

「おまえたちと憂さ晴らしができたから、どうにか凌《しの》ぐことができた」

「あのころは、よく遊んだな。ずいぶんと無茶もやらかしたが」
五、六人で色街にくり出して、朝帰りもめずらしくなかった。博奕《ばくち》の真似事《まね》をしたり下世話な話に興じたりと、やっていることは他愛《たあい》なかったが、羽目《はめ》を外すことに甲斐《かい》を感じていた。堂島には、任俠《にんきょう》の気風がある。年頃の若者の放蕩《ほうとう》は、いわば通過儀礼のようなものだった。
「阿呆ばかりやらかしていたが……あれがなければ、親父を殺めていたかもしれない」

「宗吉、おまえ、まさか……親父殿を、川に突き落としたりは……」

昔の思い出に浸っていた宗吉が、え、と夢から覚めたような顔をした。

「突き落とす、とはどういうことだ？　よもやそんな噂が、流れているのか？」

「いや、何というか……言葉のあやで」

しどろもどろで弁解したが、その場を言い逃《のが》れるという芸当ができない性分だ。途中であきらめて、秋成は腹をくくった。

「宗吉、無礼を承知でたずねるが、おまえが親父殿を手にかけたわけではないのだな？」

「あたりまえだ。昔はともかく、いまの私には店がある。番頭も手代《てだい》たちも、私を頼りにしてくれる。生前より隠居同然だった親父に、報いる謂《いわ》れなぞあるものか」

ぴんと背筋を伸ばし、おれではなく私と言った。宗吉の覚悟が見てとれて、秋成は大きく安堵《あんど》の息をついた。子供時分には、ただぐれることしかできなかったが、幸いにも宗吉は、祖父の商才を受け継いでいた。表の店を仕切る者たちは、いち早くそれに気づき、商売のいろはを仕込んでくれた。自分が白峯屋に必要とされている——その自負が宗吉を救い、父の呪縛《じゆばく》から解き放ってくれたのだ。

「すまぬ、宗吉。このとおりだ！」その経緯を改めて語られ、秋成は即座に詫《わ》びた。

「親父殿の身内といえば、おまえと三人のお子たちだけだ。そのう……親父殿が身内に害をなされたとの戯言《たわごと》を耳にしたもので、おまえしかおらぬのではないかと気になってな」

「身内に……」

　ふいに宗吉が、口をつぐんだ。それまでとは違う屈託《くったく》が浮いている。

「どうした、宗吉？」

「いや……親父が死んでから、倅《せがれ》の、諭吉《ゆきち》のようすがおかしいんだ。ずっとふさぎ込んでいて、かと思えば時折、焼き栗が爆《は》ぜるように暴れ出す。わけをたずねてもだんまりで」

　諭吉は十歳。その下にふたりの妹がいるが腹違いで、どちらも宗吉が外に作った娘だった。諭吉の母親が死んでから、宗吉は後添《のちぞ》いを娶《めと》らなかった。諭吉と、それぞれ三歳で白峯屋に入った娘たちの養育や、奥向きの一切は、先代の姉である伯母《おば》が見ていた。

「そういえば、伯母上がいたのであったな……葬式にも今日の法事にも、顔を見ておらんが」

「伯母は、正月の火事に巻き込まれてな。たまたまあの日、堂島の東寄りにある知り合いの家に出かけていたんだ」

　幸い命に別状はなかったが、肩を打ち、背中に火傷《やけど》を負った。宗吉のふたりの幼い娘を連れて、火傷に良いという土佐《とさ》の湯治場《とうじば》で養生していた。場所が遠地だけに、弟の訃報《ふほう》に接してもおいそれと戻ることもできず、いまも土佐にいると宗吉はこたえた。

「では倅の諭吉は、ひとりきりで寂しい思いをしているのではないか？」

「おれも気にはかけていたのだが……諭吉にはお実がいるからな。女房を亡くしてからは、乳母《うば》以上に諭吉を慈《いつく》しんでくれる」

そのお実でさえも、昨今の諭吉には手を焼いており、跡取り息子の急な変わりようは、やはり先代の祟りではないかと、女中たちは怖がっているという。さらに言えば、家宝の皿も猫も、仏壇の小火も、諭吉の仕業《しわざ》ではないかとの疑いも、宗吉は抱いていたようだ。

「まさかとは思うが……おれも似たような年頃に、親父を殺してやりたいと何べんも考えた。もしや、諭吉が親父を……」

「馬鹿を言うな。諭吉はまだ十歳だろう」

急いでさえぎったが、宗吉の屈託は消えない。その顔をじっとながめ、秋成は言った。

「諭吉に、会わせてくれぬか？　もしかすると、父親に言えないわだかまりが、何かあるのかもしれん」

　すがるような目で秋成を見返して、宗吉は承知した。

「おじさん、誰？　おれに何か用？」

　ひねたきつい目を向けられて、苦笑いがもれた。まるで子供のころの、自分と対《たい》峙《じ》しているようだ。

　諭吉の部屋で、ふたりきりで向かい合ったものの、どう切り出していいものやらわからない。妻のたまとは、連れそって十一年が経つが、子には恵まれなかった。子供のあつかい方など知りようもない。

　そのとき、ふいに懐がもそりと動き、ひょい、と遊戯が顔を出した。

「あ、兎！」

　しかめ面《つら》がたちまちほどけ、思いがけず幼い表情がのぞく。着物の胸元から這《は》い出して畳に下りた子兎を、諭吉は大喜びで抱き上げる。

「これ、おじさんの？」

「うー、まあ、そうか……名は遊戯と言ってな」

「へえ、おかしな名だね。うわあ、ふかふかだ」

少々乱暴に頰ずりされても、遊戯は鼻をひくひくさせながら黙って抱かれている。

内心でほっと息をつき、それから諭吉にたずねた。

「なあ、諭吉。おまえ何か、隠し事をしていないか？」

遊戯を抱いた小さな手が、ぴくりと動いた。

「親父殿には、言えないことか？　よかったら、おれに話してみないか？」

「どうして、おじさんに？」

不審の勝った眼差《まなざ》しが、じっと注がれる。己がいま試されているような、そんな心地がした。上《うわ》っ面《つら》だけの言葉では、この子に通じない。腹を割って、本音で語らなければ、何も届かない。

けれどそれは、治りかけた傷の上からふたたび切りつけるようなものだ。秋成にとって、はなはだ恐ろしく怖いことだった。

四十近い、いい歳をした大の男が、なけなしの勇気をふり絞らねばならぬとは――。己の小心に、いまさらながら呆《あき》れる思いがする。いま自分は、ひどく情けない顔をしているに違いない。自覚しながら、秋成は諭吉に告げた。

「おれは、産みの母に捨てられた。四歳のときだ」

え、と子兎の毛皮に埋まっていた、子供の顔が上がった。

「実の父も、誰かわからない。母ひとりでは、育て切れなかったんだろう。おれを嶋屋に養子に出した」

決して、捨てられたわけではない。ただ、うっすらと覚えている母と、ある日を境に引き離され、どんなに乞《こ》うても二度と母は戻らなかった。その強烈な寂しさは、幼い脳裏には、「捨てられた」という記憶としか残らなかった。大人になったいまですら、胸がうずき、冷や汗が出る。まるで鉈《なた》で割られたような、大きな傷として、秋成の中に穿《うが》たれていた。

十代で荒れたのも、それ故だ。自分は両親や姉とは血の繋がらない、もらわれ子だ――それは言い訳に過ぎず、本当は養家には何の不満もなかった。嶋屋の実子である姉とも分け隔《へだ》てなく育てられ、姉も新しくできた弟をよく構ってくれた。

鬱屈《うっくつ》の根っこにあるものは、すでに表情すら判然としない、自分を捨てた母の顔だった。

「三年前、その実の母が死んでな。何というか、言いようのない心地がした」

「よく、わからないよ」

「そうだな、おれにもわからん……というか、言葉では表しようがない。誰かさんが言うたとおりだ」

ふうん、と諭吉は、両手で抱えていた遊戯を膝に置いた。意味をなさなくとも、秋成の思いは何がしか伝わったのかもしれない。膝の上の兎をながめ、ぽつりと言った。

「……おれも、父さんの子じゃないかもしれない」

ぎょっとして、まじまじと子供を見詰めた。

「何を馬鹿なことを……いったい誰が、そんな世迷言《よまいごと》を」

「……おじいさま」

うつむいた諭吉の目から、ぽたぽたと滴《しずく》が落ちて遊戯にかかる。毛が濡れるのを厭《いと》うように、兎は迷惑そうに身じろぎした。

「おじいさまが、言ったんだ。『おまえは父さんの子じゃなく、わしの子だ』、って」

祖父が死ぬ、三日前だという。諭吉が荒れていたのもうなずける。真偽《しんぎ》のほどはともかく、このような子供に、何という情けのないことを！　腹の底から沸々《ふつふつ》と怒りがわいてきて仕方がない。熱した頭では、うまい慰めすら思いつかなかったが、ひとつの声が、子供の嗚咽《おえつ》を止めた。

「坊主は間違いなく、あの父親の子だ」

子供が泣くのをやめて、兎を見下ろす。声を発したのは遊戯だった。そろりと顔を上げ、秋成にきく。

「いまの声、おじさん？」

「え！　あ、ああ、そ、そうだ！　実はいま、声真似を修練していてな。ほれ、寄《よ》席《せ》なぞであるだろうが」

秋成の不器用なとりつくろいを、諭吉は鵜呑《うの》みにしてくれた。へえ、と素直に感心する。

「ね、もう一回やって」

「案じずとも、おまえは宗吉の子よ。においでわかる」

遊戯がふたたびしゃべり出し、秋成は必死で、それに合わせてもごもごと口を動かす。

「においなんて、おれにはわからないよ」と、諭吉は兎に向かってこたえる。

「やれやれ、人というのは不憫《ふびん》なものよ。目に見えることしか判じられぬのだからな。ほれ、この座敷にも証《あか》しがあるではないか。おまえたちが親子だという、目に見える証しが」

遊戯の声につられ、秋成が座敷をぐるりと見渡す。と、壁に貼られた一枚の紙が、目にとび込んできた。

「あれか！」

朱で押された、大小の手形であった。おそらく七五三の祝いに、親子で押したのだろう。諭吉三歳と、傍《かたわ》らに記されている。大小の違いはあれど、ふたつの手形は驚くほどによく似ていた。手の形、指の長さ、掌《てのひら》に浮いた手相に至るまで、そっくりだ。

「そうだ、諭吉！　この手形が、その証しだ。見てみろ、おまえと宗吉の手は、うりふたつではないか。紛《まぎ》れもなくおまえは、宗吉の子だ」

「ほんとう？　おじさんも、ほんとうにそう思う？」

「このこわっぱが、私の鼻を侮《あなど》るつもりか。嘘偽《うそいつわ》りなく、おまえたちは親子だ」

秋成のこたえをさらい、遊戯がしかと応じる。諭吉は顔をくしゃくしゃにして、遊戯を抱きしめた。

「お実も、そう言って、くれたけど……おれ、信用、できなくて……でも、父さんにはきけなくて……」

「おまえは宗吉を、悲しませたくなかったのだな」

秋成は、まだ前髪の残る頭に手をおいた。

「もうひとつ、たずねたいことがある。白峯屋の祟りは、おまえがやったのか？」

「違う！　おれじゃない……お皿も小火《ぼや》も、おれじゃない、けど……」

抗《あらが》う声が尻すぼみになり、諭吉はひとつだけ白状《はくじょう》した。

「決して意地悪のつもりじゃなかったんだ……なのにあんなことになって……」

と、また新たに涙をこぼす。

「ああ、わかったわかった。ねんごろに弔《とむら》ってやったのだろ？　向こうも許してくれよう」

こくりと諭吉が神妙《しんみょう》にうなずいて、秋成はその話を切り上げた。

壁から手形を外し、諭吉にさし出す。

「諭吉、これをもって、親父にたしかめてこい。いまの話を、洗いざらい語るんだ。宗吉はきっと、請《う》け合ってくれるぞ」

うん、と遊戯を秋成に返し、手形を受けとる。

「この手形、お実が貼ってくれたんだ」

「そうだったのか」

「おじいさまに言われたことが頭から離れなくて……布団《ふとん》の中で泣いていたら、お実が入ってきて」

「それでお実さんにだけは、わけを明かしたんだな」

「これを見せながら、おれは父さんの子供だって、力をこめて説いてくれた。それから、このことは金輪際《こんりんざい》口にしてはいけないって。お実も忘れるから、おれにも忘れろと……」

と、何か気づいたように、諭吉が怪訝な顔をした。

「なのにどうして、お実はこの話を蒸《む》し返したんだろう……？」

「蒸し返した？　それは、いつのことだ？」

「おじさんが来る前、お実がここに来たんだ」

『諭吉坊ちゃまは、旦那さまのお子に相違《そうい》ありません。大旦那さまの戯言《ざれごと》などにとらわれず、どうぞ健《すこ》やかにお過ごしください。お実の願いは、それだけです』

妙に改まって、そのようなことを言ったという。

「思い返すと、少し変だったな……何だか、別れを告げられているみたいで……」

何かが、秋成の中で、どくりと脈を打った。それが何なのか摑めぬまま、どくりどくりと不安だけが鼓動《こどう》する。

ひとまず諭吉を、宗吉の許へと送り出し、入れ違いに、廊下《ろうか》に面した庭に人影が走り込んできた。

「雨月ではないか！　いったい、どうした。もう具合はよいのか？」

「秋成、お実さんを止めるんだ！　早くしろ、間に合わない！」

「止めるって、何を？　だいたいどうしておまえが、お実を知っている？　白峯屋は初めてのはずだろう？」

いつもおっとりとした雨月が、ひどく焦《あせ》っている。呑気《のんき》な秋成に苛立《いらだ》ち、雨月が叫んだ。

「大旦那を、川に突き落としたのは、お実さんだ！　あの女中は罪を悔《く》いて、己の命を絶とうとしている！」

どくん、と不安がはっきりと形を成して、浮かび上がった。

「そうか……身内だ。商人にとって暖簾の内にいる者は、すべて身内……番頭も手代も女中もすべて……死んだ大旦那からしたら、お実もまた身内なんだ！」

秋成が立ち上がると同時に、雨月は走り出した。その背中を追って、裸足《はだし》のまま庭に下り、遊戯も身軽についてくる。庭を突っ切り、寮の裏手に出た。眼前いっぱいに神崎川が広がり、流れの中に、ざぶざぶと入っていく女の姿があった。

「お実、よせ！　引き返すんだ！」

雨月を追い越して、流れに阻《はば》まれながら夢中で追った。お実が腰まで水に浸《つ》かったところで、どうにか追いついたが、釣り上げられた大魚のようにお実が暴れる。

「後生《ごしょう》ですから、このまま逝《い》かせてください！　あたしは、あたしは……とんでもない罪を……死んでお詫びするしかないんです！」

「お実、おまえは……諭吉を守るために、罪を犯したのだろう？　おまえが死ねば、諭吉の傷になる。祖父とおまえが死んだ責めを、あの子に負わせるつもりか！」

茫然《ぼうぜん》と両目が見開かれ、抗っていたからだから力が抜ける。泣きじゃくるお実を抱えるようにして、秋成は雨月と遊戯の待つ岸へと、大股で川を漕《こ》いでいった。

「白峯屋で起きた災いは、祟りでも何でもない。お実さんがしでかした、ただの不始末だ」

泣きながら岸辺でうずくまるお実の前で、まるで見てきたように雨月は語った。

家宝の皿は、翌日の催《もよお》しのために、椀や瀬戸物を改めていた折にあやまって割ってしまった。仏壇の小火《ぼや》も、単なる灯明の消し忘れである。

大旦那を手にかけて、平気でいられるはずもない。面《おもて》には出さずとも心ここにあらずのありさまで、しくじりをくり返した。しっかり者で通っていた上に、朔兵衛を殺めたやましさもある。お実は己の粗相を、誰にも告げられなかった。

「猫の件だけは、諭吉が白状した。悪気があったわけではないが、猫によくないものを与えたんだ」

　諭吉が猫に食べさせたのは、スルメである。いつも猫まんまでは飽きるだろうと考えたそうだが、食べ終えてまもなく、ようすがおかしくなった。ゲッ、ゲッ、と盛んにえずきながら苦しみ出した。乾き物のスルメは、腹の中で十倍にもふくらむ。吐くこともできず、喉《のど》にでも詰まらせたのか、猫は助からなかった。諭吉は涙をこぼしながら、秋成に語った。

「お実さん、話してくれんか。白峯屋には、どんな因果《いんが》がある？　どうして何代にもわたって、親子のあいだで不義の呪いに苛《さいな》まれる？」

「因果なぞではございません……すべては大旦那の朔兵衛さまの、妄念《もうねん》に過ぎません」

「……妄念」

　紅蓮地獄に落ちた、凄《すさ》まじい姿を思い出したのか、雨月が息を吞む。

　先々代、つまり朔兵衛の父親と、嫁にあたる朔兵衛の妻は、決してやましい間柄なぞではなかったと、お実は断言した。たしかに睦《むつ》まじい舅《しゅうと》と嫁ではあったが、もしも邪《よこしま》な仲なら、絶えず傍《そば》にいる女中たちが気づかぬはずはない。男女の間柄には、老若《ろうにゃく》の別なく女は鼻が利く。宗吉が不義の子なぞと、女中たちの誰も疑ってはいなかった。

「大旦那が、宗吉さまにそのような疑いをかけたのは、ただの嫉妬《しっと》に過ぎません。ご自身は、姿形もお人柄も……何より商いの才を、お父上から受け継がなかった。それが恨まれてならなかったんです」

鼻柱をこつりと叩かれたように、秋成が顔をしかめた。商才のなさで、嶋屋を潰《つぶ》してしまった負い目があるからだ。ちらりと雨月はふり返ったが、何も言わなかった。

朔兵衛が継げなかったすべてを、宗吉はもって生まれてきた。あらゆる幸運が、己の代では笊《ざる》のように流れ、みな宗吉に横取りされたように、朔兵衛には思えたのかもしれない。父が亡くなると、その妄執《もうしゅう》はいっそうひどくなった。矛《ほこ》を向けた先は、倅だけではない。宗吉の亡くなった妻、妙《たえ》である。

「もしや、お妙さんは、大旦那に手籠《てご》めに……」

お実は目をきつく閉じ、唇を噛みしめて、秋成の問いにうなずいた。舅に辱《はずかし》めを受け、呆然自失の体《てい》でいた妙を見つけたのは、お実だった。決して他言《たごん》はしないと誓い、ふたりだけの胸の裡《うち》にしまい込んだという。

「その後は、あたしが絶えずお傍についていて目を配っておりましたから、一度きりのはずです……ただ、それから三月《みつき》ほどして、お腹にややがいるとわかってからというもの、お妙さまは尋常ではない苦しみようで……」

もしかすると、舅の子かもしれない――。その不安はお妙を苛み続け、いっそ堕《おろ》してしまった方がと、お実に訴えたことも一度や二度ではない。若内儀《わかおかみ》を励ましながら、どうにか産み月を迎えたが、お妙はすでに精も根も尽きていた。生まれた諭吉に、どうか舅の災いが降りませんようにと祈りながら、産後わずかひと月で息をひきとった。

乳飲み子を抱え、宗吉にはすぐにも後妻が必要だったが、そうしなかったのは、やはりお実の計らいだった。

「あたしは、旦那さまに嘘をつきました……『外に妾《めかけ》を囲うのは構わないから、後添いは迎えないでほしい』……それがお妙さまの切なる願いだったと、嘘を告げました」

次に来る嫁も、朔兵衛の餌食《えじき》にされるかもしれない――。お妙の苦しみを、ずっと間近で見てきたお実は、これ以上の愁嘆《しゅうたん》はくり返してはならないと肝《きも》に銘じていたのだろう。夫を亡くしてひとり住まいをしていた伯母のお安《やす》を招いてはどうかと進言し、若くして身罷《みまか》った妻の遺言と受けとめた宗吉も、承諾《しょうだく》したのである。

「お安さまの目があれば、大旦那さまも滅多な真似はできません。諭吉坊ちゃまも十を迎えて、少しは亡くなられたお妙さまも浮かばれようかと、気を抜いた矢先にあのような……」

それまで、どこかぼんやりとした眼差しで、昔を思い返していた瞳が、にわかに険を帯びた。

「まさか諭吉坊ちゃまにまで、あんな世迷言《よまいごと》を吹き込むなんて……あたしには許せませんでした！」

「おそらく大旦那は、諭吉の中にも、先々代の片鱗《へんりん》を見たのだろうな」

と、雨月が呟いた。父親たる先々代は、とうにこの世を去ったというのに、朔兵衛は自らを縛める呪縛の縄目を、己自身でふたたび締めあげた。

「まるで、崇徳院《すとくいん》の呪《いまし》いのようだな」と秋成が、やるせないため息をつく。

崇徳院は、父親の鳥羽院《とばいん》の子ではなく、祖父の白河院《しらかわいん》の子であると、『古事談』には記されている。鳥羽院は崇徳院を、「叔父子《おじご》」と呼んで疎んじた。後の保元《ほうげん》の乱は、この親子の確執《かくしつ》が大本《おおもと》にあるとも言われ、乱に負けた崇徳院には怨霊《おんりょう》伝説がつきまとった。

朔兵衛の呪縛に、諭吉をからめとられてはなるまいと、お実は因果の大本を断ち切る手段をえらんだのだ。朔兵衛は、強くはないが酒を好む。酔ったところで、少し風に当たった方がいいと川べりに誘い出した。そして、川に長く張り出した船着場から、突き落としたのである。春とはいえ、梅が終わったばかりのころだ。川の冷たさは真冬と変わりなく、また昼前まで降っていた雨で増水していた。朔兵衛は、真っ暗な濁流にあっという間に呑み込まれ、すぐに見えなくなったと、妙に乾いた声でお実は語った。

「崇られていたのは、白峯屋ではなくあたしです……小火まで出してしまって、これ以上厄介はかけられません。せめて先に逝って、大旦那に詫びようと……」

すでに土壇場《どたんば》にさらされてでもいるような哀《あわ》れな姿に、雨月はやさしく語りかけた。

「崇りなぞでは、ないんだよ。死者と生者《せいじゃ》の世界は、かっきりと隔てられているからね。どんなに恨もうと、死人はこの世では、何もなすことはできないんだ」

崇りとは、この世の人間の生み出したものだ。不安、悔悟《かいご》、恐れ——そして妄執。そういう生者の念が、世にあり得べからざる、さまざまな不思議を引き起こす。

「生者の祟りこそ、厄介な代物《しろもの》でね。人の力では、祓《はら》うには手にあまるものもある。だからこそ、人は神仏にすがろうとするのだろうね」

雨月の声をききながら、秋成は、はたとひらめいた。

主人殺しの罪は、何よりの大罪だ。奉行所《ぶぎょうしょ》に届ければ、死罪は免れない。だが、お実の罪が明るみに出れば、白峯屋の暖簾に傷がつき、何よりも諭吉の心に深い影を落とす。

「お実、これ以上白峯屋には留まれぬと、そう言ったな。決心に変わりないか？」

「はい」

「それならいっそ、仏門に入ってはどうだ？　京のさる尼寺に、伝手《つて》があってな。頼めばきっと、迎え入れてくれよう」

意外な申し出だったのだろう。お実はひどく驚いて、とまどい顔を秋成に向けた。

「いまのおまえには、命を絶つ方が楽に思えるかもしれない。それでも、宗吉と諭吉のために——あの親子のために、生きてはくれんか？」

白峯屋の寮から、子供の高い笑い声がした。諭吉の声に相違なく、一緒にいるのはたぶん宗吉だろう。ふっとお実の口許に、淡い笑みがわいた。

「仰るとおりにいたします。どうぞよしなにお願いします」

石ころだらけの地面に手をついて、お実は深々と頭を下げた。


「雨月さま、気づいておられましたか？　この前見た亡者の後ろに、もうひとり女《によ》人《にん》の霊が立っていたことを」

寮へと戻ってゆく、秋成とお実を見送りながら、遊戯が言った。

「ああ、私にも見えていたよ。たぶんあれが、お妙さんなのだろうね」

「それこそ仇《かたき》に等しい憎い舅と、同じ墓に入らねばならぬとは……人とはさても厄介な。墓の下でおちおちと、眠ることすらできなかったのでしょうが……」

本当に恐ろしかったのは、紅蓮地獄で苦しむ朔兵衛の姿ではない。そのさまを黙ってながめていた、女の亡霊《ぼうれい》のほうだった。

「あの男が地獄に落ちたのは、決して殺められたためではない。地獄とは、己の犯した罪で、落とされる場所だからね。あの男の生前の業こそが、紅蓮地獄を招いたんだ」

どれほど菩提《ぼだい》を弔っても、朔兵衛の魂は未来永劫《えいごう》、浮かばれることはないかもしれない。けれどお実が心をこめて幸を祈るなら、白峯屋の先行きは明るいものに思えた。

「雨月さま、もうひとつよろしいですか？」

「何だい、遊戯」

「あのがさつめは、雨月さまの正体に、何も気づいてはおらぬのですか？」

だいぶ小さくなった秋成の背中に目を当てたまま、雨月は、ふっと微笑んだ。

「ああ、何も……秋成は私を、あたりまえの人だと思っているんだ」

ぶう、と黒い鼻から、呆れたため息がもれた。

「ぼんくらにも、ほどがありますな」

「だからこそ、長く一緒にいられたんだ……いままではね」

遊戯は先を問うように見上げたが、雨月からは何も返らなかった。

解説

細谷正充

一年に三冊、第一線で活躍している女性作家の作品を集めた、テーマ別時代小説アンソロジーを出版する。いつの間にか、毎年の恒例になってしまったが、これを実現できているのも、売れ行きが好調なお陰である。今年は九月に『はなごよみ〈草花〉時代小説傑作選』、十月に『はらぺこ〈美味〉時代小説傑作選』を刊行。そして三冊目となるのが本書『ぬくもり〈動物〉時代小説傑作選』だ。テーマは〝動物〟である。二〇二〇年二月に刊行した『ねこだまり〈猫〉時代小説傑作選』の評判がよく、それなら動物全般に拡大して、新たなアンソロジーを作ろうということになったのだ。さまざまな動物が登場する五つの物語を、どうか楽しんでいただきたい。なお、小松エメルの「犬に仏」と、櫻部由美子の「カチカチ山」は、本書のための書き下ろし作品である。

「迷い鳩《ばと》」宮部みゆき

アンソロジーのトリを務めることが多い宮部作品だが、本書ではトップに置かせてもらった。作品は、「霊験《れいげん》お初《はつ》捕物控」シリーズのプロトタイプだ。初期に本作と「騒ぐ刀」で、見えないものが見える不思議な力を持つお初という娘を主人公にした作者は、その後、あらためて設定を練り直し、『震える岩　霊験お初捕物控』から、本格的に捕物帳シリーズを開始したのである。

日本橋通町《にほんばしとおりちょう》にある一膳飯屋「姉妹屋《しまいや》」は、看板娘のお初と、彼女の兄嫁のおよしが切り盛りをしている。お初の兄で、およしの旦那の六蔵《ろくぞう》は、腕利きの岡っ引きだ。また、お初の次兄の直次《なおじ》は植木職人で、ちょくちょく「姉妹屋」に顔を覗《のぞ》かせる。そんな日々を過ごしているときのことだ。打ち水をしていたお初は、ろうそく問屋「柏屋《かしわや》」の女主人・お清《きよ》の袖に、血が着いていることに気づいて声をかけた。しかしお初の他には、誰にも血は見えない。騒動になりかけたところを、割って入ってくれた老武士によって、ひとまずは収まった。その後、やはり「柏屋」関係で、不穏な幻を視《み》たお初は、自らの手で真実を求めるのだった。

これに六蔵が探索《たんさく》をする土左衛門《どざえもん》の件が絡《から》むのだが、その端緒《たんしょ》となったのが、タイトルにある〝迷い鳩〟だ。事件の真相や老武士の正体、あるいはお初の特殊能力の使い方など、読みどころは多い。その中に、鳩の巧《たく》みな扱いと、裏にある男女の想いも含まれるのだ。作者が初期から時代小説家としての力量が高かったことを実感させせる好篇である。

「色男、来たる」田牧大和

『ねこだまり〈猫〉時代小説傑作選』に収録した「包丁騒動」に続き、「鯖猫《さばねこ》長屋ふしぎ草紙」シリーズから、本作を採らせてもらった。猫の話は必須だろうと考えたとき、当たり前のように本シリーズを思い出してしまったからだ。それだけ猫が活躍するシリーズなのである。

鯖縞模様の雄の三毛猫《みけねこ》〝サバ〟が暮らす鯖猫長屋は新たな店子《たなこ》が入らず、取り壊しの危機に陥《おちい》った。どうやら裏には、サバの暗躍があったらしい。サバの飼い主で、画描きの拾楽《しゅうらく》は、元役者の涼太《りょうた》を新たな店子として連れてくる。家主《やぬし》も新たになり、長屋の面々は、ほっと一息。だが涼太は、なぜかよそよそしい態度を取り続ける。そして涼太に悪意を向ける者が、長屋にやってくるのだった。

かつてＰＨＰ研究所が作った「鯖猫長屋ふしぎ草紙」シリーズの小冊子に掲載されたインタヴューで作者は、

「元々『偉そう』だったサバが本当に『偉い』に変わったきっかけは、実際にあった事故、『永代橋崩落《えいたいばしほうらく》』を予見して、長屋の住人の命を救ったこと。以来、住人たちは『サバの言うことが一番』となったんです。彼は何でも見透《みす》かしていて、表立って活躍することもあれば、裏から糸を引いたり、飼い主を顎《あご》で使ったりすることもあります。全《すべ》てはサバの気分次第ですね」

といっている。本作のサバは、最初から最後まで、圧巻の貫禄で自分の思うままに、物事を進めてしまう。相変わらず自由気ままな〝お猫様〟だ。そこがたまらなく魅力的なのである。もちろん、曲折《きょくせつ》のあるストーリーも面白い。愉快で楽しい作品なのだ。

なお、新たな家主が気になった人は、本作の収録された『鯖猫長屋ふしぎ草紙（二）』を手にしてほしい。きっと、意外な正体に驚くはずだ。

「犬に仏」小松エメル

現在では猫の人気が高まっているが、長年にわたり犬は、ペットの人気ナンバー・ワンの座を守り続けていた。人間の友としての犬の歴史は長大であり、いまでも愛犬家の数は膨大《ぼうだい》だ。したがって、動物というテーマを考えたとき、犬を抜くことはできなかった。

本作は、円福寺《えんぷくじ》という寺で飼われている、次郎《じろう》という犬の視点で物語が進行する。かつて次郎を発見した五歳の諒斎《りょうさい》は、次郎を始めとする動物の言葉を理解している。それから七年。寺で修行中の諒斎だが、仏門のことには熱心ではない。そんな諒斎に、副住職の兄・周信《しゅうしん》は、「犬は仏性《ぶっしょう》はあるのか、ないのか」という、公案《こうあん》の「狗子《くし》仏性」を与えるのだった。

人間たちの言動を見てきて、「自由というのは、不自由の中にあるものだ」など、妙に哲学的なことをいう次郎。次郎を飼うときのエピソードから、五歳にして悟りを得たと周囲に思われているが、どうにも掴《つか》みどころのない諒斎。彼らを中心にした物語は、いろいろなことを考えさせてくれる。同時に、次郎と諒斎の関係に、温かな〝ぬくもり〟も感じる。公案の答えが、一人ひとり違うように、本作から何を受け取るかは、読者次第なのである。

「カチカチ山」櫻部由美子

有名な童話『シンデレラ』をベースにしながら、独自の物語世界を創り上げた『シンデレラの告白』で、第七回角川春樹小説賞を受賞した作者は、二〇一九年の『ひゃくめ　はり医者安眠　夢草紙』で、本格的に時代小説に乗り出す。そして二〇二一年から始まった「出直し神社　たね銭貸し」シリーズで、確かな人気を獲得したのである。そんな作者が、今回、いかなる作品を書いてくれたのであろうか。

樫山郷《かしやまごう》という山深い里に、乙吉《おときち》という少年がいた。彼の家系は代々〈頭巾持ち《ずきんも》〉と呼ばれている。先祖が、鳥や獣《けもの》の言葉を聞くことができる頭巾を手に入れ、それが失われてからも、不思議な力だけが受け継がれてきたというのだ。乙吉はカケスから聞いた、江戸の盗賊《とうぞく》がこのあたりに逃げ込んだかもしれないという噂を、庄《しょう》屋《や》に伝えた。

そのとき乙吉は庄屋から、奥ノ村の文蔵《ぶんぞう》のところに行き、〈カチカチ山〉で、樫たぐり（木の実拾い）をするよう頼まれる。文蔵の家に江戸からやってきた孫娘を見たがる、庄屋の息子と共に奥ノ村に向かった乙吉。だが文蔵の家は、どこか様子がおかしかった。

タイトルから分かるように、本作に出てくる動物はタヌキである。「カチカチ山」のタヌキは悪党で、因果応報《いんがおうほう》の末路《まつろ》を迎える。だが本作のタヌキは善良だ。ミステリー・タッチのストーリーの中で活躍するタヌキと、乙吉との絡みを楽しんでいただきたい。

さらに本作は「カチカチ山」の他に、「聞き耳頭巾」という昔話も取り入れられている。『シンデレラの告白』もそうだったが、こうした本歌取りが好きなのだろう。作者らしさの横溢《おういつ》した作品なのである。

「紅蓮白峯《ぐれんしらみね》」西條奈加

ラストは西條作品だ。多彩な作風を誇る作者だが、その中に『千年鬼《せんねんき》』『睦月童《むつきわらし》』のような、ファンタジー色の強い時代小説がある。本作が収録されている『雨上がり月霞《かす》む夜』も、その一冊だ。九つの怪異譚《たん》から成る、上田秋成《うえだあきなり》の『雨月物語《うげつ》』を新解釈で捉《とら》えた意欲作なのである。

火事が切っかけで、大坂堂島《どうじま》の油紙問屋「嶋屋《しまや》」を潰《つぶ》してしまった秋成《しゅうせい》は、幼馴染《おさななじ》みの雨月が結ぶ香具波志庵《かぐはしあん》に居候《いそうろう》していた。しかし雨月は、妖《あやかし》を引き寄せる体質の持ち主。その日も『鳥獣戯画《ちょうじゅうぎが》』に描かれたという遊戯《ゆうぎ》という名の兎の妖を、庵《いおり》に連れてきた。霊感ゼロの秋成だが、普通の兎に乗り移り、人間の言葉を喋る遊戯とは、さすがに意思疎通《そつう》ができる。かくして二人と一匹は、さまざまな怪異にかかわっていくことになるのだった。

本作では、雨月と遊戯が怨霊《おんりよう》と遭遇《そうぐう》したことから、紙問屋「白峯屋《しらみねや》」の秘密を解き明かすことになる。「白峯屋」に乗り込み、その〝ぬくもり〟で、頑《かたく》なな子供の心を溶かす遊戯が可愛《かわい》らしい。しかし、彼らの力により明らかになる秘密は、醜悪《しゆうあく》極まりないものであった。優しさと厳しさの入り混じる、西條流『雨月物語』の世界を堪能《たんのう》していただきたい。

以上、五篇。どれも面白い作品である。好きな動物の出てくる話を楽しむもよし。あまり縁のない動物の可愛らしさに目覚めるもよし。ペットを飼っている人も、諸般の事情で飼えない人も、物語の世界で動物たちと戯《たわむ》れてほしいのである。

（文芸評論家）

出典

「迷い鳩」（宮部みゆき『かまいたち』所収　新潮文庫）
「色男、来たる」（田牧大和『鯖猫長屋ふしぎ草紙（二）』所収　ＰＨＰ文芸文庫）
「犬に仏」（小松エメル　書き下ろし）
「カチカチ山」（櫻部由美子　書き下ろし）
「紅蓮白峯」（西條奈加『雨上がり月霞む夜』所収　中公文庫）

本書は、ＰＨＰ文芸文庫のオリジナル編集です。

本文中、現在は不適切と思われる表現がありますが、差別的な意図を持って書かれたものではないこと、また作品が歴史的時代を舞台としていることなどを鑑み、原文のまま掲載したことをお断りいたします。

著者紹介

宮部みゆき（みやべ　みゆき）
1960年、東京都生まれ。87年、「我らが隣人の犯罪」でオール讀物推理小説新人賞を受賞してデビュー。92年、『本所深川ふしぎ草紙』で吉川英治文学新人賞、93年、『火車』で山本周五郎賞、99年、『理由』で直木賞、2002年、『模倣犯』で司馬遼太郎賞、07年、『名もなき毒』で吉川英治文学賞を受賞。著書に「きたきた捕物帖」シリーズ、『桜ほうさら』『〈完本〉初ものがたり』などがある。

田牧大和（たまき　やまと）
東京都生まれ。2007年、「色には出でじ、風の牽牛」（刊行時に『花合せ』に改題）で小説現代長編新人賞を受賞してデビュー。著書に「鯖猫長屋ふしぎ草紙」「藍千堂菓子噺」「縁切寺お助け帖」シリーズ、『紅きゆめみし』『古道具おもかげ屋』などがある。

小松エメル（こまつ　えめる）
1984年、東京都生まれ。國學院大學文学部史学科卒業。2008年、『一鬼夜行』でジャイブ小説大賞を受賞してデビュー。著書に「一鬼夜行」「銀座ともしび探偵社」シリーズ、『梟の月』『夢の燈影』『総司の夢』『歳三の剣』などがある。

櫻部由美子（さくらべ　ゆみこ）
大阪府生まれ。2015年、「シンデレラ異聞 小さなガラスの靴」（刊行時に『シンデレラの告白』に改題）で角川春樹小説賞を受賞してデビュー。著書に「出直し神社 たね銭貸し」シリーズ、『ひゃくめ はり医者安眠 夢草紙』『フェルメールの街』がある。

西條奈加（さいじょう　なか）
北海道生まれ。2005年、『金春屋ゴメス』で日本ファンタジーノベル大賞、12年、『涅槃の雪』で中山義秀文学賞、15年、『まるまるの毬』で吉川英治文学新人賞、21年、『心淋し川』で直木賞を受賞。著書に『六つの村を越えて髭をなびかせる者』『首取物語』『婿どの相逢席』などがある。

編者紹介
細谷正充（ほそや　まさみつ）
文芸評論家。1963年生まれ。時代小説、ミステリーなどのエンターテインメントを対象に、評論・執筆に携わる。主な著書・編書に、『歴史・時代小説の快楽 読まなきゃ死ねない全100作ガイド』「時代小説傑作選」シリーズなどがある。

PHP文芸文庫　ぬくもり
〈動物〉時代小説傑作選

2022年11月22日　第1版第1刷

著　者	宮部みゆき　田牧大和 小松エメル　櫻部由美子 西條奈加
編　者	細　谷　正　充
発行者	永　田　貴　之
発行所	株式会社ＰＨＰ研究所

東京本部　〒135-8137 江東区豊洲5-6-52
文化事業部　☎03-3520-9620（編集）
普及部　☎03-3520-9630（販売）
京都本部　〒601-8411 京都市南区西九条北ノ内町11

PHP INTERFACE　https://www.php.co.jp/

組　版	朝日メディアインターナショナル株式会社
印刷所	株式会社光邦
製本所	株式会社大進堂

ISBN978-4-569-90254-8

PHP文芸文庫

はなごよみ

〈草花〉時代小説傑作選

宮部みゆき、中島 要、廣嶋玲子、梶よう子、
浮穴みみ、諸田玲子 著／細谷正充 編

いま話題の女性時代小説作家が勢ぞろい！

桜、あじさい、朝顔、菊、椿……江戸の人情を花に託した美しくも切ない時代アンソロジー。

PHP文芸文庫

はらぺこ

〈美味〉時代小説傑作選

宮部みゆき、朝井まかて、中島久枝、近藤史恵、五十嵐佳子 著／細谷正充 編

旬の女性時代作家たちが豪華共演！　みたらし団子、猪鍋、菜の花飯……江戸のうまいもの×人情を味わえる短編が揃ったアンソロジー。